# 比较文学与世界文学研究丛书

主编　曹顺庆

三编　第21册

## 中西跨文化戏剧论集（上）

廖琳达　著

花木兰文化事业有限公司

国家图书馆出版品预行编目资料

中西跨文化戏剧论集（上）／廖琳达 著 -- 初版 -- 新北市：
花木兰文化事业有限公司，2024〔民 113〕
目 8+170 面；19×26 公分
（比较文学与世界文学研究丛书 三编 第 21 册）
ISBN 978-626-344-820-9（精装）
1.CST：戏剧 2.CST：戏曲 3.CST：比较研究
4.CST：跨文化研究
810.8 113009376

ISBN-978-626-344-820-9

**比较文学与世界文学研究丛书**
三编 第二一册 ISBN：978-626-344-820-9

## 中西跨文化戏剧论集（上）

作 者 廖琳达
主 编 曹顺庆
企 划 四川大学双一流学科暨比较文学研究基地
总 编 辑 杜洁祥
副总编辑 杨嘉乐
编辑主任 许郁翎
编 辑 潘玟静、蔡正宣 美术编辑 陈逸婷
出 版 花木兰文化事业有限公司
发 行 人 高小娟
联络地址 台湾 235 新北市中和区中安街七二号十三楼
电话：02-2923-1455 ／传真：02-2923-1452
网 址 http://www.huamulan.tw 信箱 service@huamulans.com
印 刷 普罗文化出版广告事业
初 版 2024 年 9 月
定 价 三编 26 册（精装）新台币 70,000 元 

# 中西跨文化戏剧论集（上）

廖琳达 著

## 作者简介

廖琳达，国家图书馆海外中国问题研究资料中心馆员，北京外国语大学国际中国文化研究院比较文学与跨文化研究专业博士，研究方向为海外中国戏剧研究、跨文化戏剧研究。著有博士论文《1840年前西方的中国戏曲接受与研究》，译著《18、19世纪英语世界的戏曲评论》（团结出版社，2023年），编有《中国戏曲西方译介研究文献汇编（1731−1909）》（学苑出版社，2023年）。

## 提　要

由于地理、历史、文化和心理因素所决定，中国戏曲与西方戏剧形成两种不同的戏剧样式，各自有着自己漫长的发展演变史和美学规定性。它们原本在互不影响的情形下各自自在衍生、并行生长，然而，大航海的进程开始了。当西方人越过重洋来到中国，遇到了另外一种完全不同质的文明时，文化探查、冲突和理解即刻形成，而东西方文化的碰撞、交流与互融也拉开序幕。从16世纪基督教传教士来华开始，中国戏曲的演出信息就被不断地传播到西方世界，引起了西方人的极大兴趣和持续关注。从1731年传教士马若瑟把元杂剧《赵氏孤儿》翻译到西方开始，西方学界对于戏曲剧本的翻译和研究也一直在持续进行，并出现了戴维斯、儒莲、巴赞这样的翻译和研究大家。本书搜集、整理、归纳这一历史时段内有关中国戏曲西方接受的文献材料，并在此基础上进行理论研究，通过一个个具体实例来触摸其观察视角、秉持观念、戏曲认识与见解，考查西方人对戏曲的文化态度和艺术接受视角，概括西方戏曲接受的阶段性进展，探查异质文化接受过程中的传播与变异现象，并探查其内在动因，试图把握住文化传播尤其是中国戏曲向西方传播的规律。本书内容囊括了戏剧戏曲学、域外汉学、艺术学、文献学、翻译学、目录学等多个学科领域，研究的主要对象是中西之间戏剧的跨文化现象。

# 比较文学的中国路径

曹顺庆

自德国作家歌德提出“世界文学”观念以来，比较文学已经走过近二百年。比较文学研究也历经欧洲阶段、美洲阶段而至亚洲阶段，并在每一阶段都形成了独具特色学科理论体系、研究方法、研究范围及研究对象。中国比较文学研究面对东西文明之间不断加深的交流和碰撞现况，立足中国之本，辩证吸纳四方之学，而有了如今欣欣向荣之景象，这套丛书可以说是应运而生。本丛书尝试以开放性、包容性分批出版中国比较文学学者研究成果，以观中国比较文学学术脉络、学术理念、学术话语、学术目标之概貌。

## 一、百年比较文学争讼之端——比较文学的定义

什么是比较文学？常识告诉我们：比较文学就是文学比较。然而当今中国比较文学教学实际情况却并非完全如此。长期以来，中国学术界对“什么是比较文学？”却一直说不清，道不明。这一最基本的问题，几乎成为学术界纠缠不清、莫衷一是的陷阱，存在着各种不同的看法。其中一些看法严重误导了广大学生！如果不辨析这些严重误导了广大学生的观点，是不负责任、问心有愧的。恰如《文心雕龙·序志》说”岂好辩哉，不得已也“，因此我不得不辩。

其中一个极为容易误导学生的说法，就是“比较文学不是文学比较“。目前，一些教科书郑重其事地指出：比较文学不是文学比较。认为把“比较”与“文学”联系在一起，很容易被人们理解为用比较的方法进行文学研究的意思。并进一步强调，比较文学并不等于文学比较，并非任何运用比较方法来进行的比较研究都是比较文学。这种误导学生的说法几乎成为一个定论，

一个基本常识，其实，这个看法是不完全准确的。

让我们来看看一些具体例证，请注意，我列举的例证，对事不对人，因而不提及具体的人名与书名，请大家理解。在 Y 教授主编的教材中，专门设有一节以“比较文学不是文学比较”为题的内容，其中指出“比较文学界面临的最大的困惑就是把‘比较文学’误读为‘文学比较’”，在高等院校进行比较文学课程教学时需要重点强调“比较文学不是文学比较”。W 教授主编的教材也称“比较文学不是文学的比较”，因为“不是所有用比较的方法来研究文学现象的都是比较文学”。L 教授在其所著教材专门谈到“比较文学不等于文学比较”，因为，“比较”已经远远超出了一般方法论的意义，而具有了跨国家与民族、跨学科的学科性质，认为将比较文学等同于文学比较是以偏概全的。”J 教授在其主编的教材中指出，“比较文学并不等于文学比较”，并以美国学派雷马克的比较文学定义为根据，论证比较文学的“比较”是有前提的，只有在地域观念上跨越打通国家的界限，在学科领域上跨越打通文学与其他学科的界限，进行的比较研究才是比较文学。在 W 教授主编的教材中，作者认为,“若把比较文学精神看作比较精神的话,就是犯了望文生义的错误，一百余年来，比较文学这个名称是名不副实的。”

从列举的以上教材我们可以看出，首先，它们在当下都仍然坚持“比较文学不是文学比较”这一并不完全符合整个比较文学学科发展事实的观点。如果认为一百余年来，比较文学这个名称是名不副实的，所有的比较文学都不是文学比较，那是大错特错！其次，值得注意的是，这些教材在相关叙述中各自的侧重点还并不相同，存在着不同程度、不同方面的分歧。这样一来，错误的观点下多样的谬误解释，加剧了学习者对比较文学学科性质的错误把握，使得学习者对比较文学的理解愈发困惑，十分不利于比较文学方法论的学习、也不利于比较文学学科的传承和发展。当今中国比较文学教材之所以普遍出现以上强作解释，不完全准确的教科书观点，根本原因还是没有仔细研究比较文学学科不同阶段之史实，甚至是根本不清楚比较文学不同阶段的学科史实的体现。

实际上，早期的比较文学“名”与“实”的确不相符合，这主要是指法国学派的学科理论，但是并不包括以后的美国学派及中国学派的学科理论，如果把所有阶段的学科理论一锅煮，是不妥当的。下面，我们就从比较文学学科发展的史实来论证这个问题。“比较文学不是文学比较”“comparative literature is not literary comparison"，只是法国学派提出的比较文学口号，只是法国学派一派的主张，而不是整个比较文学学科的基本特征。我们不能够把这个阶段性的比较文学口号扩大化，甚至让其突破时空，用于描述比较文学所有的阶段和学派，更不能够使其"放之四海而皆准"。

法国学派提出"比较文学不是文学比较"，这个"比较"（comparison）是他们坚决反对的！为什么呢，因为他们要的不是文学"比较"（litcrary comparison），而是文学"关系"（literary relationship），具体而言，他们主张比较文学是实证的国际文学关系，是不同国家文学的影响关系，influences of different literatures，而不是文学比较。

法国学派为什么要反对"比较"（comparison），这与比较文学第一次危机密切相关。比较文学刚刚在欧洲兴起时，难免泥沙俱下，乱比的情形不断出现，暴露了多种隐患和弊端，于是，其合法性遭到了学者们的质疑：究竟比较文学的科学性何在？意大利著名美学大师克罗齐认为，"比较"（comparison）是各个学科都可以应用的方法，所以，"比较"不能成为独立学科的基石。学术界对于比较文学公然的质疑与挑战，引起了欧洲比较文学学者的震撼，到底比较文学如何"比较"才能够避免"乱比"？如何才是科学的比较？

难能可贵的是，法国学者对于比较文学学科的科学性进行了深刻的的反思和探索，并提出了具体的应对的方法：法国学派采取壮士断臂的方式，砍掉"比较"（comparison），提出比较文学不是文学比较（comparative literature is not literary comparison），或者说砍掉了没有影响关系的平行比较，总结出了只注重文学关系（literary relationship）的影响（influences）研究方法论。法国学派的创建者之一基亚指出，比较文学并不是比较。比较不过是一门名字没取好的学科所运用的一种方法……企图对它的性质下一个严格的定义可能是徒劳的。基亚认为：比较文学不是平行比较，而仅仅是文学关系史。以"文学关系"为比较文学研究的正宗。为什么法国学派要反对比较？或者说为什么法国学派要提出"比较文学不是文学比较"，因为法国学派认为"比较"（comparison）实际上是乱比的根源，或者说"比较"是没有可比性的。正如巴登斯佩哲指出："仅仅对两个不同的对象同时看上一眼就作比较，仅仅靠记忆和印象的拼凑，靠一些主观臆想把可能游移不定的东西扯在一起来找点类似点，这样的比较决不可能产生论证的明晰性"。所以必须抛弃"比较"。只承认基于科学的历史实证主义之上的文学影响关系研究（based on scientificity and positivism and literary influences.)。法国学派的代表学者卡雷指出：比较文学是实证性的关系研究："比较文学是文学史的一个分支：它研究拜伦与普希金、歌德与卡莱尔、瓦尔特·司各特与维尼之间，在属于一种以上文学背景的不同作品、不同构思以及不同作家的生平之间所曾存在过的跨国度的精神交往与实际联系。"正因为法国学者善于独辟蹊径，敢于提出"比较文学不是文学比较"，甚至完全抛弃比较（comparison），以防止"乱比"，才形成了一套建立在"科学"实证性为基础的、以影响关系为特征的"不比较"的比较文学学科理论体系，这终于挡住了克罗齐等人对比较文学"乱比"的批判，形成了以"科学"实证为特征的文学影响关系研究，确立了法国学派的学科理论和一整套方法论体系。当然，法国学派悍然砍掉比较研究，又不放弃"比较文学"这个名称，于是不可避免地出现了比较文学名不副实的尴尬现象，出现了打着比较文学名号，而又不比较的法国学派学科理论，这才是问题的关键。

当然，法国学派提出"比较文学不是文学比较“，只注重实证关系而不注重文学比较和文学审美，必然会引起比较文学的危机。这一危机终于由美国著名比较文学家韦勒克（René Wellek）在1958年国际比较文学协会第二次大会上明确揭示出来了。在这届年会上，韦勒克作了题为《比较文学的危机》的挑战性发言，对"不比较"的法国学派进行了猛烈批判，宣告了倡导平行比较和注重文学审美的比较文学美国学派的诞生。韦勒克作了题为《比较文学的危机》的挑战性发言，对当时一统天下的法国学派进行了猛烈批判，宣告了比较文学美国学派的诞生。韦勒克说："我认为，内容和方法之间的人为界线，渊源和影响的机械主义概念，以及尽管是十分慷慨的但仍属文化民族主义的动机，是比较文学研究中持久危机的症状。"韦勒克指出："比较也不能仅仅局限在历史上的事实联系中，正如最近语言学家的经验向文学研究者表明的那样，比较的价值既存在于事实联系的影响研究中，也存在于毫无历史关系的语言现象或类型的平等对比中。"很明显，韦勒克提出了比较文学就是要比较（comparison），就是要恢复巴登斯佩哲所讽刺和抛弃的"找点类似点"的平行比较研究。美国著名比较文学家雷马克（Henry Remak）在他的著名论文《比较文学的定义与功用》中深刻地分析了法国学派为什么放弃"比较"（comparison）的原因和本质。他分析说："法国比较文学否定'纯粹'的比较（comparison），它忠实于十九世纪实证主义学术研究的传统，即实证主义所坚持并热切期望的文学研究的‘科学性’。按照这种观点，纯粹的类比不会得出任何结论，尤其是不能得出有更大意义的、系统的、概括性的结论。……既然值得尊重的科学必须致力于因果关系的探索，而比较文学必须具有科学性，因此，比较文学应该研究因果关系，即影响、交流、变更等。”雷马克进一步尖锐地指出，“比较文学”不是“影响文学”。只讲影响不要比较的“比较文学”，当然是名不副实的。显然，法国学派抛弃了“比较”（comparison），但是仍然带着一顶“比较文学”的帽子，才造成了比较文学“名”与“实”不相符合，造成比较文学不比较的尴尬，这才是问题的关键。

美国学派最大的贡献，是恢复了被法国学派所抛弃的比较文学应有的本义——“比较”（The American school went back to the original sense of comparative literature ——“comparison”），美国学派提出了标志其学派学科理论体系的平行比较和跨学科比较：“比较文学是一国文学与另一国或多国文学的比较，是文学与人类其他表现领域的比较。”显然，自从美国学派倡导比较文学应当比较（comparison）以后，比较文学就不再有名与实不相符合的问题了，我们就不应当再继续笼统地说“比较文学不是文学比较”了，不应当再以“比较文学不是文学比较”来误导学生！更不可以说“一百余年来，比较文学这个名称是名不副实的。”不能够将雷马克的观点也强行解释为“比较文学不是比较”。因为在美国学派看来，比较文学就是要比较（comparison）。比较文学就是要恢复被巴登斯佩哲所讽刺和抛弃的“找点类似点”的平行比较研究。因为平行研究的可比性，正是类同性。正如韦勒克所说，“比较的价值既存在于事实联系的影响研究中，也存在于毫无历史关系的语言现象或类型的平等对比中。”恢复平行比较研究、跨学科研究，形成了以“找点类似点”的平行研究和跨学科研究为特征的比较文学美国学派学科理论和方法论体系。美国学派的学科理论以“类型学”、“比较诗学”、“跨学科比较”为主，并拓展原属于影响研究的“主题学”、“文类学”等领域，大大扩展比较文学研究领域。

## 二、比较文学的三个阶段

卜面，我们从比较文学的三个学科理论阶段，进一步剖析比较文学不同阶段的学科理论特征。现代意义上的比较文学学科发展以“跨越”与“沟通”为目标，形成了类似“层叠”式、“涟漪”式的发展模式，经历了三个重要的学科理论阶段，即：

一、欧洲阶段，比较文学的成形期；二、美洲阶段，比较文学的转型期；三、亚洲阶段，比较文学的拓展期。我们将比较文学三个阶段的发展称之为“涟漪式”结构，实际上是揭示了比较文学学科理论的继承与创新的辩证关系：比较文学学科理论的发展，不是以新的理论否定和取代先前的理论，而是层叠式、累进式地形成“涟漪”式的包容性发展模式，逐步积累推进。比较文学学科理论发展呈现为层叠式、“涟漪”式、包容式的发展模式。我们把这个模式描绘如下：

法国学派主张比较文学是国际文学关系，是不同国家文学的影响关系。形成学科理论第一圈层：比较文学——影响研究；美国学派主张恢复平行比较，形成学科理论第二圈层：比较文学——影响研究＋平行研究＋跨学科研究；中国学派提出跨文明研究和变异研究，形成学科理论第三圈层：比较文学——影响研究＋平行研究＋跨学科研究＋跨文明研究＋变异研究。这三个圈层并不互相排斥和否定，而是继承和包容。我们将比较文学三个阶段的发展称之为层叠式、“涟漪”式、包容式结构，实际上是揭示了比较文学学科理论的继承与创新的辩证关系。

法国学派提出，可比性的第一个立足点是同源性，由关系构成的同源性。同源性主要是针对影响关系研究而言的。法国学派将同源性视作可比性的核心，认为影响研究的可比性是同源性。所谓同源性，指的是通过对不同国家、不同民族和不同语言的文学的文学关系研究，寻求一种有事实联系的同源关系，这种影响的同源关系可以通过直接、具体的材料得以证实。同源性往往建立在一条可追溯关系的三点一线的“影响路线”之上，这条路线由发送者、接受者和传递者三部分构成。如果没有相同的源流，也就不可能有影响关系，也就谈不上可比性，这就是“同源性”。以渊源学、流传学和媒介学作为研究的中心，依靠具体的事实材料在国别文学之间寻求主题、题材、文体、原型、思想渊源等方面的同源影响关系。注重事实性的关联和渊源性的影响，并采用严谨的实证方法，重视对史料的搜集和求证，具有重要的学术价值与学术意义，仍然具有广阔的研究前景。渊源学的例子：杨宪益，《西方十四行诗的渊源》。

比较文学学科理论的第二阶段在美洲，第二阶段是比较文学学科理论的转型期。从 20 世纪 60 年代以来，比较文学研究的主要阵地逐渐从法国转向美国，平行研究的可比性是什么？是类同性。类同性是指是没有文学影响关系的不同国家文学所表现出的相似和契合之处。以类同性为基本立足点的平行研究与影响研究一样都是超出国界的文学研究，但它不涉及影响关系研究的放送、流传、媒介等问题。平行研究强调不同国家的作家、作品、文学现象的类同比较，比较结果是总结出于文学作品的美学价值及文学发展具有规律性的东西。其比较必须具有可比性，这个可比性就是类同性。研究文学中类同的：风格、结构、内容、形式、流派、情节、技巧、手法、情调、形象、主题、文类、文学思潮、文学理论、文学规律。例如钱钟书《通感》认为，中国诗文有一种描写手法，古代批评家和修辞学家似乎都没有拈出。宋祁《玉楼春》词有句名句："红杏枝头春意闹。"这与西方的通感描写手法可以比较。

**比较文学的又一次危机：比较文学的死亡**

九十年代，欧美学者提出，比较文学作为一门学科已经死亡！最早是英国学者苏珊·巴斯奈特1993年她在《比较文学》一书中提出了比较文学的死亡论，认为比较文学作为一门学科，在某种意义上已经死亡。尔后，美国学者斯皮瓦克写了一部比较文学专著，书名就叫《一个学科的死亡》。为什么比较文学会死亡，斯皮瓦克的书中并没有明确回答！为什么西方学者会提出比较文学死亡论？全世界比较文学界都十分困惑。我们认为，20世纪90年代以来，欧美比较文学继"理论热"之后，又出现了大规模的"文化转向"。脱离了比较文学的基本立场。首先是不比较，即不讲比较文学的可比性问题。西方比较文学研究充斥大量的Culture Studies（文化研究），已经不考虑比较的合理性，不考虑比较文学的可比性问题。第二是不文学，即不关心文学问题。西方学者热衷于文化研究，关注的已经不是文学性，而是精神分析、政治、性别、阶级、结构等等。最根本的原因，是比较文学学科长期囿于西方中心论，有意无意地回避东西方不同文明文学的比较问题，基本上忽略了学科理论的新生长点，比较文学学科理论缺乏创新，严重忽略了比较文学的差异性和变异性。

要克服比较文学的又一次危机，就必须打破西方中心论，克服比较文学学科理论一味求同的比较文学学科理论模式，提出适应当今全球化比较文学研究的新话语。中国学派，正是在此次危机中，提出了比较文学变异学研究，总结出了新的学科理论话语和一套新的方法论。

中国大陆第一部比较文学概论性著作是卢康华、孙景尧所著《比较文学导论》，该书指出："什么是比较文学？现在我们可以借用我国学者季羡林先生的解释来回答了：‘顾名思义，比较文学就是把不同国家的文学拿出来比较，这可以说是狭义的比较文学。广义的比较文学是把文学同其他学科来比较，包括人文科学和社会科学’。”[1]这个定义可以说是美国雷马克定义的翻版。不过，该书又接着指出:“我们认为最精炼易记的还是我国学者钱钟书先生的说法：‘比较文学作为一门专门学科，则专指跨越国界和语言界限的文学比较’。更具体地说，就是把不同国家不同语言的文学现象放在一起进行比较，研究他们在文艺理论、文学思潮，具体作家、作品之间的互相影响。”[2]这个定义似乎更接近法国学派的定义，没有强调平行比较与跨学科比较。紧接该书之后的教材是陈挺的《比较文学简编》，该书仍旧以“广义”与“狭义”来解释比较文学的定义，指出：“我们认为，通常说的比较文学是狭义的，即指超越国家、民族和语言界限的文学研究……广义的比较文学还可以包括文学与其他艺术（音乐、绘画等）与其他意识形态（历史、哲学、政治、宗教等）之间的相互关系的研究。”[3]中国比较文学早期对于比较文学的定义中凸显了很强的不确定性。

由乐黛云主编，高等教育出版社 1988 年的《中西比较文学教程》，则对比较文学定义有了较为深入的认识，该书在详细考查了中外不同的定义之后，该书指出：“比较文学不应受到语言、民族、国家、学科等限制，而要走向一种开放性，力图寻求世界文学发展的共同规律。”[4]“世界文学”概念的纳入极大拓宽了比较文学的内涵，为“跨文化”定义特征的提出做好了铺垫。

随着时间的推移，学界的认识逐步深化。1997 年，陈惇、孙景尧、谢天振主编的《比较文学》提出了自己的定义：“把比较文学看作跨民族、跨语言、跨文化、跨学科的文学研究，更符合比较文学的实质，更能反映现阶段人们对于比较文学的认识。”[5]2000 年北京师范大学出版社出版了《比较文学概论》修订本，提出：“什么是比较文学呢？比较文学是一种开放式的文学研究，它具有宏观的视野和国际的角度，以跨民族、跨语言、跨文化、跨学科界限的各种文学关系为研究对象，在理论和方法上，具有比较的自觉意识和兼容并包的特色。”[6]这是我们目前所看到的国内较有特色的一个定义。

1 卢康华、孙景尧著《比较文学导论》，黑龙江人民出版社 1984，第 15 页。
2 卢康华、孙景尧著《比较文学导论》，黑龙江人民出版社 1984 年版。
3 陈挺《比较文学简编》，华东师范大学出版社 1986 年版。
4 乐黛云主编《中西比较文学教程》，高等教育出版社 1988 年版。
5 陈惇、孙景尧、谢天振主编《比较文学》，高等教育出版社 1997 年版。
6 陈惇、刘象愚《比较文学概论》，北京师范大学出版社 2000 年版。

具有代表性的比较文学定义是2002年出版的杨乃乔主编的《比较文学概论》一书，该书的定义如下："比较文学是以跨民族、跨语言、跨文化与跨学科为比较视域而展开的研究，在学科的成立上以研究主体的比较视域为安身立命的本体，因此强调研究主体的定位，同时比较文学把学科的研究客体定位于民族文学之间与文学及其他学科之间的三种关系：材料事实关系、美学价值关系与学科交叉关系，并在开放与多元的文学研究中追寻体系化的汇通。"[7]方汉文则认为："比较文学作为文学研究的一个分支学科，它以理解不同文化体系和不同学科间的同一性和差异性的辩证思维为主导，对那些跨越了民族、语言、文化体系和学科界限的文学现象进行比较研究，以寻求人类文学发生和发展的相似性和规律性。"[8]由此而引申出的"跨文化"成为中国比较文学学者对于比较文学定义所做出的历史性贡献。

我在《比较文学教程》中对比较文学定义表述如下："比较文学是以世界性眼光和胸怀来从事不同国家、不同文明和不同学科之间的跨越式文学比较研究。它主要研究各种跨越中文学的同源性、变异性、类同性、异质性和互补性，以影响研究、变异研究、平行研究、跨学科研究、总体文学研究为基本方法论，其目的在于以世界性眼光来总结文学规律和文学特性，加强世界文学的相互了解与整合，推动世界文学的发展。"[9]在这一定义中，我再次重申"跨国""跨学科""跨文明"三大特征，以"变异性""异质性"突破东西文明之间的"第三堵墙"。

"首在审己，亦必知人"。中国比较文学学者在前人定义的不断论争中反观自身，立足中国经验、学术传统，以中国学者之言为比较文学的危机处境贡献学科转机之道。

## 三、两岸共建比较文学话语——比较文学中国学派

中国学者对于比较文学定义的不断明确也促成了"比较文学中国学派"的生发。得益于两岸几代学者的垦拓耕耘，这一议题成为近五十年来中国比较文学发展中竖起的最鲜明、最具争议性的一杆大旗，同时也是中国比较文学学科理论研究最有创新性，最亮丽的一道风景线。

7 杨乃乔主编《比较文学概论》，北京大学出版社2002年版。
8 方汉文《比较文学基本原理》，苏州大学出版社2002年版。
9 曹顺庆《比较文学教程》，高等教育出版社2006年版。

比较文学“中国学派”这一概念所蕴含的理论的自觉意识最早出现的时间大约是20世纪70年代。当时的台湾由于派出学生留洋学习，接触到大量的比较文学学术动态，率先掀起了中外文学比较的热潮。1971年7月在台湾淡江大学召开的第一届“国际比较文学会议”上，朱立元、颜元叔、叶维廉、胡辉恒等学者在会议期间提出了比较文学的“中国学派”这一学术构想。同时，李达三、陈鹏翔（陈慧桦）、古添洪等致力于比较文学中国学派早期的理论催生。如1976年，古添洪、陈慧桦出版了台湾比较文学论文集《比较文学的垦拓在台湾》。编者在该书的序言中明确提出：“我们不妨大胆宣言说，这援用西方文学理论与方法并加以考验、调整以用之于中国文学的研究，是比较文学中的中国派”[10]。这是关于比较文学中国学派较早的说明性文字，尽管其中提到的研究方法过于强调西方理论的普世性，而遭到美国和中国大陆比较文学学者的批评和否定；但这毕竟是第一次从定义和研究方法上对中国学派的本质进行了系统论述，具有开拓和启明的作用。后来，陈鹏翔又在台湾《中外文学》杂志上连续发表相关文章，对自己提出的观点作了进一步的阐释和补充。

在“中国学派”刚刚起步之际，美国学者李达三起到了启蒙、催生的作用。李达三于60年代来华在台湾任教，为中国比较文学培养了一批朝气蓬勃的生力军。1977年10月，李达三在《中外文学》6卷5期上发表了一篇宣言式的文章《比较文学中国学派》，宣告了比较文学的中国学派的建立，并认为比较文学中国学派旨在“与比较文学中早已定于一尊的西方思想模式分庭抗礼。由于这些观念是源自对中国文学及比较文学有兴趣的学者，我们就将含有这些观念的学者统称为比较文学的‘中国’学派。”并指出中国学派的三个目标：1、在自己本国的文学中，无论是理论方面或实践方面，找出特具“民族性”的东西，加以发扬光大，以充实世界文学；2、推展非西方国家“地区性”的文学运动，同时认为西方文学仅是众多文学表达方式之一而已；3、做一个非西方国家的发言人，同时并不自诩能代表所有其他非西方的国家。李达三后来又撰文对比较文学研究状况进行了分析研究，积极推动中国学派的理论建设。[11]

继中国台湾学者垦拓之功，在20世纪70年代末复苏的大陆比较文学研

10 古添洪、陈慧桦《比较文学的垦拓在台湾》，台湾东大图书公司1976年版。
11 李达三《比较文学研究之新方向》，台湾联经事业出版公司1978年版。

究亦积极参与了“比较文学中国学派”的理论建设和学科建设。

季羡林先生 1982 年在《比较文学译文集》的序言中指出：“以我们东方文学基础之雄厚，历史之悠久，我们中国文学在其中更占有独特的地位，只要我们肯努力学习，认真钻研，比较文学中国学派必然能建立起来，而且日益发扬光大”[12]。1983 年 6 月，在天津召开的新中国第一次比较文学学术会议上，朱维之先生作了题为《比较文学中国学派的回顾与展望》的报告，在报告中他旗帜鲜明地说：“比较文学中国学派的形成（不是建立）已经有了长远的源流，前人已经做出了很多成绩，颇具特色，而且兼有法、美、苏学派的特点。因此，中国学派绝不是欧美学派的尾巴或补充”[13]。1984 年，卢康华、孙景尧在《比较文学导论》中对如何建立比较文学中国学派提出了自己的看法，认为应当以马克思主义作为自己的理论基础，以我国的优秀传统与民族特色为立足点与出发点，汲取古今中外一切有用的营养，去努力发展中国的比较文学研究。同年在《中国比较文学》创刊号上，朱维之、方重、唐弢、杨周翰等人认为中国的比较文学研究应该保持不同于西方的民族特点和独立风貌。1985 年，黄宝生发表《建立比较文学的中国学派：读〈中国比较文学〉创刊号》，认为《中国比较文学》创刊号上多篇讨论比较文学中国学派的论文标志着大陆对比较文学中国学派的探讨进入了实际操作阶段。[14]1988 年，远浩一提出“比较文学是跨文化的文学研究”（载《中国比较文学》1988 年第 3 期）。这是对比较文学中国学派在理论特征和方法论体系上的一次前瞻。同年，杨周翰先生发表题为“比较文学：界定‘中国学派’，危机与前提”（载《中国比较文学通讯》1988 年第 2 期），认为东方文学之间的比较研究应当成为“中国学派”的特色。这不仅打破比较文学中的欧洲中心论，而且也是东方比较学者责无旁贷的任务。此外，国内少数民族文学的比较研究，也应该成为“中国学派”的一个组成部分。所以，杨先生认为比较文学中的大量问题和学派问题并不矛盾，相反有助于理论的讨论。1990 年，远浩一发表“关于‘中国学派’”（载《中国比较文学》1990 年第 1 期），进一步推进了“中国学派”的研究。此后直到 20 世纪 90 年代末，中国学者就比较文学中国学派的建立、理论与方法以及相应的学科理论等诸多问题进行了积极而富有成效的探讨。

12 张隆溪《比较文学译文集》，北京大学出版社 1984 年版。

13 朱维之《比较文学论文集》，南开大学出版社 1984 年版。

14 参见《世界文学》1985 年第 5 期。

刘介民、远浩一、孙景尧、谢天振、陈淳、刘象愚、杜卫等人都对这些问题付出过不少努力。《暨南学报》1991 年第 3 期发表了一组笔谈，大家就这个问题提出了意见，认为必须打破比较文学研究中长期存在的法美研究模式，建立比较文学中国学派的任务已经迫在眉睫。王富仁在《学术月刊》1991 年第 4 期上发表“论比较文学的中国学派问题”，论述中国学派兴起的必然性。而后，以谢天振等学者为代表的比较文学研究界展开了对“X+Y”模式的批判。比较文学在大陆复兴之后，一些研究者采取了“X+Y”式的比附研究的模式，在发现了“惊人的相似”之后便万事大吉，而不注意中西巨大的文化差异性，成为了浅度的比附性研究。这种情况的出现，不仅是中国学者对比较文学的理解上出了问题，也是由于法美学派研究理论中长期存在的研究模式的影响，一些学者并没有深思中国与西方文学背后巨大的文明差异性，因而形成“X+Y”的研究模式，这更促使一些学者思考比较文学中国学派的问题。

经过学者们的共同努力，比较文学中国学派一些初步的特征和方法论体系逐渐凸显出来。1995 年，我在《中国比较文学》第 1 期上发表《比较文学中国学派基本理论特征及其方法论体系初探》一文，对比较文学在中国复兴十余年来的发展成果作了总结，并在此基础上总结出中国学派的理论特征和方法论体系，对比较文学中国学派作了全方位的阐述。继该文之后，我又发表了《跨越第三堵‘墙’创建比较文学中国学派理论体系》等系列论文，论述了以跨文化研究为核心的“中国学派”的基本理论特征及其方法论体系。这些学术论文发表之后在国内外比较文学界引起了较大的反响。台湾著名比较文学学者古添洪认为该文“体大思精，可谓已综合了台湾与大陆两地比较文学中国学派的策略与指归，实可作为‘中国学派’在大陆再出发与实践的蓝图”[15]。

在我撰文提出比较文学中国学派的基本特征及方法论体系之后，关于中国学派的论争热潮日益高涨。反对者如前国际比较文学学会会长佛克马（Douwe Fokkema）1987 年在中国比较文学学会第二届学术讨论会上就从所谓的国际观点出发对比较文学中国学派的合法性提出了质疑，并坚定地反对建立比较文学中国学派。来自国际的观点并没有让中国学者失去建立比较文学中国学派的热忱。很快中国学者智量先生就在《文艺理论研究》1988 年第

15 古添洪《中国学派与台湾比较文学界的当前走向》，参见黄维梁编《中国比较文学理论的垦拓》167 页，北京大学出版社 1998 年版。

1 期上发表题为《比较文学在中国》一文，文中援引中国比较文学研究取得的成就，为中国学派辩护，认为中国比较文学研究成绩和特色显著，尤其在研究方法上足以与比较文学研究历史上的其他学派相提并论，建立中国学派只会是一个有益的举动。1991 年，孙景尧先生在《文学评论》第 2 期上发表《为“中国学派”一辩》，孙先生认为佛克马所谓的国际主义观点实质上是“欧洲中心主义”的观点，而“中国学派”的提出，正是为了清除东西方文学与比较文学学科史中形成的“欧洲中心主义”。在 1993 年美国印第安纳大学举行的全美比较文学会议上，李达三仍然坚定地认为建立中国学派是有益的。二十年之后，佛克马教授修正了自己的看法，在 2007 年 4 月的“跨文明对话——国际学术研讨会（成都）”上，佛克马教授公开表示欣赏建立比较文学中国学派的想法[16]。即使学派争议一派繁荣景象，但最终仍旧需要落点于学术创见与成果之上。

比较文学变异学便是中国学派的一个重要理论创获。2005 年，我正式在《比较文学学》[17]中提出比较文学变异学，提出比较文学研究应该从“求同”思维中走出来，从“变异”的角度出发，拓宽比较文学的研究。通过前述的法、美学派学科理论的梳理，我们也可以发现前期比较文学学科是缺乏“变异性”研究的。我便从建构中国比较文学学科理论话语体系入手，立足《周易》的“变异”思想，建构起“比较文学变异学”新话语，力图以中国学者的视角为全世界比较文学学科理论提供一个新视角、新方法和新理论。

比较文学变异学的提出根植于中国哲学的深层内涵，如《周易》之“易之三名”所构建的“变易、简易、不易”三位一体的思辨意蕴与意义生成系统。具体而言，“变易”乃四时更替、五行运转、气象畅通、生生不息；“不易”乃天上地下、君南臣北、纲举目张、尊卑有位；“简易”则是乾以易知、坤以简能、易则易知、简则易从。显然，在这个意义结构系统中，变易强调“变”，不易强调“不变”，简易强调变与不变之间的基本关联。万物有所变，有所不变，且变与不变之间存在简单易从之规律，这是一种思辨式的变异模式，这种变异思维的理论特征就是：天人合一、物我不分、对立转化、整体关联。这是中国古代哲学最重要的认识论，也是与西方哲学所不同的“变异”思想。

16 见《比较文学报》2007 年 5 月 30 日，总第 43 期。
17 曹顺庆《比较文学学》，四川大学出版社 2005 年版。

由哲学思想衍生于学科理论，比较文学变异学是“指对不同国家、不同文明的文学现象在影响交流中呈现出的变异状态的研究，以及对不同国家、不同文明的文学相互阐发中出现的变异状态的研究。通过研究文学现象在影响交流以及相互阐发中呈现的变异，探究比较文学变异的规律。”[18]变异学理论的重点在求“异”的可比性，研究范围包含跨国变异研究、跨语际变异研究、跨文化变异研究、跨文明变异研究、文学的他国化研究等方面。比较文学变异学所发现的文化创新规律、文学创新路径是基于中国所特有的术语、概念和言说体系之上探索出的“中国话语”，作为比较文学第三阶段中国学派的代表性理论已经受到了国际学界的广泛关注与高度评价，中国学术话语产生了世界性影响。

## 四、国际视野中的中国比较文学

文明之墙让中国比较文学学者所提出的标识性概念获得国际视野的接纳、理解、认同以及运用，经历了跨语言、跨文化、跨文明的多重关卡，国际视野下的中国比较文学书写亦经历了一个从“遍寻无迹”“只言片语”而“专篇专论”，从最初的“话语乌托邦”至“阶段性贡献”的过程。

二十世纪六十年代以来港台学者致力于从课程教学、学术平台、人才培养，国内外学术合作等方面巩固比较文学这一新兴学科的建立基石，如淡江文理学院英文系开设的“比较文学”（1966），香港大学开设的“中西文学关系”（1966）等课程；台湾大学外文系主编出版之《中外文学》月刊、淡江大学出版之《淡江评论》季刊等比较文学研究专刊；后又有台湾比较文学学会（1973 年）、香港比较文学学会（1978）的成立。在这一系列的学术环境构建下，学者前贤以“中国学派”为中国比较文学话语核心在国际比较文学学科理论、方法论中持续探讨，率先启声。例如李达三在 1980 年香港举办的东西方比较文学学术研讨会成果中选取了七篇代表性文章，以 *Chinese-Western Comparative Literature: Theory and Strategy* 为题集结出版，[19]并在其结语中附上那篇“中国学派”宣言文章以申明中国比较文学建立之必要。

学科开山之际，艰难险阻之巨难以想象，但从国际学者相关言论中可见西方对于中国比较文学学科的发展抱有的希望渺小。厄尔·迈纳（Earl Miner）

18 曹顺庆主编《比较文学概论》，高等教育出版社 2015 年版。

19 ***Chinese-Western Comparative Literature***： *Theory & Strategy*, Chinese Univ Pr.1980-6

在 1987 年发表的 *Some Theoretical and Methodological Topics for Comparative Literature* 一文中谈到当时西方的比较文学鲜有学者试图将非西方材料纳入西方的比较文学研究中。（until recently there has been little effort to incorporate non-Western evidence into Western com- parative study.）1992 年，斯坦福大学教授 David Palumbo-Liu 直接以《话语的乌托邦：论中国比较文学的不可能性》为题（*The Utopias of Discourse: On the Impossibility of Chinese Comparative Literature*）直言中国比较文学本质上是一项“乌托邦”工程。（My main goal will be to show how and why the task of Chinese comparative literature, particularly of pre-modern literature, is essentially a *utopian* project.）这些对于中国比较文学的诘难与质疑，今美国加州大学圣地亚哥分校文学系主任张英进教授在其 1998 编著的 *China in a polycentric world: essays in Chinese comparative literature* 前言中也不得不承认中国比较文学研究在国际学术界中仍然处于边缘地位（The fact is, however, that Chinese comparative literature remained marginal in academia, even though it has developed closely with the rest of literary studies in the United Stated and even though China has gained increasing importance in the geopolitical world order over the past decades.）。[20]但张英进教授也展望了下一个千年中国比较文学研究的蓝景。

新的千年新的气象，“世界文学”“全球化”等概念的冲击下，让西方学者开始注意到东方，注意到中国。如普渡大学教授斯蒂文 · 托托西（Tötösy de Zepetnek, Steven）1999 年发长文 *From Comparative Literature Today Toward Comparative Cultural Studies* 阐明比较文学研究更应该注重文化的全球性、多元性、平等性而杜绝等级划分的参与。托托西教授注意到了在法德美所谓传统的比较文学研究重镇之外，例如中国、日本、巴西、阿根廷、墨西哥、西班牙、葡萄牙、意大利、希腊等地区，比较文学学科得到了出乎意料的发展（emerging and developing strongly）。在这篇文章中，托托西教授列举了世界各地比较文学研究成果的著作，其中中国地区便是北京大学乐黛云先生出版的代表作品。托托西教授精通多国语言，研究视野也常具跨越性，新世纪以来也致力于以跨越性的视野关注世界各地比较文学研究的动向。[21]

20 Moran T . Yingjin Zhang, Ed. China in a Polycentric World: Essays in Chinese Comparative Literature[J].现代中文文学学报,2000,4(1):161-165.

21 Tötösy de Zepetnek, Steven. "From Comparative Literature Today Toward Comparative Cultural Studies." CLCWeb: Comparative Literature and Culture 1.3 (1999):

以上这些国际上不同学者的声音一则质疑中国比较文学建设的可能性，一则观望着这一学科在非西方国家的复兴样态。争议的声音不仅在国际学界，国内学界对于这一新兴学科的全局框架中涉及的理论、方法以及学科本身的立足点，例如前文所说的比较文学的定义，中国学派等等都处于持久论辩的漩涡。我们也通晓如果一直处于争议的漩涡中，便会被漩涡所吞噬，只有将论辩化为成果，才能转漩涡为涟漪，一圈一圈向外辐射，国际学人也在等待中国学者自己的声音。

上海交通大学王宁教授作为中国比较文学学者的国际发声者自 20 世纪末至今已撰文百余篇，他直言，全球化给西方学者带来了学科死亡论，但是中国比较文学必将在这全球化语境中更为兴盛，中国的比较文学学者一定会对国际文学研究做出更大的贡献。新世纪以来中国学者也不断地将自身的学科思考成果呈现在世界之前。2000 年，北京大学周小仪教授发文（*Comparative Literature in China*）[22]率先从学科史角度构建了中国比较文学在两个时期（20 世纪 20 年代至 50 年代，70 年代至 90 年代）的发展概貌，此文关于中国比较文学的复兴崛起是源自中国文学现代性的产生这一观点对美国芝加哥大学教授苏源熙（Haun Saussy）影响较深。苏源熙在 2006 年的专著 *Comparative Literature in an Age of Globalization* 中对于中国比较文学的讨论篇幅极少，其中心便是重申比较文学与中国文学现代性的联系。这篇文章也被哈佛大学教授大卫·达姆罗什（David Damrosch）收录于《普林斯顿比较文学资料手册》（*The Princeton Sourcebook in Comparative Literature*，2009[23]）。类似的学科史介绍在英语世界与法语世界都接续出现，以上大致反映了中国学者对于中国比较文学研究的大概描述在西学界的接受情况。学科史的构架对于国际学术对中国比较文学发展脉络的把握很有必要，但是在此基础上的学科理论实践才是关系于中国比较文学学科国际性发展的根本方向。

我在 20 世纪 80 年代以来 40 余年间便一直思考比较文学研究的理论构建问题，从以西方理论阐释中国文学而造成的中国文艺理论“失语症”思考

22 Zhou, Xiaoyi and Q.S. Tong, “Comparative Literature in China”, Comparative Literature and Comparative Cultural Studies, ed., Totosy de Zepetnek, West Lafayette, Indiana: Purdue University Press, 2003, 268-283.

23 Damrosch, David (EDT)***The Princeton Sourcebook in Comparative Literature***: Princeton University Press

属于中国比较文学自身的学科方法论，从跨异质文化中产生的“文学误读”“文化过滤”“文学他国化”提出“比较文学变异学”理论。历经 10 年的不断思考，2013 年，我的英文著作：*The Variation Theory of Comparative Literature*（《比较文学变异学》），由全球著名的出版社之一斯普林格（Springer）出版社出版，并在美国纽约、英国伦敦、德国海德堡出版同时发行。*The Variation Theory of Comparative Literature*（《比较文学变异学》）系统地梳理了比较文学法国学派与美国学派研究范式的特点及局限，首次以全球通用的英语语言提出了中国比较文学学科理论新话语：“比较文学变异学”。这一新概念、新范畴和新表述，引导国际学术界展开了对变异学的专刊研究（如普渡大学创办刊物《比较文学与文化》2017 年 19 期）和讨论。

欧洲科学院院士、西班牙圣地亚哥联合大学让·莫内讲席教授、比较文学系教授塞萨尔·多明戈斯教授（Cesar Dominguez），及美国科学院院士、芝加哥大学比较文学教授苏源熙（Haun Saussy）等学者合著的比较文学专著（Introducing Comparative literature: New Trends and Applications[24]）高度评价了比较文学变异学。苏源熙引用了《比较文学变异学》（英文版）中的部分内容，阐明比较文学变异学是十分重要的成果。与比较文学法国学派和美国学派形成对比，曹顺庆教授倡导第三阶段理论，即，新奇的、科学的中国学派的模式，以及具有中国学派本身的研究方法的理论创新与中国学派”（《比较文学变异学》（英文版）第 43 页）。通过对“中西文化异质性的“跨文明研究”，曹顺庆教授的看法会更进一步的发展与进步（《比较文学变异学》（英文版）第 43 页），这对于中国文学理论的转化和西方文学理论的意义具有十分重要的价值。（“Another important contribution in the direction of an imparative comparative literature-at least as procedure-is Cao Shunqing’s 2013 *The Variation Theory of Comparative Literature*. In contrast to the“French School”and“American School”of comparative Literature, Cao advocates a “third-phrase theory”, namely, “a novel and scientific mode of the Chinese school,” a “theoretical innovation and systematization of the Chincse school by relying on our *own* methods” (*Variation Theory* 43; emphasis added). From this etic beginning, his proposal moves forward emically by developing a “cross-civilizaional study on the heterogeneity between

24 Cesar Dominguez,Haun Saussy,Dario Villanueva Introducing Comparative literature: New Trends and Applications， Routledge,2015

Chinese and Western culture”(43), which results in both the foreignization of Chinese literary theories and the Signification of Western literary theories.)

法国索邦大学（Sorbonne University）比较文学系主任伯纳德·弗朗科（Bernard Franco）教授在他出版的专著（《比较文学：历史、范畴与方法》）*La littératurecomparée: Histoire, domaines, méthodes* 中以专节引述变异学理论，他认为曹顺庆教授提出了区别于影响研究与平行研究的“第三条路”，即“变异理论”，这对应于观点的转变，从“跨文化研究”到“跨文明研究”。变异理论基于不同文明的文学体系相互碰撞为形式的交流过程中以产生新的文学元素，曹顺庆将其定义为“研究不同国家的文学现象所经历的变化”。因此曹顺庆教授提出的变异学理论概述了一个新的方向，并展示了比较文学在不同语言和文化领域之间建立多种可能的桥梁。（Il évoque l’hypothèse d’une troisième voie, la « théorie de la variation », qui correspond à un déplacement du point de vue, de celui des « études interculturelles » vers celui des « études transcivilisationnelles . » Cao Shunqing la définit comme « l’étude des variations subies par des phénomènes littéraires issus de différents pays, avec ou sans contact factuel, en même temps que l’étude comparative de l’hétérogénéité et de la variabilité de différentes expressions littéraires dans le même domaine ».Cette hypothèse esquisse une nouvelle orientation et montre la multiplicité des passerelles possibles que la littérature comparée établit entre domaines linguistiques et culturels différents.）[25]。

美国哈佛大学（Harvard University）厄内斯特·伯恩鲍姆讲席教授、比较文学教授大卫·达姆罗什（David Damrosch）对该专著尤为关注。他认为《比较文学变异学》（英文版）以中国视角呈现了比较文学学科话语的全球传播的有益尝试。曹顺庆教授对变异的关注提供了较为适用的视角，一方面超越了亨廷顿式简单的文化冲突模式，另一方面也跨越了同质性的普遍化。[26]国际学界对于变异学理论的关注已经逐渐从其创新性价值探讨延伸至文学研究，例如斯蒂文·托托西近日在 *Cultura* 发表的（Peripheralities: "Minor" Literatures, Women's Literature, and Adrienne Orosz de Csicser's Novels）一文中便成功地将变异学理论运用于阿德里安·奥罗兹的小说研究中。

---

25 Bernard Franco La litt é raturecompar é e: Histoire, domaines, m é thodes，Armand Colin 2016.

26 David Damrosch Comparing the Literatures,Literary Studies in a Global Age,Princeton University Press,2020.

国际学界对于比较文学变异学的认可也证实了变异学作为一种普遍性理论提出的初衷，其合法性与适用性将在不同文化的学者实践中巩固、拓展与深化。它不仅仅是跨文明研究的方法，而是一种具有超越影响研究和平行研究，超越西方视角或东方视角的宏大视野、一种建立在文化异质性和变异性基础之上的融汇创生、一种追求世界文学和总体问题最终理想的哲学关怀。

以如此篇幅展现中国比较文学之况，是因为中国比较文学研究本就是在各种危机论、唱衰论的压力下，各种质疑论、概念论中艰难前行，不探源溯流难以体察今日中国比较文学研究成果之不易。文明的多样性发展离不开文明之间的交流互鉴。最具“跨文明”特征的比较文学学科更需要文明之间成果的共享、共识、共析与共赏，这是我们致力于比较文学研究领域的学术理想。

千里之行，不积跬步无以至，江海之阔，不积细流无以成！如此宏大的一套比较文学研究丛书得承花木兰总编辑杜洁祥先生之宏志，以及该公司同仁之辛劳，中国比较文学学者之鼎力相助，才可顺利集结出版，在此我要衷心向诸君表达感谢！中国比较文学研究仍有一条长远之途需跋涉，期以系列丛书一展全貌，愿读者诸君敬赐高见！

曹顺庆

二零二一年十月二十三日于成都锦丽园

# 目　次

## 上　册



## 下　册

图目次

# 壹、16-18 世纪天主教士与中国戏曲的接触

**内容提要：**

明代中叶以后，欧洲传教士陆续进入中国，这些拥有较高文化修养的天主教士接触到了与西方戏剧完全不同的中国戏曲，在其文字里留下了记载，这是欧洲人直接接触中国戏曲的最早文献。本文搜集了克鲁士、拉达、门多萨、利玛窦、阿科斯塔、张诚、钱德明、韩国英、宋君荣、奥尔塔等传教士的戏曲记述，结合当时戏曲状况作出判断分析，从而探究西方人早期的戏曲观照及其着眼点。

**关键词：** 天主教士　中国戏曲　文化接触印象与观念

明代中叶以后，欧洲进入了地理大发现时代。通过航海欧洲人发现了美洲、印度、大洋洲和中国，欧洲与中国的丝绸、瓷器、茶叶、漆器贸易开始在新的平台和更广泛的范围里进行，随之而来的是天主教传教士们的深入。此时明朝廷实行禁止一切外国人进入的海禁政策，这反而激起了传教士们迫切进入这片神秘大陆传教的欲望。1553 年葡萄牙人取得澳门居住权，1571 年西班牙占领马尼拉，欧洲教士们开始以马尼拉和澳门为据点，逐步深入中国内地，初期还只是短暂停留，后来逐渐形成定居并建立起了中国教区。来华的天主教士通常都有较高的文化修养，虽然他们不是艺术家和艺术研究者，但在关注中国文化的同时也会接触到中国艺术，因而记录了一些关于中国文学、音乐、绘画和戏曲的观感。当时中国民间尤其是早期传教士所到达的南方，流行的主要是南戏不同声腔的演出。传教士们看到了演出，在笔记里留下了偶然的记载和

褒贬不一的评论，这些应该是欧洲人直接接触中国戏曲的最早文献。

## 一、克鲁士与戏曲的接触

明嘉靖三十五年（1556），葡萄牙多明我会士加斯帕·达·克鲁士（Gaspar da Cruz, 1520-1570）参加一个考察商队前往调研中国的瓷器、丝、茶等的生产机制，曾在广州盘桓一个月左右，回国后根据自己的经历和部分根据盖略特·伯来拉（Galeote Pereira, 1534-1562）的著述，写出了《中国志》（*Gaspar da Cruz, Tractado em que cõtam muito por estẽso as cousas da China*, 1570）（图一），成为欧洲第一本比较全面介绍中国的专著。克鲁士在《中国志》里较为详细地描写了中国的新年戏曲演出以及器乐合奏表演，并且加有简单的评论：

> 在全民节日里，尤其是新年第一天，所有的街道和大门都装饰得十分华丽，特别是拱形的大牌楼，用大量的锦绣绸缎包裹，挂上许多灯笼。人们演奏各种各样的乐器、唱歌，享用各种丰盛的肉类和酒水。大量的时间用来演戏，演得生动逼真。演员的戏装很漂亮，根据他们所装扮的人物进行穿戴。演女角的身穿女装，脸上还涂脂抹粉。如果你听不懂演员对话或许会感到厌倦，但能听懂的人都兴趣盎然。戏一个接一个地持续演出，一演就是一整晚、两晚甚至是三晚。演出期间，一张桌子上会摆着大量的肉和酒。这些演出有两个缺点：一是如果一个演员扮演两个角色必须更换服装的话，他就在观众面前当场换装。二是演员念白的声音十分高亢，就像歌唱的声音一样。有时他们到商船上去演出，葡萄牙人会给他们付费。
>
> 他们用来演奏的乐器，有一种像我们的班多拉琴（bandorae），尽管做工没有那么好，用针调音。还有一种小一些的吉他，再有一种维奥尔琴（viol de gamba）用得较少。他们也用洋琴和三弦琴，以及与我们非常相似的笛子。一种有很多金属弦的拨弦键琴（harpsichord）是用指甲弹奏的，他们因此留着长指甲。他们弹奏得很好听，也很和谐。有时多种乐器一同演奏，四种声音形成很好的和弦。[1]

1 Gaspar da Cruz, “Treatise in which the things of China are related at great length”, C. R. Boxer, *South China in the Sixteenth Century*, Bangkok: Orchid Press, 2004, pp.143-145.（克鲁士《中国志》最早是 1569 年葡萄牙文版，笔者译自英人博克舍汇辑的《十六世纪的南中国》泰国曼谷 2004 年英文版。博克舍的书国内有何高济译本，题为《十六世纪中国南部行纪》，北京：中华书局 1990 年版。）。

图一、克鲁士《中国志》书影，1569

Tractado em que se
cõtam muito por estẽso as cousas
da China, cõ suas particulari-
dades, e assi do reyno dormuz
cõposto por el R. padre frey
Gaspar da Cruz da ordẽ
de sam Domingos.
Dirigido ao muito poderoso Rey dom
Sebastiam nosso señor.
Impresso com licença. 1569.

如果说克鲁士称中国的戏曲演员“演得生动逼真”，还只是一般印象式的评价，那么他还专门提到“演员的戏装很漂亮，根据他们所装扮的人物进行穿戴”，这个见解就十分珍贵。因为这是西方人对戏曲的一个视觉观测点，而克鲁士是第一个从这个角度谈及的。16 世纪的欧洲，戏剧演出尚不按照人物的生活装扮穿衣，演员常常穿着自己最时髦的晚礼服上台，而女性角色常用带泡袖有裙撑的贵妇装。[2]所以克鲁士特意指出中国戏曲是演什么人穿什么人的衣服。中国戏班有专门的戏装，元代称作“行头”，巡回演出要挑着提着走，所以元代南戏《宦门子弟错立身》里描写戏班赶路有“提行头怕甚的”的句子[3]。明代是中国戏装定型期，逐渐形成蟒、铠、褶、帔、衣的戏衣分类[4]，是在生活服装基础上加工提升其装扮值与色泽度的结果，而按照人物的社会阶层和角色身份着装，所以给了克鲁士以深刻印象。克鲁士还观察到了戏曲脚色饰演女性时

2 参见于漪《浅说中西戏剧传统之交融》，陆润堂等编《比较戏剧论文集》，北京：中国戏剧出版社 1988 年版。

3 钱南扬《永乐大典戏文三种校注》，北京：中华书局，1979 年，第 245 页。

4 从明代赵琦美《脉望馆抄校本古今杂剧》里面附录的明宫廷杂剧演出“穿关”（戏衣规定），可以看到具体情形。

的涂面化妆："演女角的除必须穿妇女的服饰外，还涂脂抹粉。"作为一个语言不通、欣赏习惯也极为不同的欧洲人，克鲁士没有先入为主地用自己对戏剧的直观感受作为衡量演出效果的标尺，而是客观、细致地观察中国观众的反应："如果你听不懂演员对话或许会感到厌倦，但能听懂的人都兴趣盎然。"这种初步接触异质文化时所表现出的尊重态度，体现了克鲁士的平等意识。当然，克鲁士也从自己的观念出发，指摘中国戏曲的所谓"缺点"："这些演出有两个缺点：一是如果一个演员扮演两个角色必须更换服装的话，他就在观众面前当场换装。二是演员念白的声音十分高亢，就像歌唱的声音一样。"这是今天所见到的最早触及东西方戏剧观差异的评论。角色当场改换服装而变更人物是中国戏曲的一个特征，宋杂剧和早期南戏《张协状元》里都是如此，而演员念韵白时声音较高也是戏曲的一个表演特色。因为不同于欧洲戏剧的演法，克鲁士觉得难以接受。除上述文字之外，克鲁士在后面还提到一个情况："有时他们到商船上去演出，葡萄牙人会给他们付费。"寥寥两句，透露了当时还有更多葡萄牙人花钱观看中国戏曲演出的事实。

作为一个有相当音乐修养的神父，克鲁士对于中国乐器的描述和对中国器乐演奏的观察就更加珍贵。他提到"多种乐器一同演奏，四种声音形成很好的和弦"，尤其是他用赞赏的态度谈到了与当地音乐青年的一次充满理解与友谊的交流，并且观察到合奏时乐器是次第发声的，这可以看作是中欧民间音乐最早友好交流的生动实例：

> 在一个有月光的晚上，我和几个葡萄牙人坐在旅馆门口河边的长凳上，这时有几个年轻人乘着小船沿河游玩，正在演奏各种乐器。我们听到音乐很高兴，喊他们靠过来，我们邀请他们演奏。这些勇敢的年轻人划过来了，开始调试他们的乐器。我们很高兴看他们这样做，这样演奏起来就不会违和。表演开始，他们不是一同起奏的，而是一些人先开始，另一些人再加入，演奏了许多乐章。一些乐器休止，一些乐器演奏，更多时候则是四种乐器的合奏，分别是两把次中音的小班杜拉琴（bandoraes），一把高次中音的大班杜拉琴，随后是拨弦键琴，高音部有时是三弦琴（rebeck）有时是扬琴。他们采取了一个很好的策略，每次演奏的曲目不超过两段，这样我们就会想听更多的。我们请求他们第二天带一位歌手来，他们虽然答应了却没来。不过一天破晓，他们带着同样的乐器来为我们演唱了晨曦

之歌，没让我们失望。[5]

克鲁士在另一处记载里还提到中国的木偶戏："中国人也玩木偶，用它进行艺术表演，就像葡萄牙有外国人演木偶戏挣钱，中国人也用它挣钱。"[6]可见 16 世纪时的葡萄牙就有"外国人"演出木偶戏，欧洲同时代也有滑稽演员用木偶表演圣经故事的记载[7]，克鲁士应该见到过，因此当他在中国看到木偶戏时就产生了联想。

1555 年、1556 年数次进入广州的葡萄牙神父贝尔西奥（P. Belchior, 1519-1571）所著《中国的风俗和法律》[8]里，也简略提到了中国人的新年演戏情况。他说："每年第一天，即基督徒割礼节那天，他们也举行盛大庆祝活动，在三个官方机构里举办，一共持续三个白天和夜晚。我参加了三天的活动，他们热衷于演闹剧，然后又吃又喝。这三天他们习惯性地关闭城门以避免危险。"[9]其中说春节连续三天吃喝唱戏，与克鲁士的《中国志》记载相同。而称中国人热衷于演"闹剧"，显然是一种误解。因为中国人节日期间演出的都是吉庆喜剧，以制造热闹、祥和的气氛为重。

## 二、门多萨、拉达等人对戏曲的描述

1585 年，长期关注中国历史文化的天主教奥古斯丁会修士、西班牙人门多萨（González de Mendoza, 1545-1618）应罗马教皇之命，依据当时的奥古斯丁会士拉达（Martin de Rada, 1533-1578）、多明我会士克鲁士（Gaspar da Cruz,?-1570）和方济各会士阿尔法罗（Pedro de Alfaro）、马丁·罗耀拉（Martin Ignacio Royola）的赴华行记，以及拉达在中国购买并在菲律宾译出的百余种书籍内容，并以其他传教士的报告、文件、信札、著述作为补充，撰写出版了《中华大帝国史》（*Historia del Gran Reino de la China*, 1585）（图二），此书里面谈到了拉达神父在中国福建参加宴会时看到的戏曲演出：

5 Gaspar da Cruz, "Treatise in which the things of China are related at great length", C. R. Boxer, *South China in the Sixteenth Century*, Bangkok: Orchid Press, 2004, pp.145-146.

6 Gaspar da Cruz, "Treatise in which the things of China are related at great length", C. R. Boxer, *South China in the Sixteenth Century*, Bangkok: Orchid Press, 2004, p.121.

7 参见玛格丽特·索瑞森著，朱凝翻译整理《欧洲木偶剧浅谈》，《戏剧》2009 年第 1 期，第 95 页。

8 《葡萄牙人在华见闻录》收录贝尔西奥此著，题为"一位在中国被囚禁六年之久的正人君子在马六甲神学院向贝尔西奥神父讲述中国的风俗和法律"。

9 P. Belchior, "Costumes e leis do reino da China", Raffaella D'intino, *Enformação das Cousas da China, Textos do século XVI*, Impr. Nacional-Casa da Moeda, 1989, p.71.

> 在这些宴会上常有女演员表演和歌唱，用众多优美的演出给客人带来欢乐。同时有不少男演员，演奏他们特有的乐器，翻跟斗和演戏，他们演出的喜剧非常出色和自然……奥古斯丁神父们见到了琵琶、吉他、提琴、六弦琴、三弦琴、竖琴、长笛等乐器，还有一些乐器我们也使用，但形制上有所变化，很容易就能识别出来。他们的歌唱与乐器伴奏十分和谐，嗓音都非常美妙。[10]

图二、《中华大帝国史》书影（1585 年西班牙文罗马版）

HISTORIA
DE LAS COSAS
MAS NOTABLES,
RITOS Y COSTVMBRES,
Del gran Reyno dela China, sabidas assi por los libros delos mesmos Chinas, como por relacion de Religiosos y otras personas que an estado en el dicho Reyno.
HECHA Y ORDENADA POR EL MVY R. P. MAESTRO Fr. Ioan Gonzalez de Mendoça dela Orden de S. Augustin, y penitenciario Appostolico a quien la Magestad Catholica embio con su real carta y otras cosas para el Rey de aquel Reyno el año. 1580.
AL ILLVSTRISSIMO S. FERNANDO de Vega y Fonseca del consejo de su Magestad y su presidente en el Real delas Indias.
Con vn Itinerario del nueuo Mundo.
Con Priuilegio y Licencia de su Santidad.
En Roma, a costa de Bartholome Grassi. 1585.
en la Stampa de Vincentio Accolti.

门多萨神父并未到过中国，可以确定这里具体生动的场景描写，来自拉达神父的记述（但今存拉达《出使福建记》《记大明的中国事情》里都因记载过于简略而未见[11]）。1574 年潮州把总王望高奉福建巡抚刘尧海之命，率舰队到菲律宾追击海盗林凤，在那里的拉达征得王望高同意，曾作为使者进入福建，从泉州到达福州，但因中国人认为西班牙政治失信又将其遣返澳门。[12]由于欧

10 Juan Gonzalez de Mendoza, *The Historie of the Great and Mightie Kingdome of China, and the Sitution*, London: I. Wolfe for Edward White, 1853, vol. I, pp.138, 140.

11 拉达这两份札记收入英国汉学家博克舍（C. R. Boxer）编注的《十六世纪中国南部行纪》（*South China in the Sixteenth Century*）一书中，有何高济中译本，北京中华书局 1990 年出版。

12 马丁·德·拉达撰写有《记大明的中国事情》（Relación de las cosas de China que propiramente se Ilama Taylin），讲述了事情的前前后后。收入英国汉学家博克舍（C. R. Boxer）编注的《十六世纪中国南部行纪》（*South China in the Sixteenth Century*）一书中，有何高济中译本，北京中华书局 1990 年出版。

洲教堂里的唱诗班有用乐器伴奏唱圣歌和表演宗教剧的传统，神父们具备相应的音乐和戏剧知识，因而这里对演出的观察是细致的，尤其对乐器种类和演唱效果的描述具体而微。不像西方其他旅游者初始接触中国戏曲音乐和唱腔时，通常出于自身音乐审美习惯的差异而感觉难以接受，神父的音乐修养使他们能够从容接触并静心欣赏异质音乐和歌唱之美，并从技术角度来进行专业评判，例如上面特意提到的“他们的歌唱与乐器伴奏十分和谐”。对于所看戏剧形式和内容文中没有具体描绘，只用了“他们演出的喜剧非常出色和自然”来说明其感受与视听效果。（图三）

图三、拉达画像，Victor Villán 绘，1879，西班牙瓦拉多利德东方博物馆（Museo Oriental de Valladolid）藏

拉达神父到达中国的时间应该在明万历时期，当时中国官府宴会上经常有音乐和戏曲演出，例如明顾起元《客座赘语》卷九“戏剧”条说：“南都（南京）万历以前，公侯与缙绅及富家，凡有燕会小集，多用散乐，或三四人、或多人唱大套北曲。乐器用筝、纂、琵琶、三弦子、拍板。若大席，则用教坊打院本，乃北曲四大套者。中间佐以撮垫圈、舞观音，或百丈旗，或跳队子。后乃尽变为南唱……大会则为南戏。”[13]这与拉达神父在福建见到的情形接近，也是宴会间表演器乐、戏曲和杂技助兴，乐器也有不少相同，各地民俗是相通的。拉达神父的记叙中还提到演员“嗓音都非常美妙”，明显不仅是指唱曲者，而且包括戏曲演员的演唱。拉达神父到达的福建地区，当时盛行的戏曲声腔和

13 顾起元《客座赘语》，北京：中华书局，1987，第303页。

南京不同，南京演出的戏曲样式最初是杂剧，后改为南戏，而拉达神父所记叙的时间相当于顾起元所说的万历后期，因而表演的应该是当地的南戏分支泉潮腔，器乐演奏的乐曲则是南音。牛津大学龙彼得教授（Pier van der Loon, 1920-2002）于 20 世纪五六十年代在欧洲图书馆发现的明版《荔镜记》《满天春》《钰妍丽锦》《百花赛锦》等书，都是这一时期泉潮腔和南音的曲本。只是作为初入中国的外国人，神父们学习的是汉语官话（这一点利玛窦曾提到[14]），他们可能连福建地方话都听不懂，更何谈听懂泉潮腔和南音，因而仅能作出“演员的演出十分自然”的评价。事实上当时连中国其他省份的人都无法听懂闽南方言和曲调，例如万历三十年（1602）进士的谢肇淛《五杂俎》卷十二“物部四”里提到：“……至于漳（州）、泉（州），遂有乡音词曲。侏儷之甚，即本郡人不能了了也。”[15]鉴于 19 世纪后西方人普遍对于中国戏曲音乐难以欣赏的事实，神父们能够作出如此中肯的评价，已经是极其难能可贵了。这种态度大约和他们对于当时难以进入的中华帝国的文化有着热切向往有关，也和他们对一个自认为适宜于基督教传播的文明的憧憬有关。

书中另外四处则具体提到泉州知府和福建巡抚为拉达神父等人所办欢迎和告别宴会时的演出。泉州欢迎宴会上的演出情形是：“坐客的桌子中间有一块圆形场地，整个宴会期间和宴会结束后很久，都在表演有趣的喜剧，以及各种美妙的音乐、杂耍、木偶戏等等，供客人消遣。”[16]宴会上演喜剧、穿插木偶和其他表演，再次印证了前述事实。福建巡抚欢迎宴会的演出情形则是：

> 与头天一样，第二场宴会上也有大量的动听音乐，一部长时间吸引人的喜剧，以及翻跟斗等精彩表演。有一个演员跟斗翻得很有水平，或在空中翻，或在两人肩扛的杠子上翻。喜剧开始前，翻译向神父们介绍了戏的情节，以便他们能更好地欣赏。他说：从前有许多强悍的勇士，其中有三兄弟尤为能力超群，一个白脸，一个红脸，一个黑脸。红脸的更加机敏有智谋，让他的白脸兄弟当王，因

14 《利玛窦中国札记》第二卷第二章“耶稣会士再度尝试远征中国”里提到传教士到中国后，“第一件必须做的事就是学习中国语言……学习这种语言的官话，即在全国通行的特殊语……这种朝廷的或官方的语言……”何高济等译，北京：中华书局，1983 年，第 143 页。

15 谢肇淛《五杂俎》，卷十二 · 物部四。

16 Juan Gonzalez de Mendoza, *The Historie of the Great and Mightie Kingdome of China, and the Sitution thereof*, London: The Hakluyt Society, 1854, vol. II, p.72.

为白脸更有决断力。他们一起推翻了当时的统治者、阴邪残暴的劳皮科诺（Laupicono），夺得了王位。演出非常精彩，戏装也适合于人物身份。[17]

这次记载的特殊性在于介绍了一部戏的情节梗概，神父们是通过翻译了解到的。从所述情节看，约为刘、关、张桃园三结义故事，神父所说的“三兄弟”或为结义兄弟，当时有南戏《桃园记》等演此情节。刘备、关羽、张飞在南戏演出中的涂面化妆，刘备是老生为素面（即拉达神父所说的“白脸”），关羽为红净涂红脸、张飞是黑净涂黑脸，今天见到梅兰芳收藏的明代戏曲脸谱里，关羽与张飞就分别是红脸与黑脸。（图四）只是“三兄弟”夺取王位的对象 Laupicono 是谁不明，从译音难以恢复原名。历史上刘备初次获取政权的对象是荆州牧刘表或荆州刺史刘琦，但神父所说情节与之不符。最早的罗马1585、1586 年西班牙文版《中华大帝国史》里谈到三国时期的历史时，说到刘备夺取了他叔叔汉献帝刘协的政权，刘备的名字都音译作 Laupy[18]。据此，Laupicono 音译是“刘备科诺”，或许与刘协有关。存疑。下面是福建巡抚告别宴会上的演出情形，同样简单描述了一部戏的剧情：

在西班牙人返程的前一天，总督派人来邀请他们出席宴会。宴会的规模和形式与上次一样，但这次因为是告别宴会，更加奢华。席间将演出一部卓越的喜剧，事先告诉了他们如下情节：一个新婚男子与娘子不和，决定去一个离家不远的国家打仗。他因为作战勇猛，得到国王的青睐和充分肯定，命他担任一次最重要战争的统帅。他顺利完成任务，国王和大臣们非常满意，任命他为大将军，享有国王不在的时候统领全国军队的权力。战争结束后，他回到国内，国王奖赏他三车黄金和许多无价珍宝。他带着荣誉和财富回到家乡，受到人们的普遍尊重。戏演得十分自然，有着很好的人物形象和服饰，故事就好像发生过的真事一样。[19]

17 Juan Gonzalez de Mendoza, *The Historie of the Great and Mightie Kingdome of China, and the Sitution thereof*, London: The Hakluyt Society, 1854, vol. II, pp.87-88. 其中人名 Laupicono，校以 1585 年西班牙文版第 2 卷第 233 页、1586 年西班牙文版第 2 卷第 274 页，写法皆相同，因而并非转抄或翻译致误。

18 Juan Gonzalez de Mendoza, *Historia de las casas más notables, ritos y costvmbres del gran reyno de la china……*, Roma: a costa de Barcholoine Gralli, 1585, vol. II, p.61.

19 Juan Gonzalez de Mendoza, *The Historie of the Great and Mightie Kingdome of China, and the Sitution thereof*, London: The Hakluyt Society, 1854, vol. II, pp.104-105.

图四、缀玉轩藏明代关羽、张飞脸谱

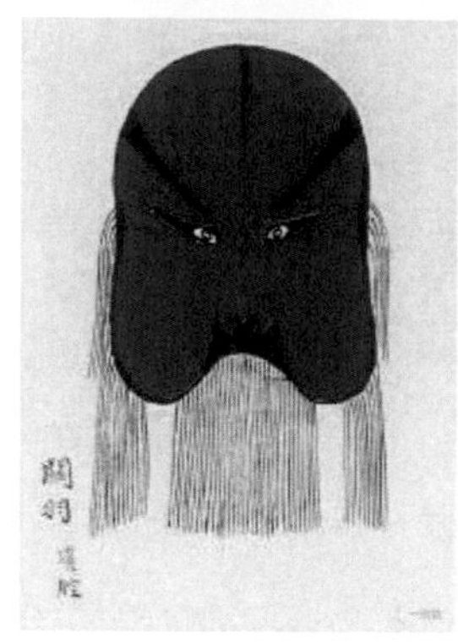

从神父叙述的情节点来看，演的应该是苏秦故事。苏秦是战国时期的纵横家，早年穷困潦倒，遭到妻嫂耻笑不礼，后游说燕、赵、韩、魏、齐、楚六国合纵成功，佩六国相印，指挥六国兵马共同抵御强秦，衣锦还乡时家人匍匐以进，苏秦挥金赏赐亲友，事见先秦《战国策 · 苏秦以连横说秦》和汉代司马迁《史记 · 苏秦列传》。宋元明时期，苏秦故事成为热门戏曲题材。依照明代徐渭《南词叙录》的记载，早期宋元南戏里有《苏秦衣锦还乡》一剧，今已失传。元杂剧里有《冻苏秦衣锦还乡》，被《元曲选》收录。明初苏复之有改编自宋元南戏的《金印记》传世，前面有苏秦为卖妻子衣服首饰凑盘缠出门导致夫妻反目的情节，后面有苏秦伐秦成功封六国丞相衣锦荣归的关目，与神父所述基本相合。考虑到当时福州演出的可能是地方声腔，例如福建古老的梨园戏里即有《苏秦》一剧，对南戏情节会有所改动，加之神父自己看不懂，只是听人介绍剧情，介绍者为了便于理解可能会有夸饰增减，神父得到的信息就走了形。[20]

最后一场泉州知府告别宴会，书中只是简单提了一句“还有许多消磨时间的很好节目，这让宴会持续了四个多小时”[21]。而书中所引阿尔法罗（Pedro de

20 学人陈彦喆推测文中描述的是薛仁贵出征的故事（参见《近代来华西人对中国戏曲的最初认知考辨》，《泉州师范学院学报》，2023 年 6 月，第 16 页），可备一说，但笔者认为可能性不大。薛仁贵故事最初主要流传在山西和北方，传播形式有词话、评书、戏曲等。元代有张国宾《薛仁贵荣归故里》、佚名《摩利支飞刀对箭》杂剧，明代有佚名《薛仁贵跨海征东白袍记》传奇，皆写薛仁贵起于乡里，白袍征东，遭上司张士贵冒功，最终真相大白、衣锦还乡的故事。明代万历时期福建流行的南戏声腔剧种里，不闻有薛仁贵剧目。清代以后随着《征东全传》等通俗小说的流行，薛仁贵故事开始更为广泛地传播，戏曲演绎主要体现在秦腔、梆子、皮黄剧目中，影响到福建后，莆仙戏、歌仔戏里也有了《薛仁贵投军》的剧目。

21 Juan Gonzalez de Mendoza, *The Historie of the Great and Mightie Kingdome of China, and the Sitution thereof*, London: The Hakluyt Society, 1854, vol. II, p.109.

Alfaro）神父的赴华行记里，还提到一次大街上演戏，十分有趣：神父们去往泉州知府衙门，“大街上正在演戏，一看见这些西班牙人，观众撇下演员，都跟着他们走”[22]当街演戏自然是在临建戏台上的演出，通常是为了贺节庆丰或红白喜事的目的，但看戏观众见到了难得一见的外国人，戏也不看就围观他们去了——神父的笔活画出了一幅风俗场景。

## 三、利玛窦对戏曲的态度

与门多萨不同，意大利耶稣会士利玛窦（Mathew Ricci, 1552-1610）对戏曲持有自己的看法。1583年利玛窦从澳门进入广东肇庆传教成功，又到浙江、南京、北京传教，最后落脚北京，站稳脚跟，建立起天主教会中国新教区。利玛窦在中国传教28年，开辟了基督教在中国的最初成果，用意大利文写出著名的《利玛窦中国札记》（Nicolas Trigault, Matteo Ricci, *De propagat-ione Christiana apud Sinas*, 1615）。（图五）虽然他经常与官府和士大夫相往还，常常参与他们的宴会，一定看了不少当时为士大夫阶层所爱好并日常享用的昆曲之类的演出，但他的札记里只见到一些简单的提及：一次在广东英德参加了县令宴请南雄同知王应麟的宴会，“席上有音乐舞蹈和喜剧，一直延续到第二天凌晨”[23]。一次在山东临清参加了天津和临清税监马堂太监家里的宴会，“宴会上演出了各种喜剧”[24]。一次参加外国人离境时北京官员为他们举行的欢送宴会，“这些宴会上有音乐和演唱以及喜剧演出”[25]。这些记载都是一带而过，没有褒贬和评论，但临清那次太监马堂安排的奢华演出里有特殊的戏剧形式，他因而专门记了一笔：“还有一出戴面具的巨人喜剧，角色身穿美丽锦缎，没有任何人说话，只有一个人在剧场里代替他们发声。”[26]由于马堂用的是自己的家班演出，他花样翻新地弄出了这种戴面具巨人表演、他人念诵台词的哑剧形式，引起利玛窦的注意。这种巨人表演或许是高跷演出。

另外利玛窦在介绍中国人宴会时提到演戏：“简单介绍一下中国人的宴会。这种宴会频繁而隆重，事实上有时几乎每天都举办，因为中国人的社会或

22 同上，p.196。

23 Matteo Ricci, *China in the sixteenth century*, translated from the Latin by Louis J. Gallagher, New York: Random House, 1953, p.234.

24 同上，p.362。

25 同上，p.383。

26 Matteo Ricci, *Della entrata della compagnia di Giesù e Christianità nella Cina*, Macerata: Quaderni Quodlibet, 2000, pp.340.

宗教活动都伴随有宴会，认为它是表达友谊的最好形式……在整个晚宴过程中，他们或谈论轻松和幽默的话题，或观看喜剧演出。有时他们欣赏歌唱或乐队演奏，这些表演常常出现在宴会上，虽然没被邀请，但他们希望像通常那样得到客人的赏钱。”[27]有宴会必演戏，这就是利玛窦的结论。但利玛窦对戏曲的社会功用持否定态度，当他用一整段的篇幅评论戏曲时，出于神职人员的观念，他没有评价戏曲本身，却着力抨击戏曲为“帝国的一大祸害”：

> 我相信这个民族是太爱好戏曲表演了，至少他们在这方面肯定超过我们。在这儿演戏的年轻人数量极大。有些人组成流动戏班，行程遍及全国各地，另一些戏班则长驻大城市，忙于为公众或私家演出。毫无疑问这是这个帝国的一大祸害，再难找到比它更加堕落的活动了。有时候戏班主买来幼童，强迫他们参加合唱、舞蹈以及演戏。他们的戏几乎都源于古代历史或小说，今天很少有新戏创作出来。所有重要的宴会都会雇用这些戏班，听到召唤他们就准备好上演常演剧目中的任何一出。通常是宴会主人从戏目里挑选一出或几出他喜欢的戏。客人们一边吃喝一边看戏，十分满足。宴会有时长达十个小时，一出接一出的戏也一直演到宴会结束。戏文一般都是唱的，很少用日常声调发音。[28]

图五、利玛窦油画像，澳门游文辉（1575-1633）1610年绘（藏罗马耶稣会教堂）

27 Matteo Ricci, *China in the sixteenth century*, translated from the Latin by Louis J. Gallagher, New York: Random House, 1953, pp.64, 67.

28 同上，pp.23-24。

从利玛窦综述戏班足迹、演员来源、剧本内容、上演方式、表演形式的文字可以看出来，他对戏曲十分熟悉。利玛窦采取的合儒易佛的传教策略使他能够深入到士大夫的生活之中，而明末正是士大夫间流行戏曲的时代，宴客、飨友无处不在演戏，利玛窦应该在与士大夫交往中看戏颇多，但他却从来没有像拉达神父那样具体谈论过剧情。这是由于利玛窦接受了正统儒人的观念，把中国人喜欢演戏看戏看成是“帝国的一大祸害”，甚至认为没有任何一种活动“比它更加堕落”，他因而不屑于谈论戏曲，当然神职人员的职责和观念也限制他这样做。但利玛窦还是观察到了当时的戏曲生态状况，例如戏班和演员众多、全国各地都见到戏班在流动演出、都市里有许多对公众演出以及私家演出、百姓对戏曲的爱好程度超过了欧洲等等。他还观察到演员自幼学戏、演出内容大多是历史剧、宴会上点戏、戏词很多是唱的而非念白等等情况。利玛窦还特别谈到一次澳门戏曲演员到广东韶州演出的“反基督丑剧”，他在大街上看到演出广告，上面绘制的图像大肆嘲弄葡萄牙人和基督教信徒，这使他非常生气，称这些演员为“卑鄙的恶徒”，或许这就是他厌恶戏曲的主要原因吧：

> 下述事件更加令人讨厌。某些舞台演员从澳门来到韶州，在市集期间，他们绘制广告，演戏奚落中国人看不惯葡萄牙人的每件事情。他们画的一些东西庸俗不堪，不说他们嘲弄葡萄牙人的短装来极力引发群众哄笑，我们说说他们怎样丑化基督徒们。他们用难看的漫画描述：教堂里的男人数着念珠、腰带上挂着短剑、单膝跪拜上帝、互相决斗，还有中国人所憎恶的男女混杂的聚会。这就是他们表演的主题，这就是他们戏剧的基调，凡是他们认为可以嘲弄基督教的应有尽有，靡有孑遗。然而，这些卑鄙的恶徒无法摧毁基督教教义的威信……[29]

演出广告上画着葡萄牙人穿短装的丑态，还有信教中国人数念珠、挂西式短刀、单膝跪拜上帝、男女混杂、互相斗殴的种种画像，在利玛窦眼中，极尽讽刺挖苦之能事，“凡是他们认为可以嘲弄基督教的应有尽有，靡有孑遗”，利玛窦认为戏的内容一定和广告的倾向性一样。

这是利玛窦进人中国内地传教初期受阻停留韶州时发生的事，因而他在书中用了“韶州受难的日子即将结束”（Quibus per eos annos laboribus

29 同上，pp.421-422。

Xauceana sedes fuerit agitata）[30]这样的标题。正是在这种挫折心态里，利玛窦看到了戏曲演员调笑捉弄西方人和基督教，不由不心存愤怒。因而，虽然利玛窦可能邂逅了明万历年间中国最著名的剧作家汤显祖[31]，他却没有在札记里提及。

类似用戏曲调笑西方人的事例经常可以见到。例如 1720 年俄罗斯访华使团医生贝尔（John Bell）《从俄罗斯圣彼得堡到亚洲各地旅行记》一书说，一次使团在北京康熙皇帝第九子爱新觉罗 · 胤禟（1683-1726）家中看戏："最后一个出现在舞台上的角色，是一位欧洲绅士，穿着欧洲礼服，所有的衣服都镶有金银花边。他摘下帽子，向所有经过身边的人致敬。"[32]皇子家里的演出，只是轻松地拿外国人开开玩笑，19 世纪末翟理斯（Herbert Allen Giles, 1845-1935）也在厦门看到过类似演出，说明这种情形很普遍[33]。而晚清时美国传教士丁韪良（William Alexander Parsons Martin, 1827-1916）1896 年出版的《中国一个甲子》里说的，就不是那么温敦了："有一天，一个有钱银行家的弟弟向伯林根先生（Mr. Burlingame）借一套西服，解释说他要扮演一个外国人。大使好心地满足了他——如果知道要演什么角色，大使一定不会这样做。外国人在戏里通常是被嘲笑的对象，总是在战场上被击败，挨踢和被铐之后，在爱国民众的狂热喝彩声中被赶下舞台。"[34]伯林根即美国驻华公使蒲安臣（Anson

30 Matteo Ricci, Nicolas Trigault, *De Christiana Expeditione apud Sinas*, Sumptibus Horatii Cardon, 1616, p.444.

31 汤显祖万历二十年（1592）春曾在肇庆（端州）写下《端州逢西域两生破佛立义，偶成二首》诗，其一里有句子"碧眼愁胡译字通"，明显是指金发碧眼的欧洲人。其二说："二子西来迹已奇，黄金作使更何疑。自言天竺原无佛，说与莲花教主知。"徐朔方《汤显祖和利玛窦》（《文史》第 12 辑，中华书局 1981 年版）考证认为，"二子"就是当时在肇庆的利玛窦和石方西（Francesco de Petris, 1563-1593）神父。龚重谟《汤显祖在肇庆遇见的传教士不是利玛窦——也谈汤显祖与利玛窦》（《汤显祖研究通讯》2007 年第 2 期）指出当时利玛窦不在肇庆而在韶州，因此汤显祖诗中所指是其他传教士。宋黎明《汤显祖与利玛窦相会韶州考——重读〈端州逢西域两生破佛立义，偶成二首〉》（《肇庆学院学报》2012 年第 3 期）认为汤显祖所见传教士确为利玛窦和石方西，但见面地点是在韶州。李惠《关于中西戏剧文化最初的碰撞——从汤显祖与利玛窦会晤问题谈起》（《文化遗产》2017 年第 5 期）根据推论支持了龚重谟的说法。总括上述，汤显祖见到利玛窦的说法固然属于猜测，但否定其相遇的说法亦属推论。因此这一事件的最终结论尚待新的证据材料出现。

32 John Ball, *Travels from St. Petersburg in Rassia to diverse parts of Asia*, Glasgow: Robert and Andrew Foulis, 1763, vol. 2, p.28.

33 Herbert Allen Giles, *A history of Chinese literature*, New York: D. Appleton and Company, 1901, pp.270-271.

34 W. A. P. Martin, *A Cycle of Cathay, or China, South and North with Personal Reminiscences*, New York: Fleming H. Revell Com. , 1896, p.73.（国内有沈弘、恽文

Burlingame, 1820-1870）。自从西方人进入中国国土，民众中的应激反应就一直存在，有时事剧传统的戏曲自然会体现到舞台上。

## 四、阿科斯塔对戏曲的印象[35]

拉达、门多萨、利玛窦等人对于戏曲的记述，以及众多耶稣会士向其上级的汇报和向其他耶稣会士的转述，使得欧洲的耶稣会传教士甚至一些教民首先得到了中国有戏剧的印象，这从下面的例子可以看出来。一位长期在秘鲁和墨西哥传教而从未到过东方和中国的西班牙耶稣会士阿科斯塔（Josédeacosta, 1539-1600），于 1603 年出版的遗著《美洲——新世界或西印度》（*America oder wie man es zu teutsch nennt die Niewe Well oder West-India*）里，竟然谈到了中国戏曲。法国耶稣会士布吕玛（Pierre Brumoy, 1688-1741）《古希腊戏剧》（*Théâtre des Grecs*）一书征引了阿科斯塔的说法："阿科斯塔的记述十分奇异，'中国剧院宽敞而舒适，演员的服装十分华丽，喜剧白天晚上地演出，可以持续 10 到 12 天，其间演员和观众陆续去喝酒、吃饭、睡觉，然后继续表演和不受干扰地看演出。最终厌倦了，就像一场音乐会一样退场。'这些表演完全符合这个安静的国家冷血和缓慢的性格。此外他补充说，'它们都是关于中国古代哲人和英雄的著名故事，主题都关乎道德'。"[36]事实上阿科斯塔与在中国的利玛窦保持通信并热心参与中国之事，其最著名的事件就是 1586 年力图阻止西班牙耶稣会士桑切斯（Alonso Sánchez, 1540-1593）上书西班牙国王菲利普二世对中国发动宗教战争。[37]阿科斯塔依据从其他耶稣会士那里得到的听闻所进行的描述，虽说不是亲见材料，却也大体符合明代万历年间情形。元旦至元宵期间，

---

婕、郝田虎译本《花甲记忆》，广西师范大学出版社 2004 年版。笔者将书名直译为《中国一个甲子》。）

35 有关阿科斯塔的材料系李声凤首次发现并论述。（李声凤《中国戏曲在法国的翻译与接受（1789-1870）》，北京：北京大学出版社 2015 年版，第 17-18、193-194 页。）

36 R. P. Brumoy, *Le Théâtre des Grecs*, Paris: Jean-Baptiste Coignard, Antoine Boudet, 1749, tome premier, pp.53-54. 布吕玛引用阿科斯塔的材料系李声凤发现。

37 〔美〕夏伯嘉《紫禁城里的耶稣会士》："作为西班牙在菲律宾政府的大使，这位西班牙耶稣会士（桑切斯）带着第一份对菲利普的新殖民地状况报告于 1587 年经由墨西哥回到了西班牙。这份报告的附件中有一份由桑切斯写的备忘录，建议菲利普派遣一支舰队来征服中国。在备忘录中，桑切斯列举了进行一场'正义战争'的原因。包括为了基督福音的传播和西班牙帝国的壮大。这份不寻常的文件招致了与桑切斯同会的西班牙籍耶稣会士阿科斯塔的强烈批判。"向红艳、李春园译，上海古籍出版社 2012 年版。

中国各地都有长达十数天的戏曲演出活动，一般在寺庙里，或者在城市广场上搭台。剧场是开放的，戏台两侧有舒适的看台、看棚供有身份的男性观众或女性观众使用，周围有许多商贩售卖吃食。人们每天开锣就来看戏，散场则回家睡觉，次日接着来。当然，最终散场时间是事先约定而非临时厌倦了才决定。戏曲服装鲜艳亮丽，则是早期西方人接触戏曲后最常提到的事实，如克鲁士也提及。值得注意的是阿科斯塔评价了戏曲的内容，认为它表现英雄与哲人的故事、有道德追求，这是此前西方记载里所没有过的。这种主题认定体现了西方人的悲剧意识，也就是说，阿科斯塔听到耶稣会士们是这样议论中国戏曲的，认为它的演出内容类似于西方悲剧。

至于远在南美的阿科斯塔为什么能够听到关于中国戏曲的传闻，是因为西班牙 1535 年在墨西哥城设立新西班牙总督府，统一管辖美洲和菲律宾殖民地，在西班牙与远东之间建立起了西班牙—墨西哥—好望角—菲律宾的固定航线。从西班牙启程前往远东的航船通常都先抵达墨西哥“新世界”殖民地，在那里休息、增加补给后再进行绕过好望角的航行，反之亦然。而派往远东的西班牙传教士也走这条航线，甚至许多人干脆就是直接从墨西哥派出。[38]

中国有类似于欧洲的戏剧演出艺术，这和耶稣会士在世界上任何其他地方都未见到的情形恰恰相反，因而引起他们的重视。这种认识，至少影响到耶稣会以下两种观念的积累和形成：一是把中国归为与欧洲一样的人类文明第一等级[39]，二是以之作为肯定耶稣会远东传教价值的砝码来对抗欧洲其他基督教派的批评与否定之声。这种认识也最终导致了 18 世纪马若瑟（Joseph-Marie

38 参见沈定平《16-17 世纪中国传教团与墨西哥教会的联系及其方法的比较研究》，《世界宗教研究》1999 年第 3 期；张铠《中国与西班牙关系史》，郑州：大象出版社 2003 年版。

39 法国学者阿兰·米卢（Alain Mhou）的研究指出，阿科斯塔将属于欧洲之外的“新世界”的“野蛮人”分为三类。第一类人包括中国人、日本人，以及东印度的相当一部分人群。他们拥有法律、制度与令人赞叹的城市，尤其是，他们还懂得使用统一的文字。这些民族的文明程度实际上与欧洲人不相上下。第二类人包括南美洲的墨西哥人、秘鲁人等。他们的文明程度要低一个层次，还没有自己的文字，但已经有行政长官、城市、军事首领以及宗教信仰。而其余的民族属于第三类人，他们几乎不具备人的感情，与野兽更为类似，他们往往处于流浪状态，没有法律、契约，也没有国王和官员。（参阅 Alain Minhou, “Variations sur les thèmes du bon et du mauvais sauvage”, *La conquète de l' Amérique espagnole et la question du droit, textes réunis par Carmen VALJULIAN*, Lyon: Editions ENS, 1996, pp 49-64. 转引自李声凤《中国戏曲在法国的翻译与接受》，北京大学出版社 2015 年版，第 17 页。）

Amiot, 1718-1793）神父翻译元杂剧剧本《赵氏孤儿》、杜赫德（Jean-Baptiste Du Halde, 1674-1743）神父将其收入《中华帝国全志》介绍给欧洲这一极具深远内涵的历史事件。

## 五、张诚对中西戏剧的比较（1691）

清代康熙年间受法国国王路易十四派遣于1688年来中国的法国传教士张诚（Gerbillon Jean Franalde, 1654-1707），曾被康熙皇帝授予宫廷职务，为其讲授西方的天文学、哲学、数学、人体解剖学知识。（图六）张诚曾多次随同康熙出行，写下详细的旅行日记，后刊登在法国耶稣会士杜赫德编纂的《中华帝国全志》第4卷上。1691年5月张诚随康熙出长城古北口外参加蒙古各部多伦会盟大会，5月29日康熙宴请喀尔喀人首领，席间先有高竿技表演，又表演了木偶戏，表演情况与欧洲的相像。31日又为前来谒见的流亡王爷及其家属演出了傀儡戏。返程中，6月7日行进60里，“晚上，在他（康熙）的大帐篷里演出喜剧，招待宫廷大臣和内务府官员，演出者是他的一群太监。”[40]9日仍行进60里：

图六、张诚画像[41]

> 晚上，皇帝为宫廷里的贵族们准备了喜剧，方式和前两天一样。他希望我参加，以便解说他们的喜剧与欧洲喜剧的对比，喜剧表演

40 Du Halde, *Description géographique, historique, chronologique, politique, et physique, de l'empire de la Chine, et de la Tartarie chinoise*, Hare: Henri Scheurleer, 1736, Tome Quatrieme, pp.338.

41 采自 Barón de Henrion, *Historia general de las misiones desde el XIII hasta nuestros días*, Barcelona: Librería de Juan Oliveres, 1863, vol. 2, p.478-479.

期间他问了几个相关的问题。有三四个好演员，其他人都很平庸。

这些喜剧由音乐和简单的故事组成：有严肃的内容，也有有趣的内容，但严肃的占主导地位。此外，它们并不像我们自己的作品那样活泼、能够激起人们的激情，它们并不局限于表现单一的行动，或在一天中发生的事情。有的喜剧表现了不同的行动，这些行动发生在十年的时间里：他们把喜剧分成几个部分，代表不同的时间。它们几乎是一些杰出人物的生平，分为几个章节，其中还混合着传说。演员们的着装是中国古代的样式。他们没有说一句自由发挥的话，也没有说一句可能冒犯礼节的话。[42]

由张诚日记可以看出，清初康熙皇帝爱看戏，出巡时带着木偶戏班和太监剧团，晚上时常开宴演戏。康熙还是一位勤政的皇帝，每天行进 60 里是很辛苦的，但他也离不开看戏。与拉达、利玛窦等人不同，张诚的身份是科学顾问，有责任对康熙进行中西文化比较，因而他是从艺术欣赏与戏剧评论的角度写下的这段文字，这也是最早见到的一个西方学者对中西戏剧进行比较的议论。

张诚熟悉法国的新古典主义戏剧，熟悉当时统治欧洲戏剧舞台的“三一律”原则，也熟悉欧洲悲剧与喜剧的分类标准，因此他恰切注意到了中国戏曲与欧洲戏剧不同的地方：表现手法唱念并行，故事发生的时间不受限制，剧情不集中在一件事上，像演主人公一生的传记，悲剧与喜剧杂糅而以悲剧风格为主。用“三一律”原则衡量中国戏曲，张诚比 1735 年出版《中华帝国全志》时在《赵氏孤儿》序言里发表看法的杜赫德神父早了 44 年，而且我们也在这里看得到杜赫德序言内容的雏形。既然戏曲有这些“缺点”，张诚自然得出“这种戏远不如我们的戏那样有生气，那样令人动感情”的结论，虽然他并不能理解戏曲的唱才真正是以情动人的，它打动人感情的效果甚至超出西方戏剧。如 1930 年美国戏剧理论家斯达克 · 扬（Stark Young, 1881-1963）评论京剧大师梅兰芳的演出说：“我发现每逢感情激动得似乎需要歌唱，人物就唱起来，这从生物学的观点来看是正确的——因为我们情绪一旦激昂就会很自然地引吭高歌——依我看来，这是戏剧艺术高度发展中的一种正常而必然的现象。”[43]

---

42 Du Halde, *Description géographique, historique, chronologique, politique, et physique, de l'empire de la Chine, et de la Tartarie chinoise*, Hare: Henri Scheurleer, 1736, Tome Quatrieme, pp.339-340.

43 （美）斯达克 · 扬著，梅邵武译《梅兰芳》，《戏曲研究》第 11 辑，北京：文化艺术出版社，1984 年。

张诚还第一次注意到了中国戏装的时代特点：清代戏曲演出穿的是古代服装——事实上是明代服装，因为满族统治者改变了服饰之后的戏曲服装沿袭了明代传统，只在旗人登台时穿旗装。明代戏装在日常服饰基础上加工定型，到了清代沿袭不改，张诚捕捉到了戏曲服装的这一特点。至于说中国戏曲"没有说一句自由发挥的话，也没有说一句可能冒犯礼节的话"，是张诚误解了，因为他看的只是太监为皇上演出的戏，自然有许多禁忌，民间戏曲和宫廷戏曲演法不同。康熙皇帝有自己的太监剧团[44]，随行演戏十分方便。当然，太监演戏毕竟不如专业剧团，所以张诚对演员表演不够满意，这也可以见出他对戏曲是有鉴赏水平的，他应该看了不少的戏曲演出。

## 六、钱德明观赏圣节戏曲搭台（1751）

乾隆十六年（1751）应召赴北京、供职内廷的法国耶稣会士钱德明（Joseph-Marie Amiot, 1718-1793），学识渊博，精研满汉文，深得乾隆信任，一共在北京居住了 42 年。（图七）他进京当年年底就难得一遇地看到了乾隆皇帝为生母崇庆皇太后钮钴禄氏 60 大寿举办的宏大庆贺排场，因而在他 1752 年 12 日 10 日写给阿拉特（Allart）神父的信里作了详细描述，其中当然也提到众多临时搭建的戏台等：

图七、钱德明像[45]

44 参见庄清逸《南府之沿革》，国剧学会编《戏剧论丛》第 2 辑，1932 年 5 月。

45 采自 *Galerie Illustrée de la Compagnie de Jésus*, by P. Alfred Hamy; Paris, 1893, pic. 8。

> 中国有一个古老的习俗，就是趾高气扬地庆祝皇帝诞辰 60 周年。在这位太后 60 岁生日之前几个月，首都的所有部司、所有的宰辅和帝国高级官员都接到命令，要为举行这场最辉煌的仪式做准备。北京和邻近省份的所有画家、雕塑家、建筑师和木匠连续三个多月赶制每一件艺术品，许多其他种类的工匠也各有任务……装饰将从皇帝的一个游乐场——圆明园开始，到北京市中心的皇宫结束，大约四英里远……
>
> 河的两岸矗立着各种形状的建筑物，方形的、三角形的、多边形的、圆形的，里面都有全套的隔间。当你往前走时，会看到有 100 种不同形状的其他建筑，结撰成吸引你让你欲罢不能的风景。在河流拐弯变宽的地方建起用柱子支撑的木屋，按照中国工程师的设计，这个高出水面两英尺，那个高出水面三四英尺甚至更高。这些房子大多是水上建筑，你可以沿着桥梁走进去。有的是独立的，有些是彼此相邻的，通过有顶回廊连接。廊子也是上述建房建桥的人建的。所有建筑都镀金绘彩，装饰得富丽堂皇。每一座建筑都有自己的特殊用途，这一个用于音乐演唱，那一个用于喜剧演出，大多都设有华丽宝座和茶点，用来接待皇帝和他的母亲，假如他想让母亲停下来休息的话。
>
> 在城里，还有比我刚才描画的更加美丽的景致。从皇城西门一直到皇宫大门，遍布华丽的建筑，有壁龛、亭子、柱厅、画廊、戏台，里面摆有各种中国艺术品。所有这些都被用不同颜色的漂亮丝绸制成的节日花环和其他饰品装饰着，十分迷人，珠宝黄金在四面八方熠熠闪光，众多金属抛光镜使场景更加绚丽多彩……每一个部司都有一个自己建造和装饰的建筑，每个省的总督、帝国宰辅和其他伟人也同样如此。[46]

从 1713 年康熙皇帝办 60 大寿，到乾隆皇帝为母亲崇庆皇太后钮钴禄氏办 60、70、80 大寿和为他自己办 80 大寿，都用举国之力举行普天同庆的大型典礼，其中一项大的活动是在圆明园到皇宫之间的几十里道路上，搭满各省各部争相献送的乐台、戏台奏乐演戏。据钱德明说，乾隆第一次为母亲办寿时，

---

46 Joseph-Marie Amiot, “Lettre du Père Amiot Missionnaire au Père Allart, Pekin, 20 octobre 1752”, *Lettres édifiantes et curieuses, écrites des Missions étrangères*, nouvelle édition, memoires de la Chine, tome vingt-troisième, Toulouse, 1811, pp.132, 134-135.

最初的设计方案是太后从其居所畅春园乘龙舟进宫，但由于太后生日是阴历十一月二十五日，恰值数九寒天河道结冰不得不放弃，临时改为乘轿起行。[47]由于这一次的失误，以后太后70、80庆寿就再没有使用过河道方案。各次万寿盛典的盛况反映在当时宫廷画工们画的《康熙万寿盛典图》《胪欢荟景图》《乾隆万寿盛典图》等长卷里。但是，这些图里画的都是道路两旁搭建各式彩台，与钱德明所描述的河道两岸搭台情形不符，直到2006年11月21日民间收藏的《崇庆皇太后万寿图》水墨纸本手卷在北京华晨拍卖有限公司的秋拍上亮相[48]，我们才看到了钱德明所描写的景致。图分两卷，卷下绘市廛街道，卷上所绘正是河岸两侧搭建戏台彩棚、仕女夹岸游赏的情景。我们从图中还可以看到长长的河面全部冰封，上面有许多人拉冰船滑行，旁边还站有许多看客。（图八）

图八、《崇庆皇太后万寿图》（二卷，水墨纸本手卷，65×1234、65×1330cm）

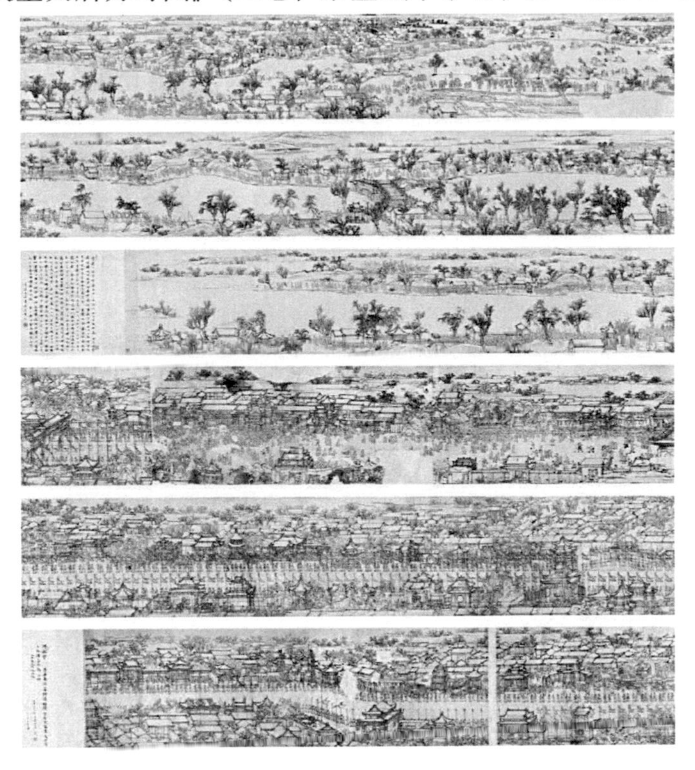

47 同上，p.133。

48 北京华辰拍卖有限公司2006年秋拍第0675号《崇庆皇太后万寿图》水墨纸本手卷二卷，原题王石谷《康熙南巡图稿》，经故宫博物院研究员聂崇正正误。https://auction.artron.net/paimai-art44080675, 2006-11-24/2020-2-26.

清人赵翼《檐曝杂记》卷二“庆典”条里描写崇庆皇太后60大寿庆典的铺排场面，可与钱德明神父看到的情景相互印证：从清宫西华门到西直门外高梁桥的十余里之间，沿途都有布置得极其花团锦簇的园亭建筑和戏台，令人叹为观止：

> 皇太后寿辰在十一月二十五日。乾隆十六年届六十慈寿，中外臣僚纷集京师，举行大庆。自西华门至西直门外之高梁桥，十余里中，各有分地，张设灯采，结撰楼阁。天街本广阔，两旁遂不见市廛。锦绣山河，金银宫阙，剪采为花，铺锦为屋，九华之灯，七宝之座，丹碧相映，不可名状。每数十步间一戏台，南腔北调，备四方之乐，侲僮妙伎，歌扇舞衫，后部未歇，前部已迎，左顾方惊，右盼复眩，游者如入蓬莱仙岛，在琼楼玉宇中，听【霓裳】曲，观《羽衣》舞也。其景物之工，亦有巧于点缀而不甚费者……真天下之奇观也。[49]

这可以说是当时世上最为豪华铺张的庆典场面，令钱德明神父大开眼界，因此他在笔札里不惜浓墨重彩地大肆渲染。演出内容钱德明没有详述，刚到中国的钱神父此时应该对戏曲还不熟悉，而庆典演出强调的只是盛大氛围，演什么还在其次；再者钱德明应该与当时在场的所有人一样，被宏大场面和目不暇接的新鲜玩意儿吸引了目光，看他的描述就知道，他无暇顾及看戏。这很令人遗憾，因为钱德明神父精通音乐，擅长吹奏横笛、弹羽管键琴，后来还对中国音乐史有深入研究，为了反驳欧洲某种“中国艺术和礼学成就都要归功于古埃及人”[50]的说法，他后来把康熙年间文渊阁大学士李光地的《古乐经传》一书翻译成法文，又写出了《中国古今音乐考》[51]，对欧洲音乐界产生了广泛而深远的影响。[52]

## 七、韩国英的戏曲社会学批评（1782）

1760年始在清宫担任机械师、画师、园艺师长达20年之久的法国耶稣会士韩国英（Pierre-Martial Cibot, 1727-1780），在汉学研究方面成绩卓著，写了

49 （清）赵翼：《檐曝杂记》，上海：上海世纪出版有限公司2012年版，第14页。
50 （法）钱德明著，叶灯译《中国古今音乐考》，《艺苑》（音乐版），1996年第4期。
51 Joseph-Marie Amiot, *Mémoire de la Musique des Chinois tant anciers que modernes*, Paris: Nyon l'Aine, 1779.
52 参见梅晓娟、孙来法《耶稣会士钱德明与〈中国古今音乐考〉》，《人民音乐》，2008年，第9期。

大量观察中国社会的文章，他很留心北京生活的方方面面，包括艺术与民俗，与钱德明一起编纂了《耶稣会士北京论集》八册[53]，并长期担任此书撰稿人，该书与《中华帝国全志》、《耶稣会士中国书简集》（*Lettres Edifiantes et Curieuses écrites des Missions étrangères*）并称为 18 世纪西方三大汉学名著。韩国英因而得以了解更多的戏曲文化，从而发出针砭戏曲生态的特定声音。（图九）

图九、韩国英画像，法国国立博物馆联盟—巴黎大皇宫（C）RMN-Grand Palais（Institut de France）/ Mathieu Rabeau 藏

韩国英曾经专门撰写过一篇《中国戏剧》（*Du Théâtre chinois*）的专论，从社会学角度观察中国戏曲受到社会压抑的背景，对之提出尖锐的批评。文章不长，全文引在这里：

> 没有幻觉就没有表演。如果有人扮演埃丝特（Esther），我就必须忘记我所生活的时代和国家，把自己带到波斯（Perses）的伊朗（Suze），而把演员看成阿苏鲁斯（Assuerus）和埃丝特[54]，把剧院看成皇宫，想象着这位伟大的国王念诵着美丽的法语诗句，而我被允许与七八百人一起躲在那里听他讲话。有了这个前提，如果剧作家能够遵从“三一律”，我将非常高兴。但如果他没有，而在我眼前展示出一个同样具有启发性、感人和让人赏心悦目的全景事件，我是应该接受这个新的幻觉，还是应该厌烦它？有人说，大洋彼岸的这种戏剧很没味道，你会感到厌烦，除非它有演唱和伴有布景。我赞

53 *Mémoires concernant l'histoire, les sciences, les arts, les murs, les usages, etc des Chinois, Par les missionnaires de Pékin*, Paris: Chez Nyon, 1776-1782.

54 《旧约全书》里，埃丝特是一位犹太姑娘，隐瞒身份嫁给波斯王阿苏鲁斯成为王后。在犹太民族遭到大屠杀时，她用智慧和勇敢挽救了整个犹太族。

> 同对中国戏剧的这种指责。此外，我承认（这里的）文人已经完全把它扔给了那些想为它工作的人。自从戏剧进入家庭娱乐和宫廷庆典以来，好几百年里，伟大的文人们只表达了关于戏剧有害和损及公共道德的见解。前代一位学者说："表演是心灵艺术的火种，人们只有在空寂的夜晚才能看到它。它轻视和揭露接近它的人，蒙蔽智者的聪慧眼光，危险地占据闲置的灵魂，暴露离它太近的妇女和年轻人，散发出更多的烟雾和臭气——比光更危险，只余下眩光，经常引起可怕的火灾。"
>
> 这种思维方式由来已久，以至于历史上第一次提到戏剧，是赞扬一位商朝皇帝（un Empereur de la Dynastie des Chang）禁止了这种无谓的享乐。另一次是周宣帝（Siuen-ty, de la Dynastie des Tcheou）曾阻止宫廷以这种有损道德的娱乐为榜样。这种思维方式是如此普遍，以至于尽管大多数中国喜剧和悲剧似乎都是为了展现恶行的耻辱和美德的魅力，但它们却几乎没给作者带来什么荣耀。有一位皇帝因为太耽溺于戏剧，演员们也经常光顾他，弄得死后不能入葬。这就是中国人演出唐代戏剧，而不去创作新戏的真正原因。他们在这方面是如此的野蛮，以至于把公共剧院和妓院一样限制在城郊，而且与其说是允许、毋宁说只是容忍它存在。更过分的是，当他们在公告上高声赞誉为国捐躯的普通士兵时，却不肯提到那些用高超技艺扮演高难度角色的优秀演员。[55]

韩国英强调戏剧是幻觉的艺术，只要能够在舞台上制造出幻觉，创造出感染人、感动人的作品，哪怕是并不尊从西方戏剧"三一律"的中国戏曲，也是有价值的。当然，韩国英也同意一些西方人批评戏曲的缺乏布景和枯燥乏味。令韩国英不能接受的是，他观察到中国正统社会文化对于戏剧的长期压抑和鄙弃，所谓"文人把戏剧扔给了演员"，他说几百年来只见到文人在说戏剧有害并败坏道德。韩国英说这种思维方式由来已久，从商汤禁优、周宣王斥优就开始了。认为商周时期中国已经有了戏剧，这当然是一种误解，因为那时的优人表演还不能称之为戏剧。韩国英说的死无葬身之地的皇帝是五代时期的后唐庄宗李存勖，李经常和优人一起演戏，最终国政被优人扰乱，死后尸体还被杂人乐

55 Pierre-Martial Cibot, "Du Théâtre chinois", *Mémoires concernant l'histoire, les sciences, les arts, les moeurs, les usages, etc. des Chinois*, par les missionnaires de Pékin, Tome VIll, Paris: Nyon l'aîné, 1782, note 38, pp.227-228.

器堆里焚化[56]，中国文人经常以之作为历史和政治教训挂在嘴边。中国的正统观念是极力贬斥倡优乱政的，传教士们感觉到了儒学社会的这种立场。我们还记得利玛窦曾经说过戏曲是“帝国的一大祸害”，利玛窦保持了与中国正统士大夫一致的思维基点。但韩国英是站在欧洲立场上观察与剖析中国文化，文艺复兴以后欧洲视戏剧为高尚艺术，中国以经史子集为儒学正宗的观念却长期压抑戏曲，视之为“小道”“淫伎”，因而韩国英对之进行了严厉的批判。

韩国英认为，由于中国人对戏曲持贬斥态度，造成了三种社会恶果。首先，虽然大多数中国喜剧和悲剧都是惩恶扬善的，但它们却几乎没给作者带来什么荣耀。其次，中国人像对待妓院一样对待公共剧院，把它们限制在城郊开设，而且并非允许只是容忍。其三，只称颂那些为国捐躯的普通士兵，却不肯赞誉有着高超技艺塑造出高难度舞台形象的优秀演员，极其过分。发自 18 世纪欧洲传教士的严厉谴责，确实令以戏曲传统为自豪的今人警醒与反思。当然，韩国英的立场也有他的偏颇之处。

作为启蒙主义思潮涌动时期的法国公民，韩国英及其文化环境对于剧作家的尊重和对戏剧艺术的推崇，确实成为今天反观大清帝国现实的镜像。那些创作出“展示恶行的耻辱和褒掖美德”作品的中国剧作家，大多不能够像在欧洲普遍发生的那样从中得到荣誉，他们不能从“剧作家”头衔里获得什么好处，甚至不敢、不愿在自己的作品上署名。至于说“把公共剧院和妓院一样限制在城市之外”，清代北京戏园子和妓院都集中在正阳门（前门）外的大栅栏一带，确实体现了韩国英所感受到的对戏曲的轻视和歧视，但也不完全是这个原因。清代康熙以来京城之内不准开设戏园和妓院，因为城内只许八旗子弟居住，汉人不得入住，而皇室意欲以此抑制八旗子弟过于浪荡堕落。[57]但这种限制到了清廷后期就随着时局动荡而土崩瓦解了。[58]

---

56 参见《旧五代史 · 唐书 · 庄宗纪》，北京：中华书局 1976 年版，第二册，第 478 页。

57 清廷为了防止八旗子弟堕落，曾反复发出指令禁止在城里开戏园。如清延熙《台规》卷二十五记载：“康熙十年又议准，京师内城不许开设戏馆，永行禁止。”嘉庆四年（1799）又下旨：“嗣因查禁不力……以致城内戏馆日渐增多，八旗子弟，征逐歌场，小号囊橐，习俗日流于浮荡，生机日见其拮据……其城内戏园，着一概永远禁止。”（清光绪十八年都察院刻本）

58 清代后期，一些商人开始勾结权贵在京城内违规开设戏园。如清李慈铭《荀学斋日记》丙集上载：“内城丁字街、什刹海等处，竟敢开设戏园，违禁演戏……内城效之者五六处。”（李德龙、俞冰主编《历代日记丛抄》，北京：学苑出版社 2006 年影印民国九年北京浙江公会据稿本影印本，第 99 册，第 333 页。）

至于说中国人只歌颂牺牲将士不赞美艺术，虽然应该纠偏——一个文明国家不能只重视民族英雄而轻视艺术，但这种权重考量在中国传统价值观中也有它的价值。而且韩国英没有真正深入中国的市井文化，他不知道明清文人连篇累牍地撰写了大量戏曲艺人传、“观花录”等文字，明代如潘之恒《曲艳品》《续艳品》《后艳品》之类，清代仅民国时期张次溪编纂的《清代燕都梨园史料》里就汇集了 51 种[59]，著名的如《燕兰小谱》《日下看花记》《听春新咏》《莺花小谱》《金台残泪记》《长安看花记》《梦华琐簿》《菊部群英》等等。这些文字大多都带有狎邪色彩，透示出中国文人不端的一面。其中虽然也有对戏曲技艺的评判与赞美，例如乾隆年间刊刻的李斗《扬州画舫录》卷五记录了乾隆年间扬州 103 位戏曲艺人，品评其艺术的文字就占了很大篇幅。但这种评论往往带有旧文人居高临下的心理优势，仍然给人以凌驾于戏曲艺人之上感。所以，韩国英所理解的那种纯艺术立场，在大清是难以找到的。

韩国英这篇戏曲专论，对 19 世纪的西方戏曲研究产生了重大影响，后来戴维斯、巴赞、小安培（Jean-Jacques Ampère, 1800-1864）[60]、克莱因（Julius Leopold Klein, 1810-1876）、戈特沙尔、布罗齐（Antonio Paglicci-Brozzi）等众多学者对之不断征引，他的一些观点被长期讨论，例如商汤禁优说被视为中国戏曲源远流长的依据（尽管从巴赞开始认为古优表演不能等同于成熟戏剧而取唐朝戏曲成形说），又如他说中国人把戏剧演员等同于妓女作为艺人地位地下的证据被一再征引，再如他关于北京城南戏园的说法引起西方人长期讨论中国有无正规剧院。

## 八、关于琉球与越南的戏曲札记（1719、1766）

从 18 世纪传教士谈论琉球和越南戏剧演出的两篇札记中，可以见出中国戏曲当时的辐射面。北京耶稣会士宋君荣神父依据 1719 年奉康熙皇帝命出使琉球的徐葆光回来写的出使记《中山传信录》，在笔札中描写了琉球演戏：

> 我忘记讲了，在天使于琉球居留期间，国王经常令人或在王宫中，或在别墅中，或在湖泊与运河中，招待他们。在这些盛宴中，有音乐、舞蹈和喜剧表演。人们也不放弃从中加入赞扬中国皇家、

59 张次溪编《清代燕都梨园史料》，北京：中国戏剧出版社，1988 年版，上下册。

60 法国科学史上有著名物理学家安培（André-MarieAmpère, 1775-1836），1820 年提出著名的电流安培定律，被誉为“电学中的牛顿”，系 Jean-Jacques Ampère 之父。因此这里将后者名字前面加一“小”字以示区别。

琉球王家和天使本人的诗句。王后、公主和贵夫人们要出席所有这些节目，而又不被人看到。这类宴会颇受中国人好评，他们视这些岛民为正直而又灵巧之辈。[61]

明万历七年（1579）出使琉球的谢杰《琉球录撮要补遗》记载，福建戏班经常到琉球演出《姜诗跃鲤记》《王祥卧冰》《荆钗记》等剧目："居常所演戏文，则闽子弟为多，其宫眷喜闻华音，每作，辄从帘中窥之……惟《姜诗》、《王祥》、《荆钗》之属，则所常演。夷询知，咸啧啧羡华人之孝节云。"[62]说明明清时期琉球岛与中国保持着密切的戏曲往来。当时为明清属国的琉球官方语言文字即为汉语，琉球人穿汉服写汉字，看的是用中文演的戏，听得懂，乐闻之。中国的宫廷演出有规定程式，开场转场有司礼者赞导，其间要念诗诵词来宣扬皇上恩德，琉球演出则既颂圣、又颂王还要歌颂大清来使。中国中上层女性是不在演出场所公开露面的，看戏则专设座席而垂帘遮挡，琉球也浸染了这种风俗。只是 1879 年日本将琉球国并入版图之后，琉球用汉语演戏的传统就中断了。

1766 年意大利耶稣会士奥尔塔（Père Nuntius de Horta）神父从印度洋西部的留尼汪岛给意大利某伯爵夫人写信，回答她关于越南（东京王国）风俗的好奇提问时，用厌恶之情描绘了那里的宴会演戏。他说：

席间常伴有戏曲表演，它们值得我向您作一简介。这是一种杂有人们所能听到的最可怕的音乐的娱乐。乐器是一些青铜或钢质盆，其音尖厉刺耳；还有一面水牛皮鼓，他们时而用脚击打，时而以类似意大利丑角使用的棍子敲打；最后还有笛子，其音与其说动人不如说凄凉。乐师们的嗓音与之大致相符。演员是些十二岁至十五岁的男童。其领班把他们从此省带到彼省，但到处被人视为渣滓。我说不清他们的戏剧是好是坏，也不知道他们有何规则。剧情似乎总是悲剧：我是根据演员们不断哭泣及戏文中的谋杀情节做此判断的。这些孩子的记忆力让我吃惊：他们把四十至五十部戏文熟记于心，其中最短的通常也要演五小时。他们带着戏云游四方，若有人召唤便呈上戏单，等人一选定剧目就立即上演而不做任何别的准备。宴

61 郑德弟、吕一民、沈坚译《耶稣会士中国书简集》，郑州：大象出版社 2001 年版，中册第四卷，第 408 页。

62 （明）谢杰《琉球录撮要补遗》，《国家图书馆藏琉球资料汇编》，北京图书馆出版社，2003 年版，上册，第 572-573 页。

> 会进行到一半时分，一名伶人便来到各张桌前求点赏钱。宅中仆人也照此办理，并把所得赏钱给予主人。随后，人们当着宾客面给他们的仆人上饭菜。宴会结束的情景与开始时相对应。宾客逐一夸奖主人的菜肴、礼貌和慷慨；主人则谦逊一番，向宾客深深鞠躬，请其原谅未能依其勋劳款待他们。[63]

由于越南当时也是中国的属国，官方语言为汉语，因而流行的戏剧样式也是中国戏曲，或是在戏曲影响下发展起来的越南嘥剧和嘲剧，后者同样是歌舞唱念与表演结合的综合程式化艺术，情节取自中国古代故事，道德倾向是宣扬儒家美德，语言为汉越语（参杂汉语的越语）。[64]奥尔塔此前在越南传教，写信之时也准备立即重返越南，他的记叙应该可信。从奥尔塔的描写看，当时越南的戏曲演出十分兴盛，戏班跨省到处流动演出，童伶都能掌握四五十部戏文，可以让观众随心点戏，一演就是五个多小时，伴奏乐器有锣（铜盆）、牛皮鼓和笛子，演出时声音嘈杂，唱戏嗓音也让人难以接受，这使他十分反感。

## 九、传教士较多接触到宴会喜剧的原因

传教士的描述中出现两种现象：一是他们看到的几乎都是宴会演戏；二是他们反复提到的都是“喜剧”（comedy），而很少谈及悲剧（tragedy，仅只奥尔塔谈到相关内容）。

首先，为什么传教士看到的演出都是宴会戏？因为明末清初人们看戏通常有两种方式，一种是普通民众在举办迎神赛会的神庙里观看公开演出，另一种是官府和富裕家庭在举行宴会时观看堂会演出。宗教原因使早期教士们不会到庙宇里去看戏，而耶稣会士从利玛窦开始奠定的结交中国士大夫的合儒策略则使他们常常出席宴会，因而他们都是在这种场合里看戏。[65]所以门多萨

---

63 《耶稣会士中国书简集》，上册，第 1 卷，第 89、90 页。奥尔塔此节文字与法国旅行家让迪（Barbinais Le Gentil）1728 年出版的《新环球旅行记》第二卷里的一段文字重复，恐有抄录。参见 Barbinais Le Gentil, *Nouveau voyage autour du monde*, tome 2, Amsterdam: P. Mortier, 1728, pp.35-37.

64 参见廖奔《越南戏剧札记》，《中国戏剧》2001 年第 7 期。周楼胜《越南传统戏剧的中国渊源》，《中国戏剧》2019 年第 4 期。

65 传教士从不参加中国人带有迷信崇拜成分的活动，每逢人邀请参加活动，总要先期考虑是否有此类成分以决定是否出席。例如 1599 年元宵节南京吏部尚书王忠铭邀请利玛窦参观灯展，利玛窦考虑到“其中并没有迷信的痕迹，愉快地接受了”。（Matteo Ricci, *China in the sixteenth century, translated from the Latin by Louis J. Gallagher*, New York: Random House, 1953, p.321.）

《中华大帝国史》、曾德昭《大中国志》里描写戏曲演出就都放在“中国人的宴会”章里。明代中后期随着社会风尚的日趋奢靡，富裕人家终日沉湎于开宴品戏，前面引到的传教士札记里见到大量此类描写，因而他们就在这种场合下接触到戏曲。（图十）

图十、明崇祯刊本《金瓶梅词话》第 63 回插图堂会戏

其次，为什么传教士们看到的只有喜剧没有悲剧（皆为西方概念）？因为中国人的宴会演出目的是吉庆热闹，主人点戏时早就把相应的剧目圈定好了，只挑喜剧上演，而不会点那些哭哭啼啼的悲剧，否则就会触犯禁忌。在宴会上点错戏是令人尴尬的失误，有时会带来很大的麻烦。例如 17 世纪明清时人陈维崧（1625-1682）【贺新郎】词序说：“（宴会）首席决不可坐，要点戏，是一苦事。余常坐寿筵首席，见新戏有《寿春图》，名甚吉利，亟点之，不知其斩杀到底，终坐不安。其年云：亦常坐寿筵首席，见新戏有《寿荣华》，以为吉利，亟点之，不知其哭泣到底，满堂不乐。”[66]戏情和宴会气氛冲突，就会引起满座不快，甚至可能招致非议。但越南风俗好像不同，奥尔塔说到戏里有谋杀情节，“演员们不断哭泣”。

需要强调的是，中国戏曲本不分悲剧和喜剧，将二者截然分开是西方戏剧从古希腊继承而来的传统。中国戏曲通常都是悲喜交融的，一部戏可能前面是

66 陈维崧《迦陵词全集》卷二十七，《自嘲用赠苏昆生韵同杜于皇赋》，《续修四库全书》，上海：上海古籍出版社 2003 年版，第 1724 册，第 363-364 页。

苦情悲剧，到结尾时就会变成大团圆的喜剧。因此本文上述所谓喜剧、悲剧，仅延用了传教士的说法。另外，中国戏曲里丑脚表演占很大比重，他们登场时表演的都是滑稽戏，也可以称作喜剧，而几乎每部戏里都少不了丑脚。

另外还要指出的是，明代万历以后，恰是传奇折子戏盛行的时期，由于演出整本传奇需要的时间太长，宴会演戏大多是挑选单折戏出来演，而由于上述原因惯常挑选的戏出多数都带有喜庆色彩，这一点从明代戏曲选本里的折子戏内容偏重也可以看出来。统计一下明代戏曲选出的题材，大多集中在“庆宴”“游赏”“分别”“相会”方面[67]，表现世俗生活，而这些社会风俗内容在欧洲是喜剧的题材，悲剧则只用于表现历史和英雄事迹，因而传教士们自然就把它们称作喜剧了。

## 十、关于传教士关注的“点戏”

从利玛窦开始，凡是接触到戏曲演出的西方人都津津乐道于中国宴会演出中的“点戏”行为。在中国传教 22 年的葡萄牙耶稣会士曾德昭（Alvaro Semedo, 1586-1658），也在他 1642 年出版的《大中国志》里谈到中国人的宴会点戏：“他们的宴会延续时间很长，人们花很多时间进行交谈，通常习惯都有音乐和喜剧演出，喜剧任由客人挑选节目进行表演。”[68]1655 年随荷兰东印度公司使团访问清朝的纽霍夫（Johannes Nieuhof, 1618-1672），也在他《荷兰东印度公司使团访华纪实》一书中说：“他们总是随身携带一个折子，上面写着他们演出的剧名。当任何人点了戏……”[69]戏还可以用来“点”，这种习俗在欧洲闻所未闻，因而被西方人反复记录在案。

英国主教珀西（Thomas Percy）虽然没有到过中国，但对中国及其戏曲十分关心，在其整理出版的《好逑传》第四卷附录的《1719 年广州上演的一部中国戏的故事梗概》前言里详细描述说：“当宾客们刚入席时，四到五位主要的喜剧演员身着华丽的衣服进入大厅，一起磕头，额头触碰到地面。然后其中一人给主要宾客送上戏折，里面用金色的字写着五六十种剧目。他们已经将这些剧目熟记于心，随时可以进行表演。在一番礼貌性的推让后，主要宾客会选

67 参见尤海燕《明代折子戏研究》，首都师范大学博士论文，2009 年。

68 Alvarze Semedo, *The History of that Great and Renowned Monarchy of China*, London: E. Tyler for Iohn Crook, 1655, p.67.

69 Johannes Nieuhof, *An Embassy from the East-India Company of the United Provinces, to the Grand Tartar Cham, Emperor of China*, London: John Macock, 1669, p.167.

择一个剧本，领头的喜剧演员将这个剧本给所有的宾客过目，看他们是否认可——如果客人中的任何一个人的名字与戏剧中角色名相同或类似，那么该剧将被弃用并重新选择另一个。”[70]珀西的描写很具体，从笔者下面引述的中国材料里可以印证他说的是实情，有理由推测他经常向到过中国的人询问戏曲演出情形，从听闻中得来。类似的说法有很多，有时各自还都有些发挥，可能信息来自不同渠道。例如意大利奥尔塔神父 1766 年给某伯爵夫人的信里说："他们把四十至五十部戏文熟记于心，其中最短的通常也要演五小时。他们带着戏云游四方，若有人召唤便呈上戏单，等人一选定剧目就立即上演而不做任何别的准备。”[71]1755 年为马若瑟《赵氏孤儿》译本出版单行本的法国人德弗洛特（Sorel Desflottes），特意写了《论中国戏剧》一文放在单行本里，其中也写到点戏的具体细节："演员把戏折子呈给聘请他们来的主人。出于中国式的礼貌，主人把戏折交给他的客人，让他们选择爱看的戏，但客人会尽力推脱，戏折子在客人手中转了一圈，最后又回到了主人的手里，于是他就点了自己看中的戏。”[72]

与上述人的记载大多来自传闻不同，1860 年到中国看戏的法国海军军官凯鲁勒（Georges de Kéroulée）说："（中国）一个演员少说会演 60 个剧目，你会对这些艺术家的记忆力感到惊讶，他们随时可以演出这一长串剧目中的任意一部。”[73]美国卢公明（Justus Doolittle, 1824-1880）更是直接生活在中国的传教士，他 1866 年出版的《中国人的社会生活》一书来自自己的观察，里面讲到："演员不知道他们将被要求演什么内容，直到多数观众已经聚拢了。雇赁戏班的晚宴主人通常会邀请嘉宾中的一位来点戏，从戏班能演的剧目中选一出特别的。演员们立即按照所选剧目的角色着装，开始演出。戏班通常能在几分钟里开始上演从两三出甚至上百出戏里点出的任何一出戏。”[74]清末在美

70 Thomas Percy, "The argument or story of a Chinese play acted at Canton in the year M. DCC. XIX.", *Hau Kiou Choaan or The Pleasing History*, London: Dodsley, 1761, vol. 4, p.174.

71 《耶稣会士中国书简集》，上册，第一卷，第 89、90 页。

72 Sorel Des Flottes, Essai sur le théâtre chinois, *Tchao-Chi-cou-eulh, Ou L'Orphelin de La Maison de Tchao, Tragédie Chinoise*, Kessinger Publishing, 2010, pp.15.

73 G. de Kéroulée, "Et les Représentations Dramatiques en Chine", *Le Correspondant Recueil Périodique*, May 1862, p.76.

74 Justus Doolittle, *Social Life of the Chinese: with some Account of their Religious, Goberamental, Educational, and Business Customs and Opinions*. London: Sampson Low, Son, & Marston, Milton House, Ludgate Hill, 1866, vol. II, pp.296-297.

国唐人街剧院考察的美国记者欧文（William Henry Irwin, 1873-1948）说：“纽约道耶斯街剧团的中国演员，最少的也知道50个剧目。而这个50人的剧团，大家加在一起，拥有约300个剧目。”[75]

这些屡屡不绝的记载证实了欧洲人对戏曲点戏习俗的关注。一个戏班子可以把几十上百出戏牢记在心里，以便让观众随意选拣剧目，点哪出戏就演哪出戏，几乎不用做准备即可登场，在欧洲人看来简直是不可思议的。因为欧洲剧团是排一部戏演一部戏，演员要记台词和排练，舞台要设计布景，角色要设计服装。省略掉这一切戏前准备，他们非常好奇中国戏曲是怎么做到的。1887年从英国来中国生活了20年的阿绮波德·立德（Archibald Little, 1845-1926）女士专门对此进行了测试，她说：“我经常挑选一出不流行的、很少上演的剧本，但从来难不倒戏班，他们立即就上演这出戏。”[76]戏曲演出由于不用布景、景随人生，戏曲服装系按生旦净丑各行当的衣箱准备，戏目更是演员自幼师承及苦修得来，因此得到了任人点戏的登场自由。

从明代小说里可印证欧洲人看到的这种点戏习俗。《金瓶梅词话》第四十三回写西门庆家宴请乔五太太：“下边鼓乐响动，戏子呈上戏文手本，乔五太太吩咐下来，教做《王月英元夜留鞋记》。”[77]第六十四回写西门庆祭奠李瓶儿，宴请两个来吊唁的内相（太监）并为之演戏：“子弟鼓板响动，递了关目揭帖，两位内相看了一回，拣了一段《刘智远白兔记》。”[78]其中所说的“戏文手本”“关目揭帖”就是戏班呈给客人用来点戏的戏单，戏由客人点，演出的剧目是海盐腔《留鞋记》和《白兔记》。明末佚名《梼杌闲评》第三回王尚书母亲生日宴有着更详细的描写：“戏子叩头谢赏，才呈上戏单点戏。老太太点了本《玉杵记》，乃裴航蓝桥遇仙的故事……等戏做完，又找了两出。众女眷起身，王太太再三相留，复坐下，要戏单进来。一娘拿着单子到老太太面前。老太太道：‘随他们中意的点几出罢。’女眷们都互相推让不肯点……王奶奶笑道：‘不要推，我们一家点一出。’一娘要奉承奶奶欢喜，遂道：‘小的告罪了，先点一出“玉簪上听琴”罢。’……又有个杨小娘，是王尚书的小夫人，说道：‘大娘，

75 Will Irwin, “The Drama in Chinatown”, *Everybody's Magazine*, Volume XX, June 1909, p.862.

76 Archibald Little, *Gleanings from Fifty Years in China*, London: Sampson Low, Marston & Co. LTD. , 1910, p.218.

77 （明）兰陵笑笑生《金瓶梅词话》，北京：作家出版社2010年版，第3册，第890页。

78 《金瓶梅词话》，第4册，第1412页。

我也点出“霞笺追赶”。’大娘笑道：‘你来了这二年，没人赶你呀？我便点出“红梅上问状”，也是扬州的趣事。’一娘遂送出单子来。戏子一一做完，女客散了。”[79]王老太太寿诞宴席，寿星亲自点了整本传奇《玉杵记》，演完又找了两出散戏，亲友告辞，王老太太挽留，要大家随便再点几出戏，于是各自点了《玉簪记 · 听琴》《霞笺记 · 追赶》《红梅记 · 问状》等，都是明代流行的传奇戏出。

## 十一、结语

除了零散探险者和旅游家外，欧洲最早看到中国戏曲的是天主教来中国传教的一批人。传教士们来中国是为了宗教目的，神职的戒律也阻止他们深入世俗生活，但耶稣会士们都有着向欧洲总部和教皇说明中华文明是如何可以与欧洲相匹敌而只差上帝神示的强烈愿望，因而发现这个文明里也有戏剧是多么令他们欣慰。当然，作为以欧洲戏剧原则为准绳的“他者”，面对有着不同审美原质的对象必然发生接受错位甚至生理龃龉，除非能够对异质文明保持平等姿态和理解心境。

早期传教士尽管接触到戏曲，源源不断地向欧洲发回了有关报导，但出于观察的目的和动机，他们还仅停留在简单描述一种舞台现象上，其重点在于提示欧洲：中国有着戏剧演出。当然，也会有简单的优劣评点与价值判断。他们首先会赞叹戏曲表演的高度技巧性，例如克鲁士说“演得生动逼真”，拉达称赞“优美的演出”“非常出色和自然”“演出非常精彩”“演得十分自然”。其次他们会赞美戏曲服装的高雅美丽，例如克鲁士说“演员的戏装很漂亮”，阿科斯塔说“演员的服装十分华丽”。进而他们还肯定戏曲内容有着强烈的道德意识，例如阿科斯塔说戏曲“都是关于中国古代哲人和英雄的著名故事，主题都关乎道德”，韩国英说“大多数中国喜剧和悲剧似乎都是为了展现恶行的耻辱和美德的魅力”。另外他们还会从既定观念出发，用“三一律”的量尺来衡量并要求戏曲，例如张诚说它“并不局限于表现单一的行动，或在一天中发生的事情”。对于中国戏曲音乐，西方人的感觉是彼此相去甚远的，有爱好的，例如拉达说“他们的歌唱与乐器伴奏十分和谐，嗓音都非常美妙”“有人量的动听音乐”，更多是反感的，例如利玛窦说它“只是嘈杂刺耳而已”[80]。

79 （明）《梼杌闲评》，北京：华夏出版社 2013 年版，第 21-22 页。
80 〔意〕利玛窦《利玛窦中国札记》，何济高等译，北京：中华书局 1983 年版，上册第 23 页。

传教士对于戏曲的理解和把握，最初完全是从个体的接触中一点一点感悟出来的，而且是从自己接触到的内容一部分一部分感悟出来的，因而就像盲人摸象一样，其认识也是从个别到整体逐渐完善的。加上受到自身特定社会、文化和戏剧观念的制约，他们会从既定概念出发先入为主地观察与衡量对象，方枘圆凿是不可避免的。这是异质文化交流中的错接与错会现象，有着相当的启示意义。

# 贰、18 世纪欧洲“中国剧”及其意象

**内容提要:**

在中西交通引起的欧洲 18 世纪百年中国热中,“中国剧”演出成为一个突出文化现象。审视一下他者眼光支配下创作的“中国剧”形态,考察其文化内涵、形象实质、意象生成路径、风靡与传播情形及社会关注度等,可以为我们把握这场文化盛宴的本质属性、追寻中西文化传播与转换的规律提供参考。

**关键词:** 中国剧 《中国节日》 图兰朵

明朝中叶以后,世界进入了地理大发现时代。商路开通与贸易开展的结果,是大量的中国瓷器、丝织品、茶叶、漆器、香料乃至家具、装饰物和各种艺术品源源不断地涌入欧洲市场,日益引起欧洲人对东方这个富饶大国的惊羡,而传教士们关于中国的各种报告书、信札、报道以及出版物,更是把东方文化与学术的优美深奥揭示出来,刺激起欧洲人日益强烈的中国热情,这促使 18 世纪欧洲的百年中国热拉开了序幕。欧洲的中国热情首先被宫廷和贵族的世俗享乐风点燃,穿中国服装、戴中国配饰、用中国家具、坐中国轿子、享中国茶亭、进中国舞场、游中国园林成为上等人的时尚,而组织中国化妆舞会、演出中国背景与题材的英雄剧、歌舞剧、笑闹剧成为宫廷到市民的广泛嗜好。1735 年被翻译到欧洲的《赵氏孤儿》更造成文化轰动,引动了包括法国文豪伏尔泰在内的一系列剧本改编和上演,将十八世纪欧洲的“中国剧”热推向一个新的高潮,反过来又促进了这种“中国剧”越加蓬勃地发展。考察他者眼光下的“中国剧”的情形,分析一下其意象生成的途径,对于我们把握中西文化传播与转换的规律,有着重要的认识意义和价值。

## 一、欧洲“中国剧”

欧洲戏剧中第一个已知的中国角色出自佩里（Jacopo Peri, 1561-1633）与伽利莱（Marco da Gagliano, 1582-1643）创作的意大利歌剧《梅多罗与安吉莉卡的婚礼》（*Lo sposalizio di Medoro e Angelica*, 1619），其中的安吉莉卡是一位契丹（Cathay）[1]公主。这部歌剧取材于意大利诗人阿里奥斯托（Ludovico Ariosto）改编自《罗兰之歌》（*La Chanson de Roland*）的史诗《疯狂的奥兰多》（*Orlando Furioso*, 1516）。[2]安吉莉卡这一角色是阿里奥斯托的创造，此后又有相当多的戏剧以安吉莉卡为母题[3]。

欧洲的下一批“中国剧”是受明清更代的巨大历史变故刺激而起的。正当欧洲把注意力投向远东那一片土地、准备更贴近地对之进行观察时，那里却发生了一场震惊欧洲的文明征服：满族铁血征战的劲蹄踏碎了大明朝儒化的国祚，一个新的大清帝国在东方诞生了。政治家、历史学家、文化学者展开了他们的研究，剧作家却在此基础上放飞了他们幻想的翅膀。由于远东商路的信息便利，荷兰首先于 1667 年诞生了直接反映这场巨变的两个剧本，老剧作家和诗人冯德尔（J. Vondels, 1587-1679）的《崇祯：中国的覆灭》和年轻剧作家、诗人戈斯（J. A. Goes, 1647-1684）的《崇祯：中国的覆灭》。7 年之后的 1675 年 5 月 28 日，伦敦公爵剧团在多塞特花园剧院为英王查理二世上演了赛吐尔（E. Settle, 1648-1724）的悲剧《鞑靼征服中国》。在冯德尔和戈斯创作的时候，欧洲已经见到了明清更代的实录性著作：意大利传教士卫匡国（M. Martini, 1614-1661）的拉丁文著作《鞑靼战纪》（*The History of the Invasion by the Tartars*, 1654），到了赛吐尔写作时，西班牙传教士帕莱福（J. Palafox, 1600-1659）的《鞑靼征服中国史》（*Historia de la conquista de la China por el Tartaro*, 1670）也已经出版。赛吐尔是英国剧作家、诗人，此前有悲剧《摩洛哥皇后》（*The Empress of Morocco*, 1673）上演，看来他对异域的英雄题材格外关注。《鞑靼

---

1 在早期西亚和欧洲概念里，契丹即是中国。例如 13 世纪中叶意大利卡皮尼（Plano Carpini）《游记》把南宋和金合称为契丹，13 世纪后期波斯拉施特（Khodja-Rashid-eddin）《历史汇编》（*Collection of Histories*）和马可波罗《游记》称中国北部为契丹、南部为蛮子，欧洲因而长期沿袭了契丹的称呼，如英语、法语中的 Cathay、俄语中的 Китай 皆是。

2 参见林海鹏《论 18 世纪歌剧舞台上的两部中国历史题材歌剧——芝诺的〈唐中宗〉与梅塔斯塔西奥的〈中国英雄〉》，《音乐文化研究》，2020 年第 1 期，第 62-74 页。

3 Tim Carter, “Angelica e Medoro”, Stanley Sadie ed. , *The New Grove Dictionary of Opera*, London: Macmillan Ltd. , 1992, vol. 1, pp.135-136.

征服中国》一剧已经摆脱了历史实录的影子，按照英雄加爱情的模式虚构而成，内容是鞑靼王顺治为报父仇征服明朝，又吸收《鞑靼战纪》和清代笔记里有关秦良玉和董小宛的传说，让他去追求一个效忠明朝的巾帼英雄。此后又有根据葡萄牙传教士曾德昭《大中国志》记载的明光宗立储风波创作的歌剧《中国的泰昌皇帝》（*Taican, rè della Cina*, 1707），意大利诗人芝诺（Apostolo Zeno）根据西班牙门多萨《中华大帝国史》记载的武曌事迹创作的歌剧《唐中宗》（*Il Teuzzone*, 1706），意大利梅塔斯塔西奥（P. Metastasio, 1698-1782）根据法国杜赫德《中华帝国全志》记载的《史记 · 周本纪》里召公姬奭救周宣王的故事创作的三幕音乐戏剧（dramma per musica）《中国英雄》（*L'eroe cinese*, 1752）等，后两者被众多的欧洲作曲家反复谱曲上演。[4]

然而，写中国的历史剧毕竟题材难得，欧洲更多的剧作家和观众对于遥远中国的历史与政治也并没有多少兴趣，他们的关注点在于想象中的异域中国情调，而这种想象并不需要多少真实依据，只要在人们见惯不怪的欧洲民间喜剧里添加一点中国佐料就可以了，因而我们看到继之爆发的“中国剧”热潮里除了少数正规的史传悲剧外，更多的是带有一定中国风味或元素的宫廷歌剧、集市轻歌剧和喜歌剧、以声色娱人的景观剧和风俗芭蕾、描摹人情世态的讽刺喜剧和闹剧，这些可以称之为虚幻的“中国剧”。意大利、法国、英国等地都出现了相当数量的这类剧。

这一时期的剧作家经常为贵族等上层人士量身写剧，有些人为了迎合贵族的中国趣味、甚至是受皇室的委托而写作“中国剧”。此时的“中国剧”可以说只是对欧洲戏剧进行异域化处理的结果，其戏剧形式、故事结构、角色塑造等都和当时舞台上的欧洲剧没有什么两样，仅仅以中国背景和角色的异国身份为剧作添加一些东方色彩，用带有中国风情的流行服装、布景引人注目，来迎合皇室与上流社会的品味与时尚而已，其形式包括芭蕾舞剧、歌剧、喜歌剧和音乐喜剧等。

学者艾德丽安·沃德将 18 世纪欧洲歌剧舞台上的中国人物形象分为三种，第一种是游历到欧洲的中国男人，第二种是拥有一定身份的中国女人，第三种是中国皇帝。中国男人通常是一位观察者、评论家。中国女人通常具有皇家或

4 参见罗湉《18 世纪法国戏剧中的中国形象研究》，北京大学出版社 2014 年版，第 75-76 页；林海鹏《论 18 世纪歌剧舞台上的两部中国历史题材歌剧——芝诺的〈唐中宗〉与梅塔斯塔西奥的〈中国英雄〉》，《音乐文化研究》2020 年第 1 期。

贵族身份，她们在角色塑造上和同时代的其他国家女性没有太大的差别，通常天真纯洁和有良好的道德，而且对爱情非常保守。中国皇帝的角色塑造也与欧洲的统治者类似，占据主导地位，通常顽固、容易犯错但又能明辨是非。这样的剧流行于欧洲剧坛，仅用意大利语写的此类“中国剧”就至少有 36 部。[5]

例如梅塔斯塔西奥受伊丽莎白皇后委托创作的独幕节日戏剧（festa teatrale）《中国女人》（*Le Cinesi*, 1735），由未来哈布斯堡王朝（House of Habsburg，公元 6 世纪-1918 年）的统治者特蕾莎大公（Maria Teresa, 1717-1780）、她的妹妹安娜公主（Maria Anna）和一位宫廷夫人演出。这部戏讲的是三位中国贵族女性在一个中国装饰的房间里喝茶，讨论即将演出的歌剧应该采用悲剧、田园剧还是喜剧的风格。[6]中国本来就没有歌剧，更勿论其风格。戏中反映的是一种虚构的中国时尚，中国只是一个有东方异国情调的背景符号。而梅塔斯塔西奥的《中国英雄》也是在特蕾莎大公的要求下，为她女儿和其朋友们在美泉宫（Schönbrunn Palace）演出而写作的。

有一出至今都很出名的“中国剧”，是英国最伟大的作曲家之一珀塞尔（Henry Purcell, 1659-1695）根据莎士比亚《仲夏夜之梦》改编的半歌剧《仙后》（*The Fairy-Queen*），其中加入了中国角色和中国场景。《仙后》的第五幕被安排在一个中国花园中，有一对入场的中国男女，6 只猴子，一个中国歌队、还有由 24 人组成的中国舞队。幕间升起了六个带着中式基座的中国瓷瓶，瓶中种着中国橘树，这里中国瓷瓶和橘树的组合象征着英王玛丽二世（Mary II）和威廉三世（William III）的结合，而《仙后》这出涉及美好爱情与婚姻的戏被认为是为两位国王的结婚十五周年纪念日与玛丽二世的生日而作[7]。

据学者陈艳霞、罗湉研究，法国最早的“中国剧”是 1692 年 12 月 13 日在巴黎老意大利剧场演出的四幕喜剧《中国人》（*Les Chinois*），由法国当时著名的剧作家雷纳尔（Jean François Regnard, 1655-1709）和杜弗雷尼（Charles Dufresny, 1657-1724）联手创作。虽然题目标明了“中国人”，实际内容却与中

5 参见 Adrienne Ward, *Pagodas in Play: China on the Eighteenth-century Italian Opera Stage*, Lewisburg: Bucknell University Press, 2010, pp.54-65, 56-59.

6 Guido De Rosa, “'Mi incammino verso l'Asia': L'immagine dell'Oriente nell'opera del Settecento”, *Forum Italicum*, 49(2), 2015, p.341-342.

7 参见 Daniel O'Quinn, Kristina Straub, Misty G. Anderson, *The Routledge Anthology of Restoration and Eighteenth-Century Performance*, Oxon; New York: Taylor & Francis, 2019, p.52-53;Frans Muller, Julie Muller, “Completing the Picture: The Importance of Reconstructing Early Opera”, Early Music, Vol. 33, No. 4, Nov. 2005, pp.667-681.

国人没有什么关系，扯入“中国人”只是因为其中的丑角阿勒甘（Arlequin）假扮中国儒士来卖弄博学、增加噱头。他自吹无事不通、无所不能：既是哲学家、逻辑学家、法学家、地理学家、雄辩师，也是占星术士、医生、药剂师、理发师和鞋匠，还会写剧本，用以讽刺当时传教士把中国儒者捧为全知全能者。在演出中，他从一个中式百宝箱里拿出各种各样的珍玩来向观众炫耀——极尽借异域文化和无聊噱头来吸引并逗乐观众之能事。[8]紧接着一批同样的“中国剧”就接二连三、一发而不可收地出现了。例如 1702 年的同名喜剧《中国人》、1704 年的歌舞剧《契丹王子》（*Le Prince de Cathay*）、1713 年的滑稽歌舞剧《中国王宫里的隐身阿勒甘》（*L'Arlequin invisible chez le roi de Chine*）、1718 年的音乐喜剧《英格兰港的海难或新登陆》（*Le Naufrage au Port-à-l'Anglois ou les Nouvelles débarquées*）、1723 年的中国喜剧《阿勒甘卷毛犬、玩偶与郎中》（*L'Arlequin barbet, pagode et médecin*）等等。[9]

当时众多的欧洲编剧都热衷于从中国寻找灵感。例如法国 18 世纪前期热衷于引进中国元素的勒萨日（Alain René Lesage, 1668-1747），在为巴黎圣日耳曼（Saint-Germain）和圣洛朗（Saint-Laurent）两大集市剧院创作喜剧期间，先后写了三部与中国有关的作品。第一部为《中国王宫里的隐身阿勒甘》，1713 年 7 月 30 日上演于圣日耳曼集市剧场。丑角阿勒甘被跛足魔鬼阿斯魔德（Asmodée）赋予了隐身术，来到中国皇帝寝宫，看到大量奇珍异宝，贪心骤起，拼命装满自己的口袋，又潜入皇后卧室看她与情人幽会，对之百般调弄。第二部是 1719 年与多纳瓦尔（d'Orneval）联手创作的《阿勒甘卷毛犬、玩偶与郎中》，1723 年由泰斯提耶（Testier）剧团在圣日耳曼集市演出。这一次阿勒甘陪同日本王子来到北京，先后乔装成卷毛狗、人偶和御医三进皇宫，代其向中国公主传递爱恋之心，见到了中国皇帝接见外国使臣的盛大排场和繁文缛节的仪式。第三部是 1729 年与多纳瓦尔再次合作创作的《中国公主》（*La Princesse de Chine*），在圣洛朗集市上演。萨勒日的“中国”喜歌剧，适应着法国集市观众的需求，为娱乐受众而追求表演中的滑稽调笑和喜乐热闹，但其中

8 参见陈受颐《十八世纪欧洲文学里的〈赵氏孤儿〉》，《岭南学报》第 1 卷第 1 期，1929 年；许明龙《欧洲十八世纪中国热》，北京：外语教学与研究出版社 2007 年版，第 102 页。

9 参见〔法〕陈艳霞《华乐西传法兰西》，耿昇译，北京：商务印书馆 1998 年版，第 8-9 页；罗湉《18 世纪法国戏剧中的中国形象研究》，北京：北京大学出版社 2014 年版，第 119-121 页。

的中国元素却仅仅是虚幻的臆测，从某个角度折射出了 18 世纪法国民众对于中国的认知程度和集体想象。[10]罗湉统计，18 世纪法国至少创作演出了 61 部这样的“中国剧”。[11]

这些法国民间的“中国剧”，通常有着一定的表演套路，舞台上的中国人形象常常是留着山羊胡子、戴着尖顶帽、面孔瘦削、形容憔悴，是一个滑稽角色。他们或者是虚夸儒者，或者是江湖术士，或者是倨傲官员。其西文名称或者是“docteur”，或者是“opérateur”，或者是“Mandarin”，可以翻译为博士、郎中、术士、巫师、大官。他们出场总是夸夸其谈、卖弄学问，天文地理无所不知，送医售药包治百病，满嘴的哲理与人生之道，兜售各类仙丹妙药，但最终却是浮夸吹牛、一无所用的蠢材。其原型应该是从传教士和旅游者笔下传导过来的士大夫阶层、中医医士、炼丹道士混杂的合体。另外，“中国剧”里经常见到活人扮演的玩偶形象，因为中国的木偶和皮影表演传入欧洲后，欧洲人对中国人与玩偶产生了形象通感。（图十一）

图十一、博纳特（Nicolas Bonnart, 1646-1718）绘《歌剧中跳舞的中国角色》，法国国家图书馆（La bibliothèque nationale de France）藏

10 参见钱林森《十八世纪法国舞台上的中国风尚：以勒萨日的戏剧创作为例》，《华文文学》2014 年第 3 期。

11 参见罗湉《18 世纪“中国剧”目录》，《18 世纪法国戏剧中的中国形象研究》，北京大学出版社 2014 年版，第 285-289 页。

许多集市“中国剧”里都有阿勒甘（Arlequin）出场，诸如《中国皇宫里的隐身阿勒甘》（1713）、《多变的人——阿勒甘在中国》（1755）、《中国国王阿勒甘》（1770）、《中文博士阿勒甘》（1772）、《中国阿勒甘》（1779）、《大官人或阿勒甘鳏夫》（1789）以及《中国皇帝阿勒甘》等，还有许多剧名里不显示而登场人物里有阿勒甘的。阿勒甘最初是17世纪意大利即兴喜剧中一个著名人物“Arlecchino”，来源于中世纪受难剧中的一个魔鬼，后演变成精明仆人或骗子的类型角色，脸上涂着红白油彩，身上穿着菱形或棋盘格的彩色服装，诙谐、滑稽、机智、狡猾而多才多艺，成为“中国剧”里经常出现的“中国角色”。（图十二）阿勒甘在“中国剧”里无所不能，一会儿扮作儒士，一会儿扮作郎中，或者装成瓷偶，或者装成术士。从他每每为人帮闲并要闹的角色身份看，颇为类似元代戏曲里的净丑脚色柳隆卿和胡子传。柳、胡二人是市井无赖的固定角色，反复出现在不同的戏里，如元杂剧《杀狗劝夫》《东堂老》《冤家债主》、南戏《杀狗记》里都有这一对活宝，帮闲钻懒、胡吃混喝、搅事搅局、撒泼耍赖，互相插科打诨、戏笑谑闹，其功能与阿勒甘极其相似。中西戏剧里共同出现的这种类型人物，再次显现了人类戏剧思维的相通。

**图十二、英国哑剧《哈利奎骷髅》(*Harlequin-Skeleton*)[12]里的阿勒甘形象，1772**

面向大众的“中国剧”的手法，大多是借由进入中国皇宫和家庭，偷窥珍宝首饰、宫廷仪式、闺房女子和后宫生活，从而对中国习俗、服饰进行集中的舞台展示。对于当时的欧洲人来说，中国皇宫和内室充满了神秘与诱惑，中国社会中女性的隐藏与禁忌更是引起他们的一再窥探——这个问题曾经被传教士和西方旅游者一再述及。当时欧洲普通人和戏剧家对于中国的了解，大多来自于传教士和旅游者的道听途说、浮光掠影、以偏概全、片面理解的印象组合，

12 *Harlequin Skeleton*, London: Robert Sayer, 1772 (c.1817).

用自己的想象来进行拼凑而完成。其中常常是故事地点与国别不分、人物朝代与姓名混淆，伏羲、老子、崇祯、李自成、吴三桂、郑成功、康熙共聚，人物行事常常怪戾、荒诞和缺乏逻辑。于是这个遥远古国就被蒙上了一层奇异、神秘、虚幻甚至野蛮、狰狞的面纱，所谓的“中国”已经被进行了文化置换，置换成了一种非现实的存在。其中只有少数剧目真正与中国有着某种承袭关系，主要是在元杂剧作家纪君祥的剧本《赵氏孤儿》基础上改编的几部《中国孤儿》。

事实上不论是在宫廷还是民间演出的这些“中国剧”，其意象大多与中国没有直接关系，只是借用中国符号来增加异国趣味，调动观众的好奇心，满足他们的窥视欲和眩惑感。我们只要看到这些“中国剧”的名字，也就大体知道了它是从哪个角度和方面来开挖与塑造中国的：一类是缀以“中国”台头的各色人等，例如《中国人》（1753）、《中国郎中》（1748）、《中国女奴》（1752）、《中国老妇》（1765）、《大官人》（1775）、《中国大使入场》（1777）、《大官人或鳏夫阿勒甘》（1789）、《中国小丑》（1812）等，从各个角度挖掘中国不同阶层、性别、职业、身份人等的故事和噱头；一类是与契丹人、蒙古人、满人有关，例如《契丹王子》（1704）、《皈依的鞑靼人》（1657）、《鞑靼人》（1755）、《慷慨的鞑靼人》（1756）、《鞑靼君主》（1778）、《成吉思汗》（1779）等，把题材的范围进一步扩展；一类以中国表演为主题，例如《瓷器芭蕾或茶壶王子》（1740）、《中国和土耳其芭蕾》（1755）、《中国芭蕾》（1771），借助中国元素来提高表演的吸引力；一类以中国人旅欧和回国为题目，例如《法国的文雅中国人》（1754）、《回国的中国人》（1753），这类题材照应了十六七世纪偶尔几个随赴华传教士到达欧洲并逗留的中国天主教徒所引起的轰动与联想；一类以中国风情和器物为对象，例如《中国节日》（1754）、《中国花园》（1754）、《中国婚礼》（1756）、《中国偶像》（1779），进一步扩大中国元素的题材范围。[13]上述种种，无非是由中国引起话题，用中国元素或者疑似的中国元素挑逗观众的兴趣，用以吸引和取悦观众。谈不到美学思考与追求，更不能使欧洲人确立对中国的正确认知，只是为了活跃和调剂演出市场、满足观众求新逐奇的需求而已。

---

13 参见 D. Clarence Brenner: A Bibliographical List of Plays in French Language, 1700-1789, Berkeley: University of California Press，1947；罗湉《18 世纪“中国剧”目录》，《18 世纪法国戏剧中的中国形象研究》，北京大学出版社 2014 年版，第 285-289 页。

欧洲这种“中国剧”的演出，可以以 1735 年元杂剧《赵氏孤儿》的翻译和出版为界，划分为前后两个阶段。前面是搬演想象中的中国阶段，以虚幻的“中国剧”为主；后面则出现一些在更靠近中国舞台的基础上复制和解读中国的剧作，这又刺激起原有的虚幻“中国剧”更加大行其道。随着《赵氏孤儿》剧本被引进法国，尤其 1755 年法国新古典主义戏剧的代表人物伏尔泰的《中国孤儿》上演，分别由法国著名演员勒凯恩（H. L. Lekain, 1729-1778）和克莱蓉（Mademoiselle Clairon, 1723-1803）扮演男女主角，取得了“中国剧”的划时代影响力，一时之间欧洲的仿作悲剧及其戏仿剧一涌而起，“中国剧”更加进入了它的隆兴阶段。

这些“中国剧”里的服装真正称得上是奇装异服，它们成为这类演出里的一个突出亮点，成为观众投注聚焦目光的中心。然而，它们却离事实上的中国服装相去甚远。由于欧洲的服装设计师都没有到过中国，他们甚至没有见到过真正的中国人，他们设计的灵感主要取自当时能够见到的西方人写的几本书里的插图：纽霍夫《荷兰东印度公司使团访华纪实》、基歇尔（A. Kircher, 1602-1680）《中国图说》、白晋（J. Bouvet, 1656-1730）《中国现状记：满汉服装图册》铜版画里的中国人服装形象。尤其后者，书中人物像由法国皇家版画师吉法特（P. Giffart）根据白晋自中国带回的画像绘制，内含素描和彩色版画各 43 幅，描绘内容主要是清代人物服饰。白晋 1697 年在巴黎出版该书后，分别献给了勃艮第公爵夫人和法王路易十四。书中写实性描绘了从皇帝到王公、从满将到汉臣、从侍女到僧尼的各种人物穿戴形象（部分图像被杜赫德《中华帝国全志》采用）。但毕竟纸上的一维图像仍然不能给人以真实感，欧洲聪慧的服装设计师们又不吝用自己的想象物来补充与填塞。于是，就像当时欧洲建筑里的诸多中国塔、中国房屋、中国桥成为四不像的物种一样，“中国剧”里的服装也成为令中国人捧腹的存在。（图十三）

图十三、《青铜马》的中国角色服饰设计和第一幕的布景设计，法国国家图书馆（La bibliothèque nationale de France）藏

## 二、伦敦《中国节日》上演事件

尽管欧洲各国情况不同，但18世纪的“中国剧”却像风一样刮遍了欧洲大陆，乃至岛国英格兰。其中一些“中国剧”通过彼此引进、翻译或改编的途径，在欧洲各国轮番上演。一个典型实例可以让我们看清楚这种传播的迅捷与有力，那就是《中国节日》（*Les Fêtes chinoises*）演出的从法国波及到英国并引发了严重事件。

《中国节日》是法国著名芭蕾舞蹈家诺维尔[14]（Jean-Georges Noverre, 1727-1810）的作品。1754年诺维尔接受了喜歌剧院（Opéra-Comique）经理莫内（Jean Monnet, 1703-1785）的邀请，在巴黎日耳曼街区（St. Germain）演出了《中国节日》和《青春之泉》（*Fontaine de Jouvence*）两部作品，轰动了整个法国。诺维尔早期曾经以为所有类型、状态以及国别的题材都适合用芭蕾来描绘，因此创作了《中国节日》这部芭蕾，尽管到了后期他认为只有出身高贵的西方英雄才适合搬上芭蕾舞台。[15]《中国节日》的演出情形，现在通过观众的描述来窥探一二：

> 这部芭蕾舞剧已经在里昂、马赛和斯特拉斯堡演出过了。场景最初是一条通往庭园的大道，并有一段台阶通向高处的宫殿。第一个场景发生变化，展现出一个广场，正在为节日而进行布置。后面是一个露天剧场，上面坐着16个中国人。通过快速的场景转换，32个中国人出现了，在台阶上进行了情景剧表演。他们下场后，另外

14 诺维尔，法国舞蹈家，被公认为“情节芭蕾”（ballet d'action）的创始人。加里克称他为“舞蹈的莎士比亚”（the Shakespeare of the dance）。在法国巴黎排演的芭蕾《中国节日》（*Les Fêtes Chinoises*）让他名声大噪。

15 参见 Lincoln Kirstein, *Four Centuries of Ballet: Fifty Masterworks*, New York: Dover Publications, 1985, p.111.

> 16 个中国人，包括官员和奴隶，从房子里出来，在台阶上就位。所有这些人排列成八行，通过一连串的弯腰和抬身动作，很好地模仿了暴风雨中的海浪。然后所有的中国人都从台阶上下来，开始用独特的方式前行。其中可以看到一个官员坐在由 6 个白人奴隶抬着的豪华轿子上，而两个黑人拖着一辆车，车上坐着一个年轻的中国女人。他们前后都有一群中国人跟随，演奏着他们国家使用的各种乐器。当这支队伍下场后，芭蕾舞开始了，无论从形式上还是动作的整齐度看，都无可挑剔。一共有 32 个人，他们的动作形成了大量完美又新颖的姿态，轻松地合拢又散开，而以一个圆舞曲结束。结束后，中国人在露天剧场重新站位，剧场变成了一个瓷器店。32 个花瓶升起，把 32 个中国人挡住看不见了。[16]

从这段描述看，《中国节日》里的中国表演，主要是独特的舞蹈姿势和队列行进方式，演员穿着中国服饰、抬着中国轿、奏着中国乐器。至于这位外行观众口中所说的模仿“暴风雨中的海浪”的舞蹈动作，显然是错误理解了舞者模仿中国人舞姿的含义。在 18 世纪的舞台上，演员表现中国角色有特定动作，或弯腿站立，或盘腿坐在脚跟上。[17]（图十四）《中国节日》里的中国人先使用了坐姿，随后“一连串的弯腰和抬身动作”，显然是在模仿中国人的鞠躬行礼，32 个中国角色是在完成对观众的见面仪式。对于如何跳中国风舞蹈，当时有专门的指导要则：“如果要跳中国舞，可以组织一个游行队伍，他们的习惯、性格和举止就可以从真实的自然情形中逼真地模仿出来，并向观众传达一个正确的概念，让他们了解所表现的人物，了解他们的服饰和公共游行状况，而不是从任何口头描述、印刷品或图片中得到印象。”[18]可见，舞蹈家们倒是不满足于模糊的中国印象，力图在舞台上真实展现中国人的习惯、性格和行为举止。巴黎喜歌剧院经理莫内后来曾在回忆录中述及《中国节日》的演出效果和影响范围：“国家芭蕾《中国节日》的独特之处令人惊讶，其宏大规模吸引了大批观众。它的装饰布景是由国王的第一任画师、已故的布歇先生创作的，由

---

16 *Nouveau Calendrier des spectacles de Paris*, 1755. 转引自 Frank Arthur Hedgcock, *A Cosmopolitan Actor, David Garrick and his French Friends*, London: Stanley Paul & Co. , 1911, p.128.

17 参见 Edmund Fairfax, *The Styles of Eighteenth-Century Ballet*, Lanham, Maryland, and Oxford: The Scarecrow Press, Inc. , 2003, pp.141-142.

18 Giovanni-Andrea Gallini, “Summary Account of various Kinds of Dances in different Parts of the World”, *A Treatise on the Art of Dancing*, 1762, London: Gallini, p.203.

吉耶（Guillier）、穆兰（Moulin）和德鲁斯（de Leuse）先生绘制。服装是由博凯先生设计和指导的，他在这方面的天赋为众人所知……所有巴黎人都看到了。”[19]博凯（Louis-René Boquet）为之设计的服装特意不用经典芭蕾舞服的样式，而是在罗马盔甲的基础上增加中国风格的装饰。[20]作曲者没有记载，但普遍认为它的音乐是由法国作曲家拉莫（Jean-Philippe Rameau, 1683-1764）创作。[21]

图十四、拉莫（Jean-Philippe Rameau, 1683-1764）设计的歌剧芭蕾《殷勤的印地人》（*Ballet des Indes Galantes*, 1735）中的中国角色，纽约公共图书馆（The New York Public Library）藏

法国宫廷画师布歇作为洛可可时期的代表画家之一，曾为法国皇家博韦手工工厂（Manufacture de tapisserie de Beauvais）的“中国挂毯”主题创作了一组 8 幅中国风绘画，1742 年在巴黎沙龙展上进行了展示。[22]《中国节日》就把布歇绘画之一重新绘制出来，作为舞台布景使用。法国和意大利画家早在 17 世纪的巴洛克（baroque）时期就开始创作适合用于舞台布景的绘画，到了 18

19 Jean Monnet, *Mémoires*, Londres: [s. n.], 1772, vol. ii, p.74.

20 参见 Lincoln Kirstein, *Four Centuries of Ballet: Fifty Masterworks*, New York: Dover Publications, 1985, p.111.

21 参见 Deborah Jowitt, *Time and the Dancing Image*, California: University of California Press, 1989, p.49; Tim Shephard, Anne Leonard, *The Routledge Companion to Music and Visual Culture*, London: Routledge, 2013, p.334.

22 参见 Colin B. Bailey, Philip Conisbee, Thomas W. Gaehtgens, *The age of Watteau, Chardin, and Fragonard: masterpieces of French genre painting*, New Haven: Yale University Press, 2003, p.394.

世纪的法国，舞台因素进一步影响了绘画。布歇本人就不仅只是一位画家，而且还是一位活跃的舞台布景设计师。布歇小时候就因家境贫寒开始画舞台布景挣钱，随着职业声望的提升他的舞台布景画也被推到了很高的地位，18 世纪 50 年代使用布歇的设计作为舞台布景是一件十分荣耀的事情。[23]（图十五）

**图十五、布歇《中国舞蹈》(*La Danse chinoise*)，布本油画，1742，法国贝桑松美术和考古博物馆（Musée des Beaux-Arts et d'Archéologie de Besançon）藏**

《中国节日》的演出获得了极大成功。法国剧作家科勒（Charles Colle, 1709-1783）曾在日记中写道："这个月，整个巴黎都涌向了喜剧院看中国芭蕾舞剧。我不喜欢芭蕾舞，自从所有的剧院都被芭蕾舞浸染后，我对舞蹈的厌恶也大大增加了。但我必须承认，这个中国芭蕾舞是不寻常的，至少它的新颖性和它的画面感为它赢得了掌声。"[24]科勒明确指出了《中国节日》的看点在于它的"新颖性"和"画面感"，"新颖性"自然是得益于它的中国元素，"画面性"则与它的舞台调度、装饰、人物服饰和布景设计有关。《中国节日》成为一个月里巴黎观众趋之若鹜的中心，连不喜欢芭蕾的科勒也承认它取得了不寻常的成就。

1755 年，英国最著名的戏剧家加里克（David Garrick, 1717-1779）把极尽声色之娱的《中国节日》从法国引入了伦敦，和诺维尔鼎力合作进行排演。一

23 参见 Ellen G. Landau, "'A Fairytale Circumstance'the Influence of Stage Design on the Work of François Boucher", *The Bulletin of the Cleveland Museum of Art*, 1983, vol. 70, no. 9, pp.360-375.

24 转译自 Walter Sorell, *The Dance Through the Ages*, New York: Grosset and Dunlap, 1967, pp.126-127.

般认为，是莫内向加里克介绍了诺维尔和他的《中国节日》。[25]加里克最初向诺维尔提出以 200 英镑为筹劳请他到英国演出，但诺维尔要求将报酬提高为 350 几尼（Guinea）。[26]加里克在巴黎的英国银行家好友塞尔温（Charles Selwin）写信给加里克，劝他接受诺维尔的条件。[27]加里克也决意上演此戏，在 1755 年 1 月 31 日与诺维尔签署了雇佣合同，后来诺维尔又多次向加里克要求提高报酬，加里克志在必得，一次次满足了他，使得《中国节日》最终能够在伦敦上演。（图十六）

图十六、伦敦上演《中国节日》的广告[28]

D R U R Y - L A N E.

By His Majesty's Company of Comedians.

AT the Theatre Royal in Drury Lane, This Day will be presented a Comedy called

The PROVOK'D WIFE.

Sir John Brute by Mr. GARRICK;

Constant, Mr. Havard; Heartfree, Mr. Palmer; Col. Bully (with proper Songs) by Mr. Beard; Razor, Mr. Yates; Lady Fanciful, Mrs. Clive; Mademoiselle, by Mrs. Cross; Belinda, Miss Haughton; Lady Brute by Mrs. CIBBER.

To which will be added a new grand Entertainment of Dancing call'd

The CHINESE FESTIVAL.

Compos'd by Mr. NOVERRE.

The Characters by Monf. Delaistre, Sig. Baletti, Mr. Lauchery, Mr. Noverre, jun. Mr. Dennison; Monf. St. Leger, Mr. Shawford, Mr. Matthews, Monf. Pocher, Monf. L'Clert, Mr. Harrison, Mr. Granier, Mr. Hust, Monf. Sarny, Mr. Walker, Mrs. Vernon, Miss Noverre, Mrs. Morris, Mrs. Rooker, Mr. Sturr, Mrs. Atkins, Mr. Ackman, Mr. Walker, Mrs. Noverre, Mrs. Addison, Siga. Pietro, Mrs. Gibbons, Mad. Charon, Mad. Rousselet, Mrs. Preston, Mad. Rouend, Mrs. Phillips, Mrs. Lawson, Little Pietro, Miss Young, Master Simson, Master Pope, Master Bladgen, Master Hust, Master Spilsbury, Miss Bride, Miss Popling, Miss Simson, Miss Heath, Mr. Serafe, Mr. Lewis, Mr. Jefferson, Mr. Burton, Mr. Marr, Mr. Vaughan, Mr. Chamness, Mr. Bullbrick, Mr. Clough, Mr. Allen, Mr. Gray, Mrs. Bradshaw, Mrs. Hippisley, Mrs. Matthews, Mrs. Simson, and Miss Mills.

With new Music, Scenes, Machines, Habits, and other Decorations.

No Persons can possibly be admitted behind the Scenes, or into the Orchestra.

Nothing under the full Prices will be taken during the whole Performance.

Boxes 5 s. Pit 3 s. First Gallery 2 s. Upper Gallery 1 s.

Places for the Boxes to be had of Mr. Varney at the Stage Door of the Theatre.

To begin exactly at Six o'Clock.

加里克是 18 世纪英国戏剧史上最享盛名的演员、剧院经理与戏剧制作人。从 1741 年起，加里克把更加自然、写实和富于激情的性格化表演搬上了英国戏剧舞台，排除了以往法国式的浮夸风。[29]1747 年 4 月加里克和莱奇（James Lacy, 1696-1774）一起接管了伦敦德鲁里街（Drury Lane）剧院，担任剧院经理直至 1776 年，在他管理的 29 年间，特鲁里街剧院成为欧洲的著名剧院。加里克几乎影响了英国 18 世纪戏剧实践的方方面面，包括舞台表演、戏剧制作、观众行为甚至戏剧文学，因此这一时期被很多人称之为“加里克时代”。加里

25 Frank Arthur Hedgcock, *A Cosmopolitan Actor, David Garrick and his French Friends*, London: Stanley Paul & Co. , 1911, p.128.

26 几尼，英币种类。1 几尼价值 1.05 英镑，350 几尼相当于 367.5 英镑。

27 参见 Frank Arthur Hedgcock, *A Cosmopolitan Actor, David Garrick and his French Friends*, London: Stanley Paul & Co. , 1911, p.129.

28 Advertisement for “*Chinese Festival*”, 1755，藏大英图书馆。

29 参见 Brander Matthews, *Actors and actresses of Great Britain and the United States, from the days of David Garrick to the present time*, New York: Cassell & Co, 1886, vol. 1, p.62.

克兼善悲剧与喜剧的角色表演，以致当时人们对他究竟是悲剧还是喜剧演员争论不休。（图十七）

图十七、加里克像，托马斯·庚斯博罗（Thomas Gainsborough）绘，1770，英国国家肖像美术馆（© National Portrait Gallery, London）藏

加里克钟情于中国文化，在其位于西伦敦的汉普顿（Hampton）别墅里有着众多的中国瓷器、家具以及中国书籍。例如其卧室中摆放着委托著名英国家具制造商齐彭代尔（Thomas Chippendale, 1718-1779）定制的全套中国式彩绘家具，由一张梳妆台、一对橱柜、一个角柜和一张四柱床组成，柜子上还放有两个中国瓷瓶[30]，透示着浓浓的中国风味。加里克夫妇的好友、英国画家德拉尼（Mary Delany, 1700-1788）曾评论这座别墅说：“这座房子很特别，是我喜欢的。她（指加里克夫人——笔者）的好品味使它既漂亮又优雅。”[31]加里克去世之后，其夫人将家中部分物品进行拍卖，从拍卖清单[32]里可以看到，加里克藏书里有关中国的有《中国宫廷的历史》[33]、《中国人信札》[34]、法国耶稣会士李明的《中国近事报道》[35]等，它们是加里克阅读和参考中国书籍的实证。在

30 其中橱柜、角柜和床收藏于英国维多利亚与艾尔伯特博物馆（Victoria and Albert Museum），梳妆台收藏于安格尔西修道院（Anglesey Abbey）。

31 George Paston, *Mrs. Delany(Mary Granville): a memoir, 1700-1788*, New York: E. P. Dutton and co.; London [Edinburgh printed] G. Richards, 1900, p.199.

32 参见 Mrs. Garrick, *A Catalogue of the Library, Splendid Books of Prints, Poetical and Historical Tracts, of David Garrick, Esq*, 1823.

33 Michel Baudier, *Histoire de la cour du roy de la Chine*, Paris: Limosin, 1669.

34 Jean-Baptiste de Boyer d'Argens, *Lettres chinoises*, Paris: Chez Pierre Paupie, 1766.

35 Louis Le Comte, *Nouveaux mémoires sur l'état présent de la Chine, paris*: Chez J. L. de Lorme& Est. Roger, 1697.

加里克前面长期担任过德鲁里街剧院喜剧团提词人的切特伍德（William Rufus Chetwood, ?-1766）年轻时曾经到广州看戏，并在他 1749 年于伦敦出版的《戏台通史》里提到遥远的中国也有很好的戏剧[36]。书的封面上特意注了一笔：作者切特伍德“在伦敦德鲁里街皇家剧院喜剧团当了 20 年提词员”。书前的献词写给剧院管理者加里克、莱奇等 4 人。切特伍德又是剧作家，曾写过一本“中国剧”《中国皇帝沃基》（*The Emperor of China, Grand Volgi*, 1731）。对这样一位资深戏剧人的中国经历，加里克会很熟悉。《戏台通史》里还提到塔维尼耶（Tavernier）《东印度游记》（*Travels to the East-Indies*）中描述的“比欧洲的剧院更宏伟”的中国剧院，以及剧院的平面图和图片[37]，切特伍德平日里也会对加里克谈起。这些是可以让加里克进一步了解中国及中国戏的渠道。(图十八)

**图十八、加里克卧室里的中式家具[38]**

加里克是欧洲“中国剧”热里的风云人物。作为剧院经理，为了迎合观众的口味，他热衷于在伦敦德鲁里街剧院上演“中国剧”。例如 1755 年 1 月，他把英国戏剧家伍德沃德（Henry Woodward, 1714-1777）的《普罗透斯或阿勒甘在中国》（*Proteus, or Harlequin in China*）一剧搬上了舞台。[39]同年 11 月，他又引进了法国戏《中国节日》，引起英国文艺界的一场轩然大波和骚乱。加里克顶住压力、克服困难，1759 年又排演了《中国孤儿》（*The Orphan of China*）。

1755 年 11 月 8 日星期六，加里克制作的芭蕾喜剧《中国节日》在伦敦特

36 W. R. Chetwood, *A General History of the Stage, from its Origin Greece down to the present time*, London: Printed for W. Owen, 1749, p.13.

37 同上，p.14。

38 *The Furniture of David Garrick's Bedroom*, V&A Museum, https://collections.vam.ac.uk/item/O119948/chair-pratt-mr/, 2021-8-25.

39 John Joseph Knight, Woodward, Henry, *Dictionary of National Biography*, London: smith, Elder & Co. , vol. 62, 1900, pp.419-422.

鲁里街剧院上演。这部“中国剧”的规模宏大，约有 100 人参加演出[40]，但演出不能说成功，最后以观众骚乱终止演出为结局，成为加里克制造的“中国剧”事件。事件的起因，是加里克竟然敢于在英法七年战争期间邀请法国人来演戏。英法七年战争始于 1754 年，其中主要冲突集中在 1756-1763 年。就在《中国节日》上演时，英国和法国在北美殖民地已经产生多次摩擦，英国民众的民族主义情绪高涨。此时加里克竟然雇佣了一支由法国人带队的演出团队来伦敦演法国戏，引起了英国人的不满。为此，加里克想到邀请国王出席首演的主意，想以皇室的支持来缓和民众的情绪。国王如期而来，甚至除了首演外还出席了 11 月 12 日的第二次演出。但显然国王的到来并没有解决问题，观众仍然在剧场用嘘声和喧哗表达了愤怒。据剧场提词人克洛斯（Richard Cross）的说法，国王认为嘘声是一种侮辱，于是背对着观众以表示皇家的不满。[41]

我们可以从加里克朋友的叙述中，窥探到《中国节日》在伦敦上演的情形。墨菲（Arthur Murphy, 1727-1805）说：“在这个季节开始的时候，加里克迎来了一场意外的风暴……在报纸、文章和短文中，他们抨击了这项事业，他们说这是在支持一帮法国人。下层阶级的精神被唤醒了，像野火一样在伦敦和威斯敏斯特蔓延……戏演完了，舞者出来谢幕，所有的人都在喧哗、吵闹和骚动……有身份的绅士从包厢里出来支持经理，甚至拔出了剑……他们毁坏了长椅，打破了灯罩，推倒了包厢的隔断，并爬上舞台拆除了中国布景。”[42]苏格兰作家、书商戴维斯（Thomas Davies, 1713-1785）说：“……包厢里的观众从一开始就支持演出，并且认同经理与观众中的平民阶层矛盾的原因，这令他们看不上这些人。池座和楼座的观众因上层人士的反对而变得更加愤怒，结成强大的联盟，相互支持，共同抵制对方。几位有身份的先生想要制止骚乱者，他们从包厢跳进池座，以期抓住这场争斗的主谋……他们互相拔剑，血液流出……”[43]由墨菲和戴维斯的描述我们可以发现，观众分化为两部分，包厢观众与池座和楼座观众的意见相左，而双方社会阶层的差异激化了矛盾，导致冲

---

40 参见 Karyl Marie Seljak, *Mid-eighteenth century theater in London and in the American colo*, Montana. University of Montana, 1969, p.20.

41 参见 Heather McPherson, “Theatrical Riots and Cultural Politics in Eighteenth-Century London”, *The Eighteenth Century*, 2002, vol. 43, no. 3, Theater and Theatricality(FALL), p.238.

42 Arthur Murphy, *The Life Of David Garrick*, London: B. Smith, 1801, pp.179-189.

43 Thomas Davies, *Memoirs of the Life of David Garrick*, London: Thomas Davies, 1780, pp.177-183.

突变为流血事件。据报道，支持演出的观众最后占了上风，把大部分反对者赶出了剧场。骚乱者里有反法国组织（Anti-Gallican Society）的成员，他们要求推广英国的制造业和艺术，而反对从法国引进。尽管加里克也雇佣了许多英格兰人和爱尔兰人，但是愤怒的民众只在意剧团中是否雇佣了法国人。

由于筹备了很长时间且投入了巨大资金，加里克顶住压力一直坚持上演《中国节日》。到 11 月 17 日，剧院调整为只为包厢观众表演《中国节日》，每周三次，其他日子则提供其他演出。但 11 月 18 日爆发了更大规模的骚乱。愤怒的民众还来到南安普顿街（Southampton Row），砸碎了加里克家的窗户，如果不是加里克及时向军队求助，他的房子甚至可能被放火烧掉。[44]《中国节日》的演出就这样中断了，这构成了英国戏剧史上一次有名的骚乱。骚乱给了加里克一个惨痛的教训，使他懂得了演戏也是政治，在这特殊时期必须避开一切会引起民族主义情绪的因素，这为他后来排演《中国孤儿》积累了经验。加利克《中国节日》的演出失败，更是打击了英国娱乐圈里的中国热，以至于 1755 到 1800 年之间，英国在《中国孤儿》之外，仅仅于 1789 年另外上演了一部"中国剧"《大官人或鳏夫阿勒甘》。[45]至于下一次西方舞台上再次流行充满东方幻想的"中国剧"，就要等 19、20 世纪之交了。[46]

## 三、"中国公主图兰朵"的意象生成

欧洲"中国剧"的意像基本上是虚构的，与中国关系疏远，通常是随意拈来的欧亚形象片段的粘合物，都没有太长的生命力。但在众多欧洲"中国剧"里，有一个西方想象的"中国形象"却逐渐鲜明，日渐东方化和中国化，在一次次改编演出中被赋予了日益增多的中国元素，使之成为东西方文化的集合体，这个过程跨越了百年，在跨文化交流中的影响甚至一直持续到现在，它就是"中国公主图兰朵"。"中国公主图兰朵"的意象生成过程，是文化传播由源头跨越了遥远地理限域与接收端文化结合成新的意象的过程，这一典型文化

44 参见 Thomas Davies, *Memoirs of the Life of David Garrick*, London: Thomas Davies, 1780, pp.177-183.

45 查自 *The London stage, 1660-1800*, Carbondale: Southern Illinois University Press, 1960-1968.

46 参见 Michael Saffle, "Eastern Fantasies on Western Stages: Chinese-Themed Operettas and Musical Comedies in Turn-of-the-Last-Century London and New York", Hon-Lun Yang & Michael Saffle ed. , *China and the West: Music, Representation, and Reception*, University of Michigan Press, 2017, p.87-90.

传播与落地个案有着深远的研究价值。

迄今学界仍在探索“中国公主图兰朵”文化意象的最初来源，例如追溯到波斯作家内扎米（Nizami Ganjavi, 1141-1209）1196 年出版的《别赫拉姆书》里长篇叙事诗《七美图》（*Haft peykar*）所描写的俄罗斯城堡无名公主用咒语阻难求婚者的故事。[47]虽然也是王子求婚公主母题下的一个支例，但这个故事完全与“中国公主图兰朵”无关。而笔者从波斯著名学者菲尔多西（Firdaussis, 940-1020）撰写的萨珊王朝（Sassanid Empire, 224-651）史诗、影响巨大的《列王纪》（*Shahnameh*）里，找到了欧洲“中国公主图兰朵”可能的故事源头。

笔者在研究中发现，“中国公主图兰朵”的意象生成最早确实是丝绸之路上的波斯产物，但事实上要远早于内扎米，而且从一开始就是波斯王求婚中国公主的故事，而不是转出它国的公主题材。《列王纪》里记载了波斯王努欣拉万（Kesra Nushin-Ravan）[48]派使者默罕赛塔到中国（事实上是突厥[49]）求婚、用智慧赢得公主归来的故事，大意为：中国与中亚粟特国（Soghdia）开战时，和西亚的波斯缔结了友好条约，中国王（突厥汗）许诺把女儿嫁给波斯王。波斯王派使臣默罕赛塔前去迎娶中国公主，行前叮嘱他不要被华服、首饰和化妆所欺骗，一定要辨认出皇后而不是婢女生的真正公主。现场面对五个乔装打扮的年轻女子时，默罕赛塔舍弃了四位头戴王冠、衣着华丽的，选择了那位衣饰朴素而未施粉黛的，顺利把真公主娶回了波斯。[50]（图十九）这个故事是包括中国汉朝和亲政策在内的古代联姻政治的折射[51]，并展现了对方的反应与对策，有着真实的历史依据与文化折冲意蕴。

---

47 参见谭渊《图兰朵公主的中国之路——席勒与中国文学关系再探讨》，《外国文学评论》2009 年第 4 期。

48 波斯萨珊王朝的国王，531-579 年在位。

49 《列王纪》里所说的“中国”，大体指的是中国西域一带。例如其中说罗马凯撒进攻到中国边境，自己化装为使者进入中国宫殿见到了中国王；又称突厥王为“中国汗”。参见张鸿年《列王纪研究》，北京大学出版社 2009 年版，第 146-149 页。

50 参见《列王纪》英译本：Ferdowsi & Davis, *Shahnameh: The Persian Book of Kings*, New York: Penguin Publishing Group, 2006, pp.694-696.

51 例如汉高祖刘邦采纳刘敬之策，想让长公主鲁元公主嫁往匈奴和亲，后被吕太后哭阻，另选宗室女代替出嫁，事见《史记 · 刘敬叔孙通列传》。以后中国历朝历代都有和亲的众多史实。

图十九、第二部小《列王纪》(The Second Small Shahnameh)默罕赛塔辨别公主图，约 1300 年

比内扎米晚一个世纪的波斯诗人科马尼（Khaju Kirmani, 1280-1352）1331 年完成于巴格达（Baghdad）的《胡玛依与胡马雍》(*Humāy u Humāyūn*) 故事，把《列王纪》史料发展成真正的波斯王子求婚中国公主的情节，可能更具转渡意义。故事大意为：波斯王子胡玛依狩猎时，在魔法花园看到了中国公主胡马雍的画像，立即坠入爱河。他克服艰难险阻前往中国，混入皇帝侍从队伍进入皇宫，最终和公主相见。皇帝认为公主名誉受损，把她关了起来。最后胡玛依王子打败皇帝，迎娶胡马雍公主，并登上中国皇位。[52]（图二十）

图二十、“胡玛依与胡马雍在花园宴会中听乐师演奏”(Humay and Humayun feasting in a garden and listening to musicians)，《胡玛依与胡马雍》插图，1396，大英图书馆（British Library）藏

52 故事参见 Carlo Saccone, “Khwāju di Kerman, ‘Homāy e Homāyun. Un romanzo d’amore e avventura dalla Persia medieval’, a cura di Nahid Norozi e con prefazione di Johann Christoph Bürgel, Mimesis”, *Poesia del Seicento nella teoria contemporanea*, 2017, vol. 1, pp.154-155。

在后来的伊朗民间传说里，这个母题被改造成了几个不同的故事。《易卜拉欣王子与中国公主菲特娜》里，偶尔爱上中国公主菲特娜画像的伊朗王子易卜拉欣，万里迢迢来到中国京城，面对杀掉所有求婚者的公主，用计化开她心中对男人的冰封，娶得美丽的公主而归。[53]《猎人之子与中国公主》的核心情节更接近《列王纪》，但默罕赛塔被换成了猎人之子，他代替自己的王子不避险阻到中国向公主求婚，完成了中国皇帝设置的五道难题，把中国公主带回了伊朗[54]。《库吉德沙赫与中国公主马葩丽》（*Khurshidshah and the Princess of China*）里，求婚者必须擒获一头野马、战胜一个山一样高大的黑奴、回答一个刁钻的问题，没能过关的众多外国王子都被关起来受折磨，只有勇敢聪慧的库吉德沙赫最终成功。[55]伊朗的这些衍生故事应该与西方“中国公主图兰朵”意象有着共生关系，当然，由于时代过晚，它们也有欧洲回波的可能性。

18 世纪初法国东方学者克洛瓦（François Pétis de la Croix, 1653-1713）出版了波斯故事集《一千零一日》（*Les Mille et Un Jours*），据他本人说是译自波斯文献，但从未发现过原始文本，因而有人怀疑他是对多方搜集来的波斯素材进行了加工创作[56]。其第二卷里有一个《卡拉夫王子与中国公主的故事》（*Histoire du Prince Calaf et de la Princesse de la Chine*），写一位卡拉夫王子因战乱而国破家亡，逃难到了中国，遇到公主图兰朵克特（Turandocte）设谜征婚，已经有许多解不开谜语者被杀死，卡拉夫解开了三个谜语，赢得中国公主的芳心，最终在其支持下归国复仇。无论这一故事是翻译还是创作而来，很容易看出其情节内核与前述波斯历史传说的渊源关系，而它对“中国公主图兰朵”意象生成的贡献是确立了中国公主“图兰朵”的姓名。“图兰朵”并非中国人名，《列王纪》里把中亚称作“图兰”（Turan），是国王法里东（Faridoon）赐给次子图尔（Tur）的封地，“朵”（dokht、docte）指女儿，结合起来就是“图兰姑娘”的意思。[57]《列王纪》里又说图尔的封地也包括中国，于是“图兰”

53 参见《三王子和大鹏鸟——伊朗民间故事选》，元文琪译编，北京：中国民间文艺出版社 1984 年版，第 178-187 页。

54 参见同上，第 230-238 页。

55 参见《九亭宫——古代波斯故事集》，潘庆舲译，上海译文出版社 1982 年版，第 120-139 页。

56 参见 Pétis de la Croix, *Les Mille & un Jour, contes persans*, Amsterdam: Chez Pierre Coup, 1740, tome premier, Preface；罗湉《18 世纪法国戏剧中的中国形象研究》，北京大学出版社 2014 年版，第 137 页。

57 参见穆宏燕《图兰朵怎么成了中国公主？》，《北京青年报》2008 年 1 月 7 日。

和中国又成为一体。[58]因此，德拉克洛瓦的出处可能就在这里。

1729 年法国集市喜剧家勒萨日和多纳瓦尔在此基础上创作了三幕喜歌剧《中国公主》（*La Princesse de la Chine*），将《一千零一日》的故事掐头去尾，基本情节成了卡拉夫王子解开中国公主的三个谜语与之成婚，地点放在中国皇宫，展现中国情境。此剧在巴黎圣朗诺集市剧院连演了一个多月[59]，可见其受欢迎程度。把中国公主塑造为歌剧形象不始自《中国公主》，1685 年 1 月 8 日在巴黎凡尔赛（Versailles）上演的歌剧《罗兰》（*Roland*）的女主角，契丹公主安吉莉卡已经在先，同样是危险而倾倒欧洲骑士的东方美人形象——欧洲想象里早已把中国公主定位为充满诱惑与罪感的意象。1762 年意大利哥奇（Carlo Gozzi, 1720-1806）进一步创作出五幕童话剧《图兰朵》（*Turandot*）在威尼斯上演，把中国公主塑造成冷血而厌恶男性的乖戾形象，而让卡拉夫王子通过智慧与爱情，唤醒了公主的真情与回报。此剧情节成为后来几部歌剧的创作依据。德国诗人席勒（Johann Christoph Friedrich von Schiller, 1759-1805）的注意力被哥奇的《图兰朵》吸引，但认为它"缺少诗意的生命。人物就像被线牵着的木偶，某种迂腐的生硬贯穿着全剧，而这是必须要克服的"[60]，于是在 1801 年把此剧改写为诗剧《中国公主图兰朵》（*Turandot, Prinzessin von China*）。此前他得到《好逑传》德文版译者德国历史学家穆尔（Christoph Gottlieb von Murr, 1733-1811）赠送给他的译本，读后十分推崇，认为"此书有如此多的出众之处，在同类作品中是如此的独一无二"[61]，于是把《好逑传》和其他地方得来的中国元素添加到剧中以增添其异域文化色彩，例如猜谜的三个谜底分别设为中国的铁器、长城和犁铧，剧中人七次呼喊上天都是直呼"伏羲"（Fohi），尤其是席勒的图兰朵高傲而顾及名誉、追寻自由和重视女权，既回应了当时德国正在兴起的女权运动的先声，也映射了《好逑传》里不肯轻易俯就男性的中国才女形象。[62]席勒之后，欧洲有 6 位作曲家写过同题材的歌剧。1924 年意大利著名作曲家普契尼（Giacomo Puccini, 1858-1924）再次谱写了歌剧《图兰朵》

58 参见《列王纪全集》，张鸿年、宋丕方译，长沙：湖南文艺出版社 2001 年版，第 1 册第 128-129 页。

59 参见罗湉《图兰朵之法国源流考》，《中国比较文学》2006 年第 4 期。

60 Friedrich Schiller, *Schillers Briefe*, Bd. 6, Stuttgart: Deutsche Verlags-Anstalt, 1894, pp.314-315.

61 同上，pp.192-193。

62 参见谭渊《图兰朵公主的中国之路——席勒与中国文学关系再探讨》，《外国文学评论》2009 年第 4 期。

（*Turandot*），其音乐仿效中国的五声音阶古调，并选用了中国苏州歌谣《茉莉花》[63]作为主旋律。他逝世前还有一幕未能完成，他的学生阿尔法诺（Franco Alfano, 1875-1954）把终曲部分补足。普契尼的歌剧里增加了悲剧人物柳儿，最终是卡拉夫用长长的一吻打动了冷血的图兰朵。此剧 1926 年 4 月 25 日在米兰斯卡拉歌剧院（Teatro alla Scala）首演，获巨大成功，从此成为普契尼的歌剧代表作之一唱响欧美，长期盛演不衰，至今世界各地已经有一百多个演出版本。

在上述一系列作品里，中国公主图兰多都是一个高傲残忍的角色，为了心中的阴暗与仇恨，设谜难倒所有求婚者，然后将其杀死，而最终是被西方王子卡拉夫的智慧、良知和温情感化。这一奇怪的“中国”题材，因为极为符合西亚与欧洲人想象的跨东西国度的公主与王子爱情意象，受到普遍欢迎，成为一再改编演出的原型。王子用爱情润泽吻醒图兰朵公主，与同时代格林童话里《睡美人》的意象也完全吻合，是西方爱情至上观念的极端体现。但是，这个故事根本就不可能在中国文化里发生。嗜血成性、滥杀无辜、毫无善良之心的图兰多公主，与以温柔敦厚为德操标准的中国古代女子风马牛不相及，中国朝廷的刑杀之权也绝不会供公主满足一己之私，而图兰朵公主为了自己的私仇报复整个社会的扭曲文化性格，客观上造成中国人丑恶、凶残、野蛮的印象。“图兰多”只是经过了文化置换之后的一个幻想体，一个嫁接与混杂了东西方文化多种原型的综合生成物。

然而，歌剧《图兰朵》毕竟是文化交融的一个典型案例，其影响十分深远，不仅是西方众多歌剧院里迄今常演常新的保留剧目，而且在 20 世纪末期还作为东西方文化交流的象征物而引起世界关注。1998 年意大利佛罗伦萨五月歌剧院（Teatro La Pergola）携此剧到北京太庙演出、由梅塔（Zubin Mehta, 1936-）指挥、张艺谋执导而产生轰动。同年中国剧作家魏明伦的川剧《中国公主杜兰朵》也在北京上演，2000 年台湾豫剧团又将其改为豫剧演出。2003 年世界花式溜冰锦标赛中申雪和赵宏博合作的双人滑项目采用了《杜兰朵公主》的音乐而被誉为“历史的名演”，2008 年女歌手张惠妹与日本著名男演员中村狮童和岸谷五郎又演出了由日本作曲家久石让（1950-）重新编乐的图兰朵舞台剧—

63 《茉莉花》的曲调五线谱 1804 年刊载于英国人巴罗（John Barrow, 1764-1848）在伦敦出版的《中国行纪》（*Travels in China*）里，由英国人胡特纳（Hutney）在广州谱写。

—这些共同构成了“图兰朵”这一文学艺术意象的悠久历史回声。

欧洲 18 世纪的百年“中国剧”潮是伴随着 19 世纪西方文明的世界性成功落幕的。西方人被忽然高涨起来的欧洲世界文化中心说所激动，于是，持续了百年的中国文化热衰竭了，风行欧洲的中国背景、中国题材的舞台剧虽然仍未消失，但也引不起人们的普遍关注了，只剩下歌剧《图兰朵》这样的成熟东西文化结晶体长久保留在舞台上。从本文的述例中，可以看到欧洲“中国剧”的文化内涵、形象实质、意象生成路径、风靡与传播情形及社会关注度等，这为我们把握 18 世纪这场文化盛宴的本质属性提供了参考。

# 参、中国戏剧抵达欧洲的第一步——马若瑟的《赵氏孤儿》翻译与研究


**内容提要：**

1731 年耶稣会士马若瑟将《赵氏孤儿》译成法文送往巴黎，是他特意向欧洲介绍中国也有戏剧这种高雅艺术的行动。马若瑟选择这部“中国悲剧”进行翻译，有着他的用心考量和判断，而他的翻译策略（尤其他的不译曲词），体现出他的认知、从权和无奈。马若瑟对戏曲的了解和感悟在西方是开辟性的，深远影响到西方戏曲研究的奠定与发展，译本则在欧洲引起了中西戏剧观的碰撞。



**关键词：**《赵氏孤儿》 翻译策略 戏曲认知 中西戏剧观


1731 年法国耶稣会士马若瑟（Joseph de Prémare, 1666-1736）翻译元杂剧剧本《赵氏孤儿》的尝试，使欧洲第一次见到了中国戏曲的文本，了解到中国同样有着文学艺术重要样式之一的戏剧艺术，感受到了中国道德观与价值观的戏剧文学体现。马若瑟打开了欧洲戏曲接受的大门，开启了欧洲戏曲研究的先声，开创了西方后续 400 年的戏曲翻译与研究之先河。

## 一、马若瑟对戏曲的关注

马若瑟（Joseph de Prémare, 1666-1736）于 1698 年（清康熙三十七）赴中国传教，主要在江西和北京停留 37 年，最后死于澳门。[1]1731 年底，马若瑟将

1 参见〔丹麦〕龙伯格《清代来华传教士马若瑟研究》，李真、骆洁译，大象出版社，2009 年。

《赵氏孤儿》译成法文并托人带往法国，后由杜赫德（Jean-Baptiste Du Halde, 1674-1743）收入他 1735 年在巴黎出版的《中华帝国全志》[2]中。马若瑟对汉语和中国传统文化抱有极大兴趣与浓厚情感，长年坚持不懈的刻苦努力使他具备了极深的研究功底，先后翻译过《诗经》、《书经》等，并用中文写有《六书实义》《儒教实义》等著作。其代表作《汉语札记》（*Notitia Linguae Sinicae*）成为西方汉语语法研究的奠基之作，受到法国 19 世纪初著名汉学家雷慕沙的充分肯定[3]。或许正因为研究汉语，他重视对于中国语言实证的搜集，尤其重视体现日常口语的俗文学作品，他因而注意到了戏曲文献。马若瑟在《汉语札记》序里自称口语部分的语例主要来源于《元人百种》（即《元曲选》）和小说。选择元杂剧剧本作为口语语例是明智的，因为它的念白部分极其口语化，而明清传奇剧本里的念白则偏重文言，可见马若瑟是认真进行了对比和选择的。因而，他对于戏曲剧本十分熟悉。马若瑟曾将自己在华收集的包括《六十种曲》在内的 217 部汉籍寄给法国皇家学术总监比尼昂（Jean-Paul Bignon, 1662-1743）[4]，还将《元人百种》带给法兰西学院东方学教授傅尔蒙（Étienne Fourmont, 1683-1745）[5]，这些戏曲文献成为法国国家图书馆的库藏品，为后来的欧洲研究者所用。

欧洲视戏剧艺术为高雅文化，当耶稣会士发现中国有着深厚的戏曲传统时，就急于将其介绍给欧洲。耶稣会士的这种热情，可以从马若瑟 1731 年 12 月 4 日致傅尔蒙的信中看出来：“我宁可受到指斥甚至抨击，也不能不让真正的欧洲学者了解中国古代不朽的文化遗产，只有他们才能判断它的价值。”[6]既然马若瑟在中国生活 30 多年已经熟知了中国戏曲，既然他又具备了翻译戏曲剧本的汉语能力，他自然会主动去满足这一渴望。我们还可以观测

2 Du Halde, *Description géographique, historique, chronologique, politique, et physique, de l'empire de la Chine, et de la Tartarie chinoise*, Paris: P. G. Le Mercier, 1735.

3 参见 Abel-Rémusat, *Elémens de la grammaire chinoise, ou principes généraux du Kou-wen ou style antique, et du Kouan-hoa, c'est-à-dire, de la Langue commune généralement usitée dans l'empire chinois*, Paris: Imprimerie royale, 1822, p.ix.

4 马若瑟 1733 年 10 月 6 日写给傅尔蒙的信中提到。参见〔丹麦〕龙伯格《清代来华传教士马若瑟研究》，李真、骆洁译，大象出版社，2009 年，第 80 页。

5 1755 年版《赵氏孤儿》译本所附马若瑟 1731 年 12 月 4 日致傅尔蒙的信里提到，给他带了一套《元人百种》。（*Tchao-chi-Cou-Eulh, ou l'Orphelin de la Maison de Tchao*, traduite par le P. de Prémare, a Peking, 1755, p.89.）

6 Sorel Desflottes, *Tchao-chi-Cou-Eulh, ou l'Orphelin de la Maison de Tchao*, traduite par le R. P. de Prémare, a Peking, 1755, p.91.

到，在选择一个“典型的”中国剧本进行翻译时，马若瑟应该是进行了慎重比较和挑选的。在马若瑟之前的传教士向欧洲传递的中国戏曲信息，谈的都是喜剧、滑稽戏，前文说过这是因为他们大多是在只演喜剧的宴会和节日看到戏曲演出，因此看不到悲剧。他们甚至在著述里一直就称呼戏曲为“喜剧”（comedy）。马若瑟的时代，中国戏台上演出的是昆曲和地方戏，流行剧本是明清传奇，但他却选择了前代的元杂剧《赵氏孤儿》作为翻译对象，推测是因为：一方面《赵氏孤儿》更为接近欧洲崇尚悲剧的美学口味，它最符合欧洲的悲剧印象，因而马若瑟希望欧洲知道中国也有悲剧，以便扭转以往印象，这从他的译本名称《赵氏孤儿：中国悲剧》（*Tcho-Chi-Cou-Eulh；ou, Le Petit Orphelin de la Maison de Tchao, tragédie chinoise*）即可看出。《赵氏孤儿》具备英雄悲剧的基本要素：崇高的人物、重大宫廷事件、毁灭与复仇、激烈的矛盾冲突与强烈的激情等等。无论是“摹仿高尚的人的行动”“摹仿比我们今天的人好的人”[7]，还是“写进悲剧中的人物都是帝王将相”[8]的标准，它都是中国戏曲中最符合的。当然这些是笔者的推衍，马若瑟自己只是说：“我把这部剧作称做悲剧，是因为我觉得它很悲惨。”[9]事实上，马若瑟在《汉语札记》里谈到《元人百种》时，还是称之为“喜剧”（Comédie）[10]的。另一方面，元杂剧也似乎更为接近欧洲戏剧的舞台形制，它四折一楔子的结构，有些类似于欧洲戏剧的四幕加序幕，所以后来美国汉学家卫三畏（Samuel Wells Williams, 1812-1884）说：“这一点中国戏剧与欧洲戏剧是相似的。”[11]而仅仅从工作量来说，四折一楔子的元杂剧也比当时流行的明清传奇动辄几十上百出的篇幅要小得多，便于操作。当然，即便如此，马若瑟也知道《赵氏孤儿》仍然与当时欧洲民众的欣赏习惯有距离，因而对之作出了解释（见后）。（图二十一）

---

7 〔希腊〕亚里士多德《诗学》，罗念生译，北京：人民文学出版社，1962 年，第 12、9 页。

8 〔意〕斯卡利杰《论诗人》，转引自〔英〕尼柯尔（A. Nicoll）《西欧戏剧理论》（The Theory of Drama），徐士瑚译，北京：中国戏剧出版社，1985 年版，第 100 页。

9 Sorel Desflottes, *Tchao-chi-Cou-Eulh, ou l'Orphelin de la Maison de Tchao*, traduite par le R. P. de Prémare, a Peking, 1755, p.85.

10 Joseph de Prémare, *Notitia Linguae Sinicae*, Canton: printed at the office of the Chinese Repository, 1847, p.26.

11 Samuel Wells Williams, “Theatres in China”, *The Chinese Repository*, vol. xviii, Canton: Printed for the Proprietors, 1849, March, No. 3. p.115.

图二十一、马若瑟译本《赵氏孤儿》书影，1735[12]

TCHAO CHI COU ELL.
OU
LE PETIT ORPHELIN
DE LA MAISON DE TCHAO.
*TRAGEDIE CHINOISE.*

SIÉ TSEE.
OU PROLOGUE.

*SCENE PREMIERE.*

TOU NGAN COU, *seul.*

L'HOMME ne ſonge point à faire du mal au Tigre, mais le Tigre ne penſe qu'à faire du mal à l'Homme. Si on ne ſe contente à tems, on s'en repent. Je ſuis *Tou ngan cou*, premier Miniſtre de la *Guerre* dans le Royaume de *Tſin*. Le Roy *Ling cong* mon Maître avoit deux hommes, auſquels il ſe fioit ſans réſerve; l'un pour gouverner le Peuple, c'eſt *Tchao tun*; l'autre pour gouverner l'Armée, c'eſt moi; nos Charges nous ont rendus ennemis: j'ai toûjours eu envie de perdre *Tchao*, mais je ne pouvois en venir à bout. *Tchao ſo* fils de *Tun* avoit épouſé la fille du Roy, j'avois donné ordre à un aſſaſſin de prendre un poignard, d'eſcalader la muraille du Palais de *Tchao tun*, & de le tuer. Ce malheureux en voulant exécuter mes ordres, ſe briſa la tête contre un arbre, & ſe tua. Un jour *Tchao tun* ſortit pour aller animer les Laboureurs au travail, il trouva ſous un

*Tome III.* Sfff

## 二、马若瑟翻译《赵氏孤儿》的做法

马若瑟对于元杂剧《赵氏孤儿》的翻译文字基本上来自于原作念白（包括将上场诗、下场诗也翻译作散文），译出原文里的科介动作，从而保留了剧本的舞台指示，并按照欧洲话剧的样子，用人物登场、退场和独白、对话来结构戏剧场景、展示情节和矛盾冲突，而将原有的人物唱段略去不译——这或许是早期翻译中国戏曲的便捷而可行的办法。亦即，将“楔子”译作序幕（Ou Prologue），将“折”译作幕（Partie），而将人物上场一次译作一场（Scene），原剧是一个楔子加五折，译后连序幕一共分为 6 幕 31 场。剧本形态分类标为“中国悲剧”。[13]剧本前面按照欧洲习惯添加人物表，按出场先后为序，这个做法后来被戴维斯（John F. Davis, 1795-1890，旧译德庇时）、儒莲（Stanislas Aignan Julien, 1797-1873）、巴赞（Antoine Bazin, 1799-1863）继承。这样，马若瑟就建立起了一个便于基本信息传导并易于欧洲读者理解的戏剧模本，尽管这个模本使得戏曲结构看上去太“散”，场次太多而零碎，但转变成欧式话

12 Du Halde, *Description géographique, historique, chronologique, politique, et physique de l'Empire de la Chine et de la Tartarie chinoise*, Paris: P. G. Le Mercier, 1735, tome 3, p.345.

13 事实上马若瑟认识到《赵氏孤儿》应该划为悲剧，是有一个认识过程的。在他此前用毕生经历写出的《汉语札记》第一章“口语及通用语体”导言里，称《元人百种》里收录了一百种喜剧（包括《赵氏孤儿》）。

剧系统以后，就省去了许多的读者理解隔阂——且不说 18 世纪的欧洲读者会对戏曲说说唱唱搅在一起的舞台方式感到诧异，唱词的深奥难解更会成为理解剧情的拦路虎，正像马若瑟 1731 年 12 月 4 日给傅尔蒙信里所说，曲词里大量的典故及特殊的修辞手法都会让欧洲人不知所云。马若瑟将元杂剧第一折前面的“楔子”理解为全剧的序幕，大体上也符合元杂剧的体例，尽管元杂剧的“楔子”并不只在全剧开场出现，经常也会插在各折中间，因此不能完全看作是序幕。但由《赵氏孤儿》马若瑟译本奠定的这个印象，成为 20 世纪前西方人对元杂剧的普遍认识，他们不断地重复“楔子”即序幕的见解。

马若瑟的译文并非完全忠实于原文，与之不时有些小的参差。例如第一幕第一场屠岸贾开场白内容，就与原文小有不同：

原文：

> 某屠岸贾。只为公主怕他添了个小厮儿，久以后成人长大，他不是我的仇人！我已将公主囚在府中，这些时该分娩了，怎么差去的人去了许久，还不见来回报？[14]

译文：

> Je crains que si la femme de Tchao so mettoit au monde un fils, ce fils devenu grand, ne fût pour moi un redourable ennemi; c'est pourquoi je la retiens dans son Palais comme en prison. Il est tantôt nuit, comment mon Envoyé peut-il tant tarder, je ne le vois point revenir.[15]

回译为：

> 我担心，如果赵朔的妻子生出儿子，等他长大了，会成为可怕的敌人。所以我把她囚禁在她的宫殿里，就像关在监狱里一样。天快黑了，为什么打探消息的人去了这么久，还不见回来？

很明显，最后一句有些许信息改变。原文没有确定的时间，只说现在公主该分娩了，黄昏是马若瑟加的，而公主临近分娩是重要信息，却被马若瑟忽略了。因为，屠岸贾派人去公主府打探消息的目的，是看公主是否分娩、是否生出男孩，以便决定自己下一步采取什么行动——事实上后来就是因为公主生了儿子，屠岸贾才大开杀戒演绎了这场悲剧的，因此他期待的是探子的明确回

14 〔明〕臧晋叔《元曲选》，北京：中华书局 1958 年版，第 4 册第 1477 页。

15 Du Halde, *Description géographique, historique, chronologique, politique, et physique, de l'empire de la Chine, et de la Tartarie chinoise*, Paris: P. G. Le Mercier, 1735, tome 3, p.349.

报。这里打探分娩是重点，却丢失了。

又如第二折开场屠岸贾下场诗："我拘刷尽晋国婴孩，料孤儿没处藏埋。一任他金枝玉叶，难逃我剑下之灾。"[16]马若瑟翻译成："Je perdrai tous les enfans du Royaume de *Tsin*, I'Orphelin mourra, & n'aura point de sépulture, quand il seroit d'or & de pierreries, il n'éviteroit pas le trenchant de mon épée."[17]（"我要赔上晋国所有的婴儿，孤儿也会死无葬身之地。他就是金枝玉叶，也逃不过我的剑锋。"）其中一个重要词语是"拘刷"，为宋元人俗语，意谓收缴、扣留、拘系，"拘刷尽晋国婴孩"的意思是：我把晋国的婴儿统统抓来。"孤儿没处藏埋"的"藏埋"其实是偏正结构的词组，含义还是"藏"，没有"埋"的意思，这句意谓孤儿插翅难飞。但马若瑟理解成屠岸贾料定孤儿必死了，其实屠岸贾抓来全国婴儿以后还要从中仔细寻找赵氏孤儿呢。造成误译的原因，大约是马若瑟不理解民间俗语"拘刷"，原文前边屠岸贾又有"把晋国内但是半岁之下、一月之上，新添的小厮，都与我拘刷将来，见一个剁三剑"[18]的狠话，让他形成了连带印象。后来儒莲重译本纠正了这个错误。

马若瑟将每一个人物的登场念白自报家门都当作一场。例如原文楔子里先后有屠岸贾的登场下场、赵朔与公主的登场下场，马若瑟就将其处理成序幕里的两场。又如原文第一折屠岸贾先登场念白后下去，继而公主登场念白毕，说道："我如今只等程婴来时，我自有个主意。"接着程婴上场，公主将孤儿托付程婴后自缢身亡。如果按照人物上下场为标准，这些内容充其量只是两场戏：屠岸贾一场、公主与程婴一场。但马若瑟将屠岸贾算作第一场、公主登场念白算作第二场、程婴登场念白算作第三场、公主托付程婴算作第四场，一下子就分出来了四场戏，事实上程婴出场后公主一直在场。同样，原文第二折屠岸贾进场算第一场，公孙杵臼出场念白算第二场，程婴出场念白算第三场，程婴与公孙杵臼的对话唱曲算第四场。第三折屠岸贾领卒子上场算第一场，程婴上场请卒子引见屠岸贾算第二场，程婴与屠岸贾对话算第三场，公孙杵臼登场算第四场，然后大家见面演绎情节的正戏算第五场。更有甚者，原文第四折程婴向程勃揭示身世的一段戏，竟然被分成了七场，连同开始屠岸贾登场算一

---

16 〔明〕臧晋叔《元曲选》，北京：中华书局 1958 年版，第 4 册第 1482 页。

17 Du Halde, *Description géographique, historique, chronologique, politique, et physique, de l'empire de la Chine, et de la Tartarie chinoise*, Paris: P. G. Le Mercier, 1735, tome 3, p.355.

18 〔明〕臧晋叔《元曲选》，北京：中华书局 1958 年版，第 4 册第 1482 页。

场，一共八场。于是，全本序幕加五幕一共分成了31场戏。由于戏曲人物上下场是随机的，并不像当时欧洲戏剧里那样注意整场的规整性，因此场子显得格外细碎，场子大小也极为不一。后来的戴维斯、儒莲、巴赞都承袭了马若瑟的这种分场法。

其他方面随时作了微调。例如凡原作里的脚色名称（净、末、旦、外之类）全部省略，人物被簇拥上场常改为单人登场。例如屠岸贾出场，原作提示多是"净扮屠岸贾领卒子上"，公孙杵臼出场，原作提示多是"正末扮公孙杵臼领家僮上"，许多都改为屠岸贾和公孙杵臼独自登场。这是因为戏曲里随从人物都有自己随着锣鼓点节奏的队列和步伐表演，便于烘托舞台气氛，而西方话剧里登场的无台词人物只能站着，在舞台上没有用处，马若瑟就裁减了。人物姓名也有改动，例如将公孙杵臼改为孔伦（前面写作Cong Lun、后面写作Kong Lun），这应该是马若瑟有意为之，直接把大义赴死的公孙杵臼命名为"孔子伦理"。后来伏尔泰（François-Marie Arouet, 1694-1778）依据马若瑟译本《赵氏孤儿》创作他的《中国孤儿》时，把副标题定为"孔子伦理五幕剧"，或许就是从这里得到的灵感。至于马若瑟对于原本里重复部分的简省，例如将第四折程婴向孤儿叙述其身世的大段念白略去，以及对过于残忍内容的删除，例如将屠岸贾钉在木驴上剐三千刀，陈受颐先生早于1929年就指出来了。[19]

马若瑟忽略掉原文里的唱词，把戏曲变成话剧，虽然便于欧洲人理解了，但也就忽略掉了元杂剧一人主唱的演出体例。原剧五折一楔子，分别是由赵朔、韩厥、公孙杵臼、程勃、魏绛歌唱，而这五个歌唱者又都由正末充任，也就是说由正末一人分别扮演赵朔等5人，这些元杂剧特征马若瑟都忽略掉了，于是给西方研究者带来长期的片面理解（当然，同时也就避免了元杂剧体制不合理部分可能会给他们造成的困惑[20]）。但，它使得西方读者完全没有注意到戏曲以歌唱为本的剧本模式是什么样子，以至于后来接触过戏曲的西方人要一再宣称戏曲是唱的。当然，对于马若瑟和耶稣会士而言，让欧洲人知晓了中

19 参见陈受颐《十八世纪欧洲文学里的赵氏孤儿》，《岭南学报》1929年第12期。

20 元杂剧由于历史形成的原因，只有一个脚色（正旦或正末）歌唱，其他脚色都不唱。于是，这个歌唱的脚色不得不在不同折子里扮演不同的人物，以使各折都有唱曲。这是戏曲不以戏剧情节而以唱曲为本的做法。例如《赵氏孤儿》正末主唱，他在楔子里扮赵朔，第一折扮韩厥，第二折第三折扮公孙杵臼，第四折第五折扮程勃。但正末不断改换扮演的人物对象，就使得剧里的主角不明。这种缺陷在各个脚色都可以歌唱、主角从头至尾扮演一个人物的宋元南戏里被克服。

国人有悲剧（尽管是他们认为的并不彻底的悲剧），也就达到了目的，马若瑟并不是为研究中国戏曲而翻译剧本的，他只是为傅尔蒙提供一个汉语样本（说见下），因而，他甚至没有指出自己没有翻译唱词，而只在相应处标出"他唱"（Il chante）二字告知傅尔蒙，但后面无词。这遭到了后来汉学家的抨击，例如儒莲《赵氏孤儿》重译本前言说："这个剧本和《元曲选》里所有的剧本一样，说白中交织着大量的唱词，在音乐伴奏下歌唱，常常充满了崇高和悲哀。普雷马雷（即马若瑟——笔者）似乎没有致力于中国诗歌的研究，他没有把这些段落翻译过来，几乎总是用他的话来代替那些有时占据了一半舞台的唱词。他对这一严重疏忽的解释如下：'这些曲词很难听懂，尤其是对欧洲人来说，因为它们充满了对我们不熟悉事物的隐喻，以及我们很难领会的语言形象。'"[21]儒莲关于戏曲翻译一定要译曲词的意见成为汉学界的公论，带来的结果是从他开始西方汉学家翻译戏曲曲词的费尽心力，这当然是儒莲的功劳。但是，批评马若瑟不译曲词是因为他对中国诗词缺乏研究，这却冤枉了他。

## 三、关于马若瑟的不译曲词

笔者根据材料分析，马若瑟翻译《赵氏孤儿》未译曲词，主要不是因为曲词难懂难译，而是时间太紧无法从容进行，另外马若瑟翻译这个剧本只是为了送给傅尔蒙当作为他开蒙汉语的礼物，任务是临时决定的，他自己并未看重这次翻译行为。

从马若瑟 1731 年 12 月 4 日写给傅尔蒙的信里知道，他在澳门托付法国商人杜维拉尔（Du Velaër）和布若塞（Brossai）给法国的傅尔蒙带信和书籍，而在他们搭乘的返欧船只启程之前的七八天时间里，马若瑟集中精力做了三件事：一、给傅尔蒙写一封全面论述中国戏曲特性的长信；二、翻译《赵氏孤儿》；三、为带给傅尔蒙的一套《元人百种》增添注释和标记。马若瑟信中说："当我写完所有的信，与一小盒毛笔一起托付给了布若塞先生，我想我还有足够的时间告诉您一些有关中文的知识……我给您寄一套 40 卷的中文书《元人百种》，这是一百部元代优秀剧作的合集。但是你知道，我在这七八天里做了我所能做的事。一、我告诉你我对于中国戏剧的认识。二、我为你翻译了一个

21 *Tchao-chi-kou-eul, ou L'orphelin de la Chine, drame en prose et en vers, accompagné des pièces historiques qui en ont fourni le sujet, de nouvelles et de poésies Chinoises*, traduit du chinois par Stanislas Julien, Paris: Moutardier, Libraire-Editeur, 1834, pp.ix-x.

剧本。三、我在《元人百种》里加进了一些估计你会需要的注释。"[22]写给傅尔蒙的法文信有上万字符，译成中文有三千多字；《元曲选》里的《赵氏孤儿》如果全本翻译的话有 18,000 汉字；而马若瑟又把《元曲选》目录和正文加了对应的序号，对标作第 85 号的《赵氏孤儿》按照中文方法用句号作了断句，并在原本和译本上标明对应的页码，增添了不少注解文字。这三项工作加在一起，都要在七八天时间里完成，是多大的工作量？可以想见其间马若瑟是带着极大的热情在拼命工作。

马若瑟在信里自称翻译《赵氏孤儿》只是为了帮助傅尔蒙理解中文，他说："我为你翻译了一个剧本……当您想比较中文和法语时，这将有助于你的工作……它是我的作品但也是您的。如果觉得它值得出版，您可以用自己的名字发表，不必担心别人说您剽窃，因为朋友之间不分彼此。因为我把它给了您，因为您应该得到最好的共享。"[23]这说明马若瑟的译本只是赠给傅尔蒙的，他所做的翻译工作只是为了傅尔蒙个人增进对中文的理解，而不是作为一部戏曲译本准备面对法国和西方公众。同样，马若瑟译出剧中的口语念白是便于傅尔蒙理解中文，他不译曲词也因为曲词是文言文而不是当时中国人使用的白话，因而不是他的语例对象，他也不愿意傅尔蒙受到曲词里艰涩文言文的困扰。

既然马若瑟翻译《赵氏孤儿》的目的只是为了傅尔蒙而不是为了戏剧本身，又受到时间急迫的限制，他仅仅译出对白和少量情节需要的唱词，而没有翻译全部唱词就可以理解了。他并非怯于和难于翻译唱词，只是那需要沉下心来用很长时间认真去做，而他只有七八天时间，这项工作又对他无用。马若瑟自己在信里对傅尔蒙说过这件事："我在这七八天里做了我所能做的事……如果您觉得我的译文不够接近原意，至少大部分情况下它是忠于原文的。还有很多地方我应该译得更好些——您会有所察觉，您会帮我提高的，而我由于时间太短只能如此了。"[24]从马若瑟一生兴趣和全部投入都在汉语研究、他阅读戏曲小说也只是为自己的汉语语法研究提供例证看，马若瑟显然原来没有翻译《赵氏孤儿》的计划。他为傅尔蒙译出《赵氏孤儿》只是临时从权的行动，完全是为了《汉语札记》。然而，《汉语札记》被长期束之高阁，《赵氏孤儿》译本却轰动欧洲，这是马若瑟生前所始料未及的，对他个人来说应该充满了悲剧

22 Sorel Desflottes, *Tchao-chi-Cou-Eulh, ou l'Orphelin de la Maison de Tchao*, traduite par le R. P. de Prémare, a Peking, 1755, p.83.

23 同上，pp.83, 84, 88。

24 同上，pp.83, 88。

的味道，但对中西戏剧交流来说却未始不是失之东隅、收之桑榆的喜剧。

虽然没有翻译《赵氏孤儿》的曲词，但马若瑟对于元杂剧唱段的作用却是明了的。他说：以韵文写成的唱段作用是“表达心中的激烈情绪，例如欢乐、痛苦、愤怒、绝望。一个人对恶人感到义愤填膺，他唱；一个人渴望去复仇，他唱；一个人准备自杀，他唱。这部作品里有几个例子，看看韩厥将军和老公孙开唱前的情形就知道了”[25]。这样，马若瑟就接近了中国戏曲本质为抒情的“曲本”意识，虽然他选择性的译法事实上删去了“曲本”的根基。戏曲与欧洲话剧的最大区别就在于不仅要通过动作、念白来体现情节、人物性格与命运，同时还要通过唱词来渲染人物心理与情绪，而将后者作为舞台戏剧性的重要组成部分。由此，曲词在戏曲剧本里占据了格外重要的地位（这里仅就文学性而言，还没有涉及曲词所代表的唱腔对于中国观众有着更为重要的审美与移情作用），而马若瑟对于这一点有着初步的认识，他确认了曲词在剧本里的抒情功能，因而删除曲词只是他的无奈和不得已，当然，他的目的也不需要曲词。

事实上马若瑟有相当的中国诗词功底。他精心研究中文三十多年，阅读了中国众多的中文典籍，作了大量笔记。他翻译过《诗经》“周颂”“大雅”“小雅”里的一些艰涩篇什[26]，他写出了一部著名的汉语词典《汉语札记》，里面选用了《诗经》《楚辞》包括戏曲曲词在内的众多诗词引例。而因为从俗语里选择例证来研究汉语结构，马若瑟对于元杂剧也十分熟悉，例如《汉语札记》也选用了《西厢记》例句等。马若瑟在《汉语札记》第一章“口语及通用语体”里说：“我现在着手阐明汉语的独特禀赋和内在美……我首先指出一些我从中找出语言例证的作品，我只提到最重要的，所有这些作品都是戏剧和小说。首先是《元人百种》，这个集子里收录了一百部戏剧，它们最早出版于元朝，每一部都不超过四五幕……”[27]这也是马若瑟起意翻译一部中国剧作时能够迅速

25 Sorel Desflottes, *Tchao-chi-Cou-Eulh, ou l'Orphelin de la Maison de Tchao*, traduite par le R. P. de Prémare, a Peking, 1755, p.87.

26 杜赫德《中华帝国全志》卷二收录了马若瑟译自清代姜文灿、吴荃《诗经正解》里的 8 篇诗章，包括《周颂 · 敬之》《周颂 · 天作》《大雅 · 皇矣》《大雅 · 抑》《大雅 · 瞻卬》《小雅 · 正月》《大雅 · 板》《大雅 · 荡》。Du Halde, *Description géographique, historique, chronologique, politique, et physique, de l'empire de la Chine, et de la Tartarie chinoise*, Paris: P. G. Le Mercier, 1735, Tome 2, pp.370-380.

27 Joseph de Prémare, *The Notitia Linguae Sinicae of Prémare*, translated into English by J. G. Bridgman, Canton: printed at the office of the Chinese repository, 1847, p.26. 笔者注：马若瑟《汉语札记》用拉丁文写成，1831 年在马六甲的英华书院（Anglo-Chinese College）出版，后被译成英文于 1847 年在广州出版。笔者用的是 1847 年英文版。

圈定元杂剧《赵氏孤儿》的原因。马若瑟甚至用汉语撰写并出版了众多的研究著作，如《经传议论》《六书实义》《儒教实义》《儒交信》，以及许多用汉文写的天主教教义小册子。马若瑟的汉语能力在西方汉学家中应该属于一流水准。因此，如果他想正面攻坚戏曲翻译的话，假以时日也应该能够译出曲词。从这儿方面看，翻译《赵氏孤儿》时已经在中国居住了30多年的马若瑟的汉语功底，未必会输给未到过中国的儒莲。况且身在中国的马若瑟很容易找到中国人协助翻译，就像传教士学者马礼逊（Robert Morrison, 1782-1834）、理雅各（James Legge, 1815-1897）等借助于中国人翻译出大量中国经典一样。

## 四、马若瑟《赵氏孤儿》译本在欧洲的坎坷

马若瑟并不是第一个将中国戏曲介绍到欧洲的人，1702年随赴华传教士梁弘仁（Artus de Lionne, 1655-1713）到达法国并逗留的福建人黄嘉略，曾经为启蒙学者孟德斯鸠（Baron de Montesquieu, 1689-1755）翻译过三节简短的曲词，包括标作“歌剧歌曲”（chanson d'opéra）的“改妆聊自悦，吊影互悲咽。十二重门深深设，是谁遣红线红绡来盗妾”一段、“宋朝中，一大臣，执掌开封管万民。左张龙、右赵虎……”一段，标作“田园歌曲”（chanson pastorale）的“正月里采茶是新年，抱石底投江钱玉莲。绣鞋底脱在江边口，大喊底三声王状元”一段，后发表在《风雅信使》（*Le Mercure Galant*）1713年10月号上。[28]事实上三节曲词都不直接出自戏曲。第一节是清初荑荻散人小说《玉娇梨》第九出里《咏红梨花》套曲里第八首【双声子】的曲词。第二节从“宋朝中，一大臣”系第三人称而非包公自称即知是说唱曲而非戏曲，但黄嘉略称之为“歌剧歌曲”，却是把它们当作戏曲曲词看待的，明清时人也确实把剧曲和散曲都叫作“曲”。第三节则黄嘉略也知道是民间小调了。由此可见孟德斯鸠已经留心到中国的戏曲现象，《潇洒信史》发文后也会有人关注到。当然，23岁即抵欧的黄嘉略大约也无法说清楚戏曲的性质和特征，只能略微举些零星曲文作为例子，由此欧洲知识界也无从得到更完整的戏曲印象。但，把戏曲作为中国的一种艺术现象介绍给欧洲，是跨界来往的人们会

---

28 Charles Rivière Dufresny, “Enigmes Chinoises, ou paroles de quelques Chansons Chinoises, expliquées littéralement, & paraphrasées, par lesquelles on connoîtra le génie de cette langue, communiquées par M. P.” *La Mercure Galant*, octobre 1713. 罗湉依据原法文音译回译出三节曲词（《18世纪法国戏剧中的中国形象研究》，北京大学出版社2014年版，第249页），笔者稍作更正。

自然产生的想法。

对于马若瑟翻译元杂剧《赵氏孤儿》的动机，人们进行了长期的探究。近年有一种解释是，马若瑟为了向欧洲传扬自己索引派的神学观，借助《赵氏孤儿》译本作敲门砖，有一定参考价值。[29]马若瑟从索引派的观念出发，极力想在《易经》里找到诺亚方舟流落到中国、中国人都是上帝原生子民的证据，由此却造成了他的人生悲剧：他在中国文化里辛勤耕耘几十年，成果体现在众多的著述里，但因为罗马教皇以及耶稣会上层都把索引派视为异端，禁止出版和发表其著述[30]，使他不得不设计迂回之路。1724 年 1 月 11 日雍正皇帝禁教令发布后，马若瑟被流放到广州。这时候能够联系上傅尔蒙他十分欣喜，在马若瑟看来，傅尔蒙既是同道，都研究汉语，又握有自己所需要的权势，并且是眼下唯一可能帮助自己的人，他因而不惜对这位比自己年轻十余岁的威权人物低姿讨好和攻关，不但给傅尔蒙邮寄许多中国典籍，甚至宁愿为他代译一部元杂剧作品供其学习和发表。但是，傅尔蒙让他的一切期待都付诸东流。

事实上在 1735 年杜赫德出版《中华帝国全志》之前，马若瑟翻译《赵氏孤儿》的手稿已经被传抄甚至零星摘引而见诸报刊，这证实了马若瑟此举的价值与法国当时具备适宜的接受环境。1734 年 2 月《法兰西信使》（*Mercure de France*）发表了一封来自法国西北港口布雷斯特（Brest）的没有署名的信，里面有对《赵氏孤儿》的剧情简介和戏曲规则介绍。信里说："我的一个朋友去年从中国回来，给我看了一个文学奇观。我很高兴告诉你，这是一部中国悲剧的译本，它将被送往巴黎。如果读了我寄给你的简介激起了你的好奇心，你很容易见到整个剧本，这个剧本必须交给×××先生。"[31]信里说的朋友应该是商人杜维拉尔或布若塞，看来他们的船是在布雷斯特港口登的岸，时间应该是 1733 年。他们携带着《赵氏孤儿》译本，在旅途中随时示人并为它做宣传。距离巴黎 500 公里的布雷斯特的写信人先见到了《赵氏孤儿》译本，可见在运送过程中译本的影响不断播散，尤其是这次还披露在了《法兰西信使》报上。信

29 鲁进《马若瑟为什么翻译了〈赵氏孤儿〉》，《中华读书报》2007 年 9 月 12 日。

30 例如法国传教会 1719 年到 1731 年的会督郝苍壁（Julien-Placide Herieu, 1671-1746），一直拒绝马若瑟发表任何一篇有关索隐学研究的文章。参见〔丹麦〕龙伯格《清代来华传教士马若瑟研究》，李真，骆洁译，郑州：大象出版社 2009 年版，第 19-20 页。

31 "Lettre écrite de Brest, contenant l'Extrait d'une Tragédie Chinoise", *Mercure de France*, Paris: Guillaume Caveliek, Fevrier 1734, p.351.

里对《赵氏孤儿》的情节叙述得很详细，写信人是认真阅读了剧本的。他同时还对中国戏曲规则进行了简单介绍，自称内容来自译者前言，应该指的是马若瑟 1731 年 12 月 4 日写给傅尔蒙的信。

几个月后，法国耶稣会士布吕玛（Pierre Brumoy, 1688-1741）1733 年 8 月 17 日致高蒙（Caumont, 1688-1745）侯爵的信里就提到："杜赫德神父拿到了普雷马雷神父翻译的这部喜剧，并将其收进他关于中国的书里……傅尔蒙先生收到了这个译本和许多其他未经翻译的材料，而杜赫德神父拿到了另外一份译本——我请他把它收入他的书里。这部译本一定是传遍了世界，因为一位在乡下的女士最近言之凿凿地对苏西耶（Souciet）神父说，她读到了中国喜剧，而我们没有其他刊印出来的译本。"[32]据布吕玛此信，马若瑟译本已经被传抄，甚至一位乡间女士也拿到一份。从法国社会对中国戏剧的企盼看，马若瑟手稿是有可能被迅速传抄的。从乡间女士读了中国剧本这件事，倒也可以看出阅读戏剧剧本是当时欧洲人的嗜好。

马若瑟手稿差点被傅尔蒙沉淀入历史。一些学者认为是由于傅尔蒙心胸狭窄，怕马若瑟《汉语札记》威胁到自己正在编撰的著作《汉语语法》（*Grammatica Sinicorum*）的地位，他因此想昧去甚至抄袭马若瑟的成果。[33]也有学者认为，傅尔蒙雪藏《汉语札记》是因二人书籍性质类似，为避免麻烦故将马若瑟的书稿交给了时任法国皇家国王图书馆馆长的比尼翁教士保管。[34]无论真相为何，杜赫德在马若瑟去世前一年出版了《中华帝国全志》，《赵氏孤儿》译本也就成为马若瑟生前刊行的唯一著作。幸好法国社会对于《赵氏孤儿》的

32 "Lettres du P. Brumoy au Marquis de Caumont, lettre V", *Etudes de theologie, de philosophie et d'histoire*, Paris: Julien Lanier Cosnard, Éditeurs, Tome II, 1857, p.447. 布吕玛的信系学者李声凤首次发现。（参见李声凤《中国戏曲在法国的翻译与接受（1789-1870）》，北京：北京大学出版社 2015 年版，第 193-194 页。）

33 例如法国汉学家戴密微就持此种观点。（参见 Paul Demiéville, "Aperçu historique des études sinologiques en France", *Choix d'études sinologiques(1921-1970)*, Leiden: E. J. Brill, 1973, p.450）傅尔蒙抄袭的说法一直有之。法国汉学家雷慕沙首先指出傅尔蒙《中国官话》（*Linguæ Sinarum Mandarinicæ Hieroglyphicæ Grammatica Duplex*, 1742，系《汉语语法》书稿的第三部分）抄袭西班牙传教士万济国（Dominican Francisco Varo, 1627-1687）的《华语官话语法》（*Artedela Lengua Mandarina*, 1703），随后法国汉学家考狄（Henri Cordier, 1849~1925）等人也持同样观点。（参见 Cécile Leung, *Etienne Fourmont(1683-1745): oriental and Chinese languages in eighteenth-century France*, Leuven, Belgium: Leuven University Press; Ferdinand Verbiest Foundation, 2002, pp.230-233.）

34 参见许明龙《黄嘉略与早期法国汉学》，北京：商务印书馆，2014，第 307-311 页。

强烈反应以及手稿副本的流传，遏制住了傅尔蒙的企图，否则这一开启中欧戏剧交流的盛举就会付诸东流。

## 五、马若瑟对戏曲的认识

马若瑟匆匆于1731年12月4日草就的致傅尔蒙的信[35]，用相当篇幅对中国戏曲的艺术形式作了介绍，其中涉及内容较为全面和深入，可称之为西方首篇专门的戏曲研究论文，透示出马若瑟对戏曲有着较深的了解和感悟，其见解不仅在西方是开辟性的，而且深远影响到西方戏曲研究的奠定与发展。

马若瑟首先提出了对中国戏曲的类型判断："中国人不像我们那样区分喜剧和悲剧。我把这个叫做悲剧，是因为我觉得它很悲惨。这些类型的作品与中国的小说没什么不同，只是在戏剧里引入了人物对话，而不像是在小说中，是由作家讲述的。"[36]其中透示出马若瑟选择一部接近于欧洲悲剧体裁的中国戏剧样本介绍给西方的意图。事实上马若瑟可能认为《赵氏孤儿》是最接近欧洲悲剧观的一部中国作品，因为他信中还提到了另外一部元杂剧剧本《抱妆盒》，而认为后者不及前者典型。他是这样说的："《赵氏孤儿》前面的第84号悲剧的味道和它差不多，但在我看来，它没有《赵氏孤儿》有价值。其中也有一个孩子，人们把他从特定的困境中解救出来，但是他不像孤儿来自赵家那么尊贵。"[37]《元曲选》里排在《赵氏孤儿》之前的第84部剧作就是《抱妆盒》，同样是一部表现宫廷遗孤经人救助成功的历史题材剧，只是没有复仇情节，可见马若瑟是经过比较后认定《赵氏孤儿》的。当然马若瑟对《抱妆盒》有误解，他以为剧中遗孤是别姓，事实上也姓赵，只是此赵是赵宋之赵而非赵氏孤儿之赵，而且此剧的赵孤是皇子身份，按马若瑟的观念也应该与公主之子赵武一样高贵。由此也反证马若瑟确实对《元曲选》进行了一定的细读，他所了解的元剧内容绝不仅仅只是《赵氏孤儿》一部剧作。

当然，马若瑟也知道用欧洲的戏剧类型标准来衡量戏曲并不恰当，因此他在后面又强调："在这部悲剧里，一些地方产生了过激的情感，这不符合我们的规则，但中国人没有义务遵循这些规则。他们保留了戏剧的主要原则，那就

35 收入法国人德福洛特1755年出版的《赵氏孤儿》译本单行本。（Sorel Desflottes, "Eassi sur le théâtre des Chinois", *Tchao-chi-Cou-Eulh, ou L'Orphelin de la Maison de Tchao*, traduite par le P. de Prémare, a Peking, 1755.）

36 Sorel Desflottes, "Eassi sur le théâtre des Chinois", *Tchao-chi-Cou-Eulh, ou L'Orphelin de la Maison de Tchao*, traduite par le P. de Prémare, a Peking, 1755, p.85.

37 同上，p.88。

是崇尚、褒奖和激发美德，而使罪恶可恨。”[38]马若瑟肯定了戏曲的惩恶扬善主旨，认为这就够了，不能要求中国人遵循西方的戏剧规范。马若瑟的这种见解是很开明和体己谅人的。

马若瑟接着介绍了戏曲的脚色体制：“剧中使用某类脚色的通用名称，而很少提到人物的名字，尤其是当一开始就没有使用他的名字之后。例如不说‘屠岸贾说’，而说‘净说’。我想中国人对此不难理解，但我们天生不行。一个喜剧团由八到九个人组成：1.生（Sing），这是一位年轻人，通常是剧中的主角。如果有不止一个，另一个就叫小生（Siao Sing），那是他的朋友或对手。2.旦（Tan），一位年轻女子，与生对应，就像小旦（Siao Tan）对应旦一样。3.老旦（Lao Tan），是位老妇人，例如生或旦的母亲。4.末（Mo），有时是冲末（Tchong Mo），有时是正末（Tching Mo），充当配角，装扮普通而诚实的人。5.外（Vai），装扮坏人，但并不总是。6.净（Tsing），通常扮演反面人物，我想它可以和我们的闹剧人物相比，例如艾琳（Ailequin）、大鼻子医生（le Docteur au grand nez）、艾莉森夫人（Dame Alison）、吉尔·勒尼亚斯（Gilles le Niais）。”[39]由于长期生活在中国，马若瑟对戏曲演员划分行当的表演体制有所了解，所以能开列出它的脚色名称。从马若瑟列出的脚色为生、小生、旦、小旦、老旦、末、冲末、正末、外、净，并且他认定生是主角、正末是配角来看，他混淆和掺并了元杂剧与明清戏曲里不同的行当体制。马若瑟在江西一带看到的舞台演出里，生是男性主脚，他在元杂剧剧本里却又见到了正末，于是就把不同时代的脚色堆在了一起。我们当然不能苛求作为一个外国人的马若瑟，他能够关注到戏曲行当就已经是极大的历史进步了。这说明马若瑟此段论述建立在现时社会调查的基础之上，而不仅仅是纸上谈兵。

但是马若瑟介绍的戏曲脚色西方人不容易理解，在他之后，西方研究者也长期未能在这一点上跟上他的步伐。例如近百年之后翻译了另外两部元杂剧剧作《老生儿》和《汉宫秋》的西方第一位戏曲研究专家戴维斯，尽管发表了众多的成果，却未能就戏曲行当作出清晰论述，只在1836年出版的《中华帝国及其居民概述》里笼统地说：“在中国的戏剧书籍中，某些固定名词被用来标记不同戏剧人物之间的特殊关系，例如第一和第二男角色和女角色（如首席女演员），这些名词在每一部戏里都一样使用，无论它是悲剧性的还

38 同上。
39 同上，pp.85-86。

是喜剧性的。”[40]戴维斯还只是在概念外面绕圈子，不像马若瑟直接翻译了生旦净末，读者自可体味。另外戴维斯尽管也长期生活于广州，但并没有达到马若瑟那样的舞台熟悉度，因而不知道当时戏台上流行的戏曲行当，只看到元杂剧剧本里有行当区分。戴维斯后面的法国学者儒莲同样止步于此，直到巴赞的研究里才正面论述了元杂剧的脚色行当（但也分不清南戏与北杂剧的不同）。

马若瑟还注意到戏曲演员的一人多扮现象：“同一个演员扮演几个不同的角色。是的，第一次开口说话时他说：‘我是奥利斯特（Oreste）或阿伽门农（Agamemnon）。’但下次他又说自己是另外一个人时，观众会说：‘你骗人。’面具弥补了这个缺点，但面具只在芭蕾里使用，只有那些恶棍、盗贼首领才戴面具。”[41]一人多扮、随时改换扮演的角色是戏曲演出常态，马若瑟是从《赵氏孤儿》剧本里看出来的，因而他在译本前面的人物名单下专门注出一笔：“一共 8 个人物，但只有 5 个演员。”[42]但或许也是马若瑟平时看戏的实践总结。为了强调中国戏曲的这一特点，马若瑟专门同西方戏剧做了比较，他指出如果在西方舞台上这样演，观众一定不买账，除非在芭蕾里那样戴面具，但芭蕾里只有少数反派角色用面具。

马若瑟突出强调了戏曲的歌唱性能：“中国的悲剧和喜剧都是由歌曲组成的，歌曲的曲词用大字标出，很容易与台词部分区分开来，此外我们总是看到有提示语‘唱’。每首歌词都放在它的曲调的后面，曲调如《醒来睡美人》（*Réveillez-vous belle endormie*），这类曲调的数量相当有限。歌词经常被一两句插进去的台词打断……一位正在演戏的演员突然在我们面前唱起歌来，我们会感到震惊。这是因为我们没有注意到，歌唱是用来传达一些强烈情绪波动的，比如欢乐、痛苦、愤怒、绝望。例如：一个对恶人感到愤怒的人，他唱；一个渴望复仇的人，他唱；一个准备自杀的人，他唱。这部作品里就有几个例子，例如韩厥将军和老公孙。”[43]我们看，马若瑟注意到了曲牌，注意

40 John Francis Davis, *The Chinese: A General Description of the Empire of China and its inhabitants*, London: Charles Kniget & CO. , 1836, vol. 2, pp.188-189.

41 Sorel Desflottes, “Eassi sur le théâtre des Chinois”, *Tchao-chi-Cou-Eulh, ou L'Orphelin de la Maison de Tchao*, traduite par le P. de Prémare, a Peking, 1755, p.86.

42 Du Halde, *Description géographique, historique, chronologique, politique, et physique, de l'empire de la Chine, et de la Tartarie chinoise*, Paris: P. G. Le Mercier, 1735, tome 3, p.344.

43 Sorel Desflottes, “Eassi sur le théâtre des Chinois”, *Tchao-chi-Cou-Eulh, ou L'Orphelin de la Maison de Tchao*, traduite par le P. de Prémare, a Peking, 1755, pp.86, 87.

到了曲牌的数量，注意到了歌唱中间也可以插入念白，尤其是，他清楚戏曲的歌唱是为了表达人物激情——马若瑟准确把握住了戏曲歌唱的特殊功能。从论述可以看出，马若瑟十分清楚戏曲唱腔的重要性，这更加说明他翻译《赵氏孤儿》省略曲词只是从权行为，他只是不认为有必要翻译，仅仅想为傅尔蒙提供一个样本而已。国内学术界长期沿袭西方研究者的说法，指责马若瑟不理解戏曲曲词的重要性以及没有能力翻译，应该可以更正了。[44]

马若瑟文中特意标出来与中国戏曲曲牌作类比的曲调《醒来睡美人》，是一首曾经在法国长期流行的街头小调。18 世纪法国的街头歌手会出售写有歌词的小册子，这些小册子中每首歌词都会标出曲调，一首曲调可以随意配上不同的歌词。[45]《醒来睡美人》就是这样一首著名的曲调。这首曲调的作者可能是 17 世纪的法国作曲家吕利（Jean-Baptiste Lully, 1632-1687）[46]，它被不断填上各种歌词，而都以"醒来睡美人"作为歌词的第一句，因而这一时期出现了众多用"醒来睡美人"开头的歌词，后来甚至经常被用于讽刺蓬巴杜夫人（Jeanne-Antoinette Poisson, Marquise de Pompadour, 1721-1764）[47]。例如法国音乐出版商巴拉德（Jean Baptiste Christophe Ballard, 1674?-1750）1717 年印刷的歌曲集《歌者的钥匙》里就收录了这样一首歌，歌的曲调（L'AIR）后写的是"醒来睡美人"，歌词的第一句也是"醒来睡美人"。[48]（图二十二）这种使用同一首曲调配以不同歌词的街头音乐形式，与中国戏曲中选词配乐的曲牌十分相似。可见马若瑟不仅完全理解了戏曲曲牌的功能和原理，而且找到了法国街头音乐里近似的类比例证，以之向傅尔蒙作介绍。

---

44 例如钱林森先生《中国文学在法国》说："马若瑟的译本把原作的唱段全部删去，一律以'此处某角吟唱'代之。其中原因除了翻译的困难之外，也与译者对元曲艺术缺乏认识有关，大约马若瑟并不认为这些删去的唱词有什么重要。"（北京：学苑出版社 2019 年版第 60 页）

45 参见 Robert Darnton, *Poetry and the Police Communication Networks in Eighteenth-Century Paris*, London: The Belknap Press of Harvard University Press, 2010, p.87-90.

46 法国国家图书馆所藏吕利手稿（Livre de Chansons Parisiennes par Mr Lulli Maître de Musique du Roy de France et de l'Académie des Beaux arts par Lully）中有《醒来睡美人》两节。

47 参见 Robert Darnton, *Poetry and the Police Communication Networks in Eighteenth-Century Paris*, London: The Belknap Press of Harvard University Press, 2010, p.94.

48 Jean Baptiste Christophe Ballard, *A Clef des chansonniers ou Recueil des Vaudevilles depuis cent ans et plus, notez et recueillis pour la première fois par J. B. Christophe Ballard*, Paris: au MontParnasse, 1717, Tome I, p.130.

图二十二、巴拉德《歌者的钥匙》中《醒来睡美人》书影

而从翻译的角度，马若瑟强调了曲词的难以理解：“有些歌曲对欧洲人来说很难听懂，因为它们充满了我们所不知道的典故和隐喻。这和我们的诗歌是一样的。如果我们告诉中国人有四个美惠女神、两个维纳斯和十个缪斯女神，而事实上她们的复合体又是一个美惠女神、一个维纳斯和一个缪斯女神，他们什么都听不懂。”[49]马若瑟认识到文化差异和传统塑形的作用造成了跨文化理解诗歌内涵的困难，这是他的经验之谈。

马若瑟根据《元曲选》和《赵氏孤儿》，得出元杂剧通常为四幕和五幕结构的结论：“剧本有时有五个部分，有时更少。总的来说它们都很短，比我们现在的剧本要短得多，每一个都有两卷。这部戏有五个部分，如果你认为合适的话，你可以称之为‘幕’。第一部分称作‘楔子’，也就是序幕。另外四部分叫‘折’，也就是幕。每次人物出去或又进来一些新的角色，我想称之为场。在这五个部分中，每一部分里都会有几场，我把它们都标了出来。”[50]马若瑟对于元杂剧结构的介绍是准确的，但也造成西方人长期以为中国当下演出的戏就是这种结构，进而以为戏曲结构与西方戏剧十分相似，这当然是误解。但马若瑟的影响长期存在，经常可以看到19世纪的西方研究者对此人云亦云。例如1838年文学评论家小安培（Jean-Jacques Ampère, 1800-1864）[51]说：“我

49 同上，pp.86-87。

50 同上，p.87。

51 法国科学史上有著名物理学家安培（André-MarieAmpère, 1775-1836），1820年提出著名的电流安培定律，被誉为“电学中的牛顿”，系Jean-Jacques Ampère之父。因此这里将后者名字前面加一“小”字以示区别。

们很惊讶在世界的另一端发现了我们舞台上的一些习惯，这就是五幕的划分……这种划分之所以成立，是因为它如此普遍：中国戏剧、《哈姆雷特》、《戈茨·德·伯里钦根》（*Goetz de Berlichingen*）分为五幕，还有《阿萨莉亚》（*Athalie*）和《厌世者》（*Le Misanthrope*）。[52]此外，在中国，五的数字尤其常见，中国数字是五而不是四。”[53]1849 年美国汉学家卫三畏说：“这一点中国戏剧与欧洲戏剧是相似的。中国每一部戏都有规律地由四折（四幕）组成，有时前面有一个楔子（序幕或开场白）。”[54]两人的说法是一致的，区别在于四幕外加不加楔子。可以看出西方学者在这个问题上的误会曾长期保持，小安培甚至还作了更加离题的阐释（关于中国数字五）。

从马若瑟说的把人物上下场都标示为一场，我们看到了他对于《赵氏孤儿》译本结构的处理原则，前面已经提到这使得他的分场过于零碎。

## 六、欧洲批评界对《赵氏孤儿》法译本的反应

伏尔泰读了《赵氏孤儿》以后，产生强烈的创作冲动，因此创作了著名悲剧《中国孤儿》。他在《中国孤儿》剧本献词里充满激情地赞扬古老的中国戏曲，他说：“3000 多年来，中国一直在培养戏剧艺术，晚些时候希腊人才发明戏剧……因此，剧诗只在中国这个幅员辽阔的国家以及在雅典这个唯一城市里受到尊宠。罗马则晚了四百年。如果你在有创造力的波斯人和印度人中寻找戏剧，你会一无所获。”[55]当然，伏尔泰对于中国戏剧史的认识，来自耶稣会士的报道，而一些耶稣会士如韩国英等认为中国商周时期早期典籍里的“乐”和“优”与戏剧有关，因而伏尔泰认为中国戏剧早于古罗马甚至古希腊戏剧，这当然存在着误差。至于说印度无戏剧，是因为欧洲人其时尚未认识到古印度是已经消亡了的梵剧之国，这个认识误差要等待 18 世纪后叶英国学者威廉·琼斯（William Jones, 1746-1794）来纠正了。但是，伏尔泰将《赵氏孤儿》这部产生于元朝的剧作与同期欧洲 14 世纪的剧作进行比较，得出下述结论却是极

52 《哈姆雷特》，英国莎士比亚（W. Shakespeare, 1564-1616）的悲剧；《戈茨·德·伯里钦根》，德国歌德（J. W. Goethe, 1749-1832）的剧作；《阿萨莉亚》，法国拉辛（Jean Racine, 1639-1699）的剧作；《厌世者》，法国莫里哀（Molière, 1622-1673）的喜剧。

53 Jean-Jacques Ampère, “Du Théâtre chinois”, *Revue des Deux Mondes*, quatrième série, tome xv, 1838, p.745.

54 “Theatres in China”, *The Chinese Repository*, vol. xviii, Canton: Printed for the Proprietors, 1849, March, No. 3. p.115.

55 Voltaire, “Epitre”, *L'Orphelin de la Chine*, tragédie, Hare: Jean Neaulme, 1756, p.iv.

有见地的："《赵氏孤儿》是一部珍贵的经典，我们从中了解到的中国精神超过历来对这个庞大帝国所做的一切描述。诚然，和我们今天的优秀作品相比，它显得粗糙，但如果与我们14世纪的剧本比较，它却是杰作……尽管难以置信却妙趣横生，尽管人物众多却十分清晰，这两大优点在所有国家的现代剧本里都是没有的……14世纪甚至更早，中国人就欣赏到了比欧洲更好的诗剧。"[56] 伏尔泰也指摘了戏曲的缺点，但这种指摘却部分由于马若瑟未翻译曲词造成了误解。他说："诚然，这部中国戏剧作品并没有其他的美：时间与动作的一致、情感的发展、风俗的描绘、雄辩、理性、激情，这一切都没有。然而正如我说过的，这部作品依然优于我们同时代所做的一切。"[57]至少其中所说的情感、激情、雄辩等因素，都主要体现在曲词里。所以等到1834年儒莲全译本将《赵氏孤儿》曲词翻译出来以后，人们从伏尔泰这里得到的印象就被纠正了。

伏尔泰的朋友阿尔让斯侯爵（Marquis d'Argens, 1704-1771）却对《赵氏孤儿》译本做出了完全不同的反应。他不喜欢它，在《中国人信札》第23封信里用新古典主义戏剧准则作为参照系，批评了这部剧作。他认为《赵氏孤儿》没有遵守"让希腊人达到完美、又让弗朗索瓦（François）[58]能够追步希腊人"[59]的戏剧规律，意即"三一律"。他认为戏里的某些场面，如公主自缢这样"可怕的动作必须远离观众的视线"，说其中演员自报家门"太荒谬了"，说戏曲"在同一时间里奇怪地混合着说白和唱曲，超出了现实可能性"，他说："欧洲有很多戏里也歌唱，但这时就没有台词，正如念白时就不唱一样。我不是说歌唱不能表达强烈激情，但我认为它不应该与说白奇怪地纠结在一起。"[60]

阿尔让斯尤其指出《赵氏孤儿》未能保持时间和地点的一致性，他说："我必须承认，我非常希望，如果不想遵守欧洲人的三一律规则，至少应该为可能性多保留一点空间……例如悲剧《赵氏孤儿》中，在一个小时之内，孤儿出生，被带到一个遥远的地方长大，25岁回到北京，告诉皇帝首相屠岸贾枉杀了自己的父亲，皇帝相信了他，恢复了他父亲被剥夺的权利，处死了屠岸贾。如此

56 同上，pp.v-vi。

57 同上，p.vi。

58 即法国18世纪著名剧作家伏尔泰（Voltaire）。伏尔泰原名弗朗索瓦·玛丽·阿鲁埃（François-Marie Arouet），伏尔泰是他的笔名。

59 Marquis d'Argens, *Lettres chinoises ou correspondance, philosophique, historique et critique entre un Chinois voyageur et ses correspondants à La Chine, en Moscovie en Perse et au Japon*, Haye: Pierre Paupie, 1769, tome premier, pp.252.

60 同上，pp.252, 256, 257, 258。

多的事件，必然发生在很长的时间段里，而把它们集中展现，违反了或然率，就会剥夺观众的许多乐趣。必须给观众提供更好的事件和更艺术性的行为。诗人应该这样安排：故事从孤儿到达北京开始，让其他演员告诉他早期的不幸故事，于是唯一的发现便是屠岸贾的罪行，这是这出戏的主题。”[61]阿尔让斯提出的解决方案，恰恰忽略了或者不明白欧洲戏剧与戏曲的结构性差别：前者的时空固定，只能表现当下发生的事；后者的时空自由，可以随意展现流动的故事。阿尔让斯指责的公主当场自缢动作太恐怖，则是把戏曲舞台上的虚拟动作理解为西方话剧的写实动作了。

图二十三、1755 年《赵氏孤儿》单行本书影

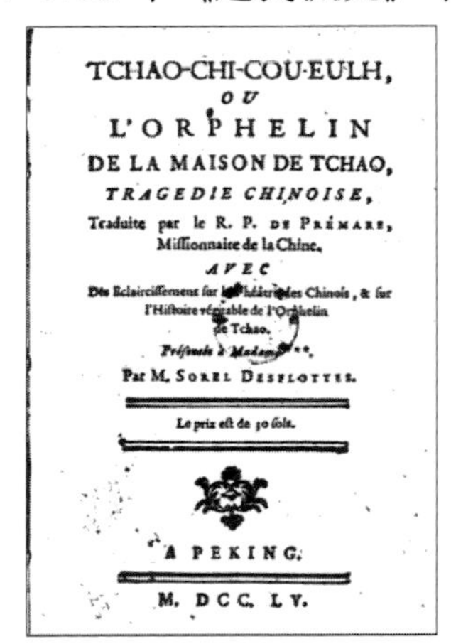
TCHAO-CHI-COU-EULH,
OU
L'ORPHELIN
DE LA MAISON DE TCHAO,
TRAGEDIE CHINOISE,
Traduite par le R. P. DE PRÉMARE,
Missionnaire de la Chine.
AVEC
Des Eclaircissement sur le Théâtre des Chinois, & sur
l'Histoire véritable de l'Orphelin
de Tchao.
Présentée à Madame ***.
Par M. SOREL DESFLOTTES.
Le prix est de 30 sols.
A PEKING.
M. DCC. LV.

1755 年法国人德弗洛特（Sorel Desflottes）为马若瑟《赵氏孤儿》译本出版单行本[62]，开头有给 D·H·夫人的献词，里面说到如何看待《赵氏孤儿》不同的戏剧原则，体现了欧洲开明人士对待戏曲的态度。他说：“夫人：您一百次为杰作鼓掌，这些杰作的啼鸣和根茎丰富了弗朗索瓦（François）的场景。伏尔泰（Voltaire）们和克雷比荣（Crébillon）们一百次让您流泪。[63]莎士比亚、梅塔斯塔西奥（Metastasio）[64]，最后所有的戏剧诗人，共同为欧洲带来了荣耀，您都很熟悉。夫人，我今天能给您一个中国戏剧的样品吗？毫无疑问您会对戏剧的双重规则感到震惊——我们的规则中国戏剧没有遵守。但是出生在另一

61 同上，pp.252-254。

62 Sorel Desflottes, “Eassi sur le théâtre des Chinois”, *Tchao-chi-Cou-Eulh, ou L'Orphelin de la Maison de Tchao*, traduite par le P. de Prémare, a Peking, 1755.

63 克雷比荣（Claude Prosper Jolyot de Crébillon, 1707-1777），18 世纪法国著名小说家、剧作家，1759 年被任命为王家审查官。

64 梅塔斯塔西奥（Pietro Metastasio, 1698-1782），18 世纪意大利最著名的剧作家。

个半球的民族需要被迫把我们作为榜样吗？我们所缺乏的东西，不是亚洲尽头的他们缺乏的。中国人用各种自然颜色来描绘自然，但他们没有用艺术清漆来增加自然的美。不管它是什么，夫人，您只能屈尊接受它。如果它能有幸和您呆一会儿，它将会非常高兴。”[65]德弗洛特强调了中国也有欧洲所缺乏的东西，例如中国艺术崇尚自然而不人工装饰自然。因此，他希望夫人能够虚心接触这个中国剧本，这是一种十分清新的见解。（图二十三）

德弗洛特又专门写了《论中国戏剧》（Elai sur le Théâtre des Chinois）一文放在单行本前面，一开始就论述中国人是遵照自然法则写戏的，而且做得很好。他说：“这个论题没有多少可说的，因为中国人没有固定的规则来规范戏剧结构，他们没有我们所说的行动、时间和地点的统一性。甚至从《赵氏孤儿》可以看到，他们的场景几乎无时无刻不在变化，因为他们不知道如何适时让演员参与进来，导致了频繁的重复，这使他们的作品失去了许多乐趣。一言以蔽之，没有艺术帮助的自然是他们唯一的向导，但他们做得很好，这已经是一个伟大成就了。当你喜欢并对它感兴趣的时候，你一定会产生幻觉。不管什么艺术，只有自然才能达到这一点。毫无怀疑，我们的戏剧诗人带给我们的那些使人为难的东西，会阻止我们创作出如此美丽的作品！”[66]德弗洛特倾向于自然法则支配一切的艺术观，因为他似乎在强调，虽然《赵氏孤儿》有着场景太多和重复的缺点，仍然是西方在人工规则束缚下写不出来的美丽作品。事实上由于不理解戏曲的时空自由观，德弗洛特认为的缺点也似是而非。当然，德弗洛特既没有去过中国看过戏，也没有作过专门的戏曲研究，因而文章后面的论述基本没有提供新东西，主要是拼合了前人的说法组织在一起，见于门多萨（González de Mendoza, 1545-1618）《中华大帝国史》[67]、纽霍夫（Johannes Nieuhof, 1618-1672）《荷兰东印度公司使团访华纪实》[68]、洛贝尔（Simon de la Loubère, 1642-1729）《暹罗国记》[69]等著作。

---

65 Sorel Desflottes, “Eassi sur le théâtre des Chinois”, *Tchao-chi-Cou-Eulh, ou L'Orphelin de la Maison de Tchao*, traduite par le P. de Prémare, a Peking, 1755, p.iv.

66 同上，pp.13-14。

67 Juan Gonzalez de Mendoza, *The Historie of the Great and Mightie Kingdome of China, and the Sitution*, London: I. Wolfe for Edward White, 1588.

68 Johannes Nieuhof, *An Embassy from the East-India Company of the United Provinces, to the Grand Tartar Cham, Emperor of China*, London: John Macock, 1669.

69 Simon de la Loubère, *Du Rovaume de siam*, Amsterdam: Chez Abramam Wolfgang, 1691.

# 肆、杜赫德《中华帝国全志》收录《赵氏孤儿》事议

**内容提要：**

1735 年杜赫德《中华帝国全志》收录元杂剧《赵氏孤儿》马若瑟法译本是 18 世纪中西交流一个重要文化事件。本文探讨了杜赫德这一做法的个人和社会背景与动机（尤其是西方社会将戏剧视为文明社会标志，而耶稣会士迫切希望看到中国有戏剧），以及他对中国戏曲的了解程度。本文还分析了傅尔蒙指责杜赫德盗用马若瑟译本的是非曲直，肯定了杜赫德的历史功绩。

**关键词：** 中华帝国全志 戏剧文明 中国戏曲 历史功绩

1735 年，法国派往中国的耶稣会士马若瑟（Joseph de Prémare, 1666-1736）翻译的中国戏曲剧本——元杂剧《赵氏孤儿》，被杜赫德（Jean-Baptiste Du Halde, 1674-1743）神甫收入他影响了欧洲至少一个世纪的《中华帝国全志》正式出版，这是中欧文化交流史上的一个重要事件。（图二十四）它向西方宣告中国拥有自己的古老戏剧样式、有着与西方类似的人类思维与艺术情感、有着完善的戏剧道德评价标准、有着与西方不同的戏剧原则，这是这个民族能够与西方文明相媲美的有力证明。《赵氏孤儿》剧本的出版造成欧洲的文化轰动，引动了包括法国文豪伏尔泰在内的一系列剧本改编和上演行为，将十七八世纪欧洲的中国文化热推向一个新的高潮。然而，迄今为止的研究多停留在文化传播层面，其戏剧层面的意义内涵尚缺乏揭示，值得继续深入探讨。

图二十四、杜赫德《中华帝国全志》书影，1735

DESCRIPTION
GÉOGRAPHIQUE, HISTORIQUE,
CHRONOLOGIQUE, POLITIQUE, ET PHYSIQUE
DE L'EMPIRE DE LA CHINE
ET DE LA
TARTARIE CHINOISE,
ENRICHIE DES CARTES GÉNÉRALES ET PARTICULIERES
Par le P. J. B. DU HALDE, de la Compagnie de JESUS.
TOME PREMIER.
A LA HAYE,
Chez HENRI SCHEURLEER.
M. DCC. XXXVI.

## 一、杜赫德《中华帝国全志》为何收录《赵氏孤儿》

杜赫德找到一个元杂剧剧本的译本列入《中华帝国全志》，应该说既有必然性，又有偶然性。必然性是他既然着手编纂有关中华帝国的志书，就一定要尽量争取内容的包容全面不漏丆遗。偶然性则是他在编纂此书时恰恰得到了马若瑟的《赵氏孤儿》译本，于是急切将其纳入。

在法国耶稣会总部工作的杜赫德起心编纂《中华帝国全志》，有着他的先决条件。他 1708 年接替去世的郭弼恩（Charles Le Gobien, 1653-1708）神父主管总部的中国教区档案，25 年里保持着与遍布中国的耶稣会士的通信，并编辑整理汇集来的资料，1717 年开始主编出版著名的《耶稣会士书简集》。应该说，这其间他掌握了最多的有关材料，加之个人兴趣与勤奋的原因，他获得了总观中华历史文明的视野和丰富素材。这一前提使得杜赫德得以整合他搜集得来的 27 位在华耶稣会士的通讯资料，编撰并在巴黎出版《中华帝国全志》，此书成为当时欧洲人了解遥远中华帝国的最重要读本。杜赫德尽管没有到过中国，但他对中国的兴趣极其浓厚，长期汇集来自中国的各种信息，书中体现出杜赫德掌握的中国知识令人惊讶，他整合庞杂材料并将其归纳编撰为体系完整、条理清晰的文字之功夫也令人叹赏，尽管出于种种原因他未经同意即删改组合别人的材料当时就受到攻诘[1]。

《中华帝国全志》全书一共四卷，内容包括历史、地理、制度、物产、风俗、语言、宗教、哲学、文学、艺术、医学、手工艺等等，可以说是比较全面地介绍了中华文明的方方面面。在其之前，尚未有人如此全面地向欧洲介绍过

1 参见 Landry-Deron, *La preuve la Chine*, Paris: Éditions de l'EHESS, 2002, pp.109-110.

中国文化。即如文学艺术类，介绍中国人的诗歌、小说和戏剧等文学创作，收录了马若瑟译《诗经》8首（《周颂·敬之》《周颂·天作》《大雅·皇矣》《大雅·抑》《大雅·瞻卬》《小雅·正月》《大雅·板》《大雅·荡》），殷弘绪（Père Francois Xavier d'Entrecolles, 1664-1741）译明代抱瓮老人编小说集《今古奇观》里三篇小说（《吕大郎还金完骨肉》《怀私怨狠仆告主》《庄子休鼓盆成大道》），以及明代臧懋循编《元曲选》里的剧本《赵氏孤儿》。杜赫德把后者作为中国戏剧的样本推荐给欧洲读者，而如果没有它，戏剧就会缺项。

从个人文化准备来说，杜赫德具有相当的戏剧修养，这是他关注中国戏剧的前提。早年任教于耶稣会办的巴黎路易大帝高中时，杜赫德就曾经创作过两部学生戏剧上演。[2]因而，如果俯瞰一个民族的文学艺术，他一定会顾及到戏剧。从杜赫德为《赵氏孤儿》译本写的介绍文字来看，他早已从在华耶稣会士的信札材料里了解到了中国有戏剧，因而，一旦他见到中国戏剧的文本，一定是喜出望外，并会千方百计拿到手，将其收入《中华帝国全志》，以便完备其体例，也好让欧洲人了解中国文明这特殊的一面。事实上他也是这么做的。还须特别指出的是，后来根据《赵氏孤儿》改编了《中国孤儿》上演的伏尔泰，曾经就在杜赫德任教时的路易大王学校就读，学习史诗与悲剧等课程并参加演戏，还于12岁那年写了一个古希腊神话题材的悲剧《阿穆利乌斯和努弥托尔》（*Amulius et Numitor*）。[3]这其中的冥冥文化渊源值得重视与深究。

## 二、耶稣会和欧洲的中国戏剧期待

杜赫德重视戏剧的社会和环境背景则是欧洲和他所工作的耶稣会重视戏剧，这也是为何路易大帝高中开展戏剧活动的原因。耶稣会认为戏剧可以教化人心，把戏剧教育当做培养年轻人的重要方法[4]，而他们的学校里培养出许多

2 法国汉学家蓝莉（Isabelle Landry-Deron, 1952-）查阅资料指出，杜赫德早年任教于巴黎路易大王学校，其时伏尔泰正在此就读。杜赫德此期留下六篇简短的作品，包括在该校上演的两部短剧、几部未上演的歌剧、三首应景诗和一首自主教会颂诗，均以拉丁语写就。（Landry-Deron, *La preuve la Chine*, Paris: Éditions de l'EHESS, 2002, pp.50-51.）另外根据罗湉《18世纪法国戏剧中的中国形象研究》附录三"18世纪'中国剧'目录"（北京大学出版社2014年版，第285页），路易大王学校的前身耶稣会学校（Collège da la Compagnie de Jésus）1657年即上演了最早的"中国剧"《皈依的鞑靼人》（*Les Tartares Convertis*），也可见出该校对中国的兴趣。

3 伏尔泰少年时曾在巴黎耶稣会和路易大帝高中接受教育。参见戴金波《伏尔泰传》，沈阳：辽海出版社1998年版，第6页。

4 参见任继愈总主编《基督教史》，南京：江苏人民出版社2006年版，第57页。

法国戏剧的重要人物如莫里哀、狄德罗、伏尔泰、雨果等。事实上当时的欧洲视戏剧艺术为高雅文化，甚至用有无戏剧作为判定人类文明的标尺，就像西班牙耶稣会士阿科斯塔（Josédeacosta, 1539-1600）所做的那样，也像伏尔泰所说的那样。李声凤根据阿兰 · 米卢（Alain Mihou）的研究认为，阿科斯塔将属于欧洲之外的“新世界”的“野蛮人”分为三类。第一类人包括中国人、日本人，以及东印度的相当一部分人群。他们拥有法律、制度与令人赞叹的城市，尤其是，他们还懂得使用统一的文字。这些民族的文明程度实际上与欧洲人不相上下。第二类人包括南美洲的墨西哥人、秘鲁人等。他们的文明程度要低一个层次，还没有自己的文字，但已经有行政长官、城市、军事首领以及宗教信仰。而其余的民族属于第三类人，他们几乎不具备人的感情，与野兽更为类似，他们往往处于流浪状态，没有法律、契约，也没有国王和官员。[5]阿科斯塔还依据从其他耶稣会士那里得到的听闻对中国戏曲作了描述。中国有类似于欧洲的戏剧艺术，这与耶稣会士在世界上任何其他地方都未见到的情形恰恰相反，因而引起了他们的重视。这种认识，至少影响到耶稣会以下两种观念的积累和形成：一是把中国归为与欧洲一样的人类文明第一等级，二是以之作为肯定耶稣会远东传教价值的砝码来对抗欧洲其他天主教派的批评与否定之声。耶稣会对中国的立场一直受到一些保守教派如冉森教派的攻击，而其时正是欧洲关于中国的“礼仪之争”激烈之时，耶稣会必须捍卫自己，也就必须捍卫中国戏剧[6]。这种认识也最终导致了 18 世纪马若瑟神父翻译元杂剧剧本《赵氏孤儿》、杜赫德神父将其收入《中华帝国全志》介绍给欧洲这一极具深远内涵的历史事件。

果然，耶稣会的努力得到了回报。法国文豪和启蒙思想家伏尔泰不仅慧眼识才地将《赵氏孤儿》改编成了《中国孤儿》上演，并且在剧本献词里说：“只有中国人、希腊人、罗马人是古代具有真正社会精神的民族……彼得大帝刚一开化了俄罗斯、建成彼得堡，就建设了许多剧院。德意志越进步，我们看到它就越接受我们的戏剧。上世纪没有接受戏剧的少数国家都是被遗弃于文明国家之外的。”[7]耶稣会士对于中国有同欧洲一样的文明特征——拥有戏剧艺术的反复提示与示例，终于在伏尔泰这里得到了最高响应。对于法国世俗公众来说，出于伏尔泰之口的评价，远比传教士所述更加令人信服。

5 参见李声凤《中国戏曲在法国的翻译与接受》，北京大学出版社 2015 年版，第 17 页。
6 参见张明明《〈中华帝国全志〉研究》，北京：学苑出版社 2017 年版，第 31 页。
7 Voltaire, “Epitre”, *L'Orphelin de la Chine, tragédie*, Londre: Jean Nourse, 1756, p.vi.

当耶稣会士发现中国有着深厚的戏剧传统时，就急于将其介绍给欧洲。耶稣会士的这种想法，可以从马若瑟 1731 年 12 月 4 日致傅尔蒙的信中看出来。他说："我宁可受到指斥甚至抨击，也不能不让真正的欧洲学者了解中国古代不朽的文化遗产，只有他们才能判断它的价值。"[8]更可以从耶稣会士布吕玛（Pierre Brumoy, 1688-1741）1733 年 5 月 6 日致考蒙特（Caumont, 1688-1745）侯爵的信里看出来，他说："据阿科斯塔说，中国人从前有持续十到十二天的戏剧演出，表现的是他们君主的历史功绩。我听杜赫德神父说起过马若瑟神父寄来的信件，他完全没听说有关于戏剧的内容……如果中国有正规戏剧演出的话，估计杜赫德神父早就将相关内容纳入他的计划之中了。不过我还是想努力获取更多关于此类演出的情况，因为我坚信，在一个如此文雅的国度里，不可能只有泰斯庇斯那样奔跑于街头的闹剧演员……"[9]泰斯庇斯是传说中的古希腊悲剧作者和演员，意大利贺拉斯《诗艺》说他用大车演戏，演员们脸上涂着酒渣。[10]布吕玛对于文明中国有戏剧的坚信，以及他对于杜赫德如果知道中国有正规戏剧演出一定会搜罗其剧本刊布的坚信，反映的应该是当时许多耶稣会士的共识。果然，杜赫德很快就拿到了马若瑟的《赵氏孤儿》译本，三个月之后，布吕玛从杜赫德那里了解到了一些剧情和剧本组织结构[11]，因此当他 1749 年出版《古希腊戏剧》（*Théâtre des Grecs*）时，就在书里得出结论说："中国人没有向希腊人借鉴任何东西，人们却看到他们以自己的方式演出悲剧和喜剧。"[12]布吕玛之所以如此关心中国戏剧的情况，除了耶稣会与当时的欧洲急于了解中国的文明程度外，也与他个人的特殊兴趣有关。布吕玛本身就是一位古希腊戏剧学者，在他这本讲授古希腊戏剧的著作里，竟然依据阿科斯塔的说法，指认中国戏曲"都是中国古代哲人和英雄的著名故事，主题都关乎道德"[13]，从而将戏曲与古希腊戏剧并论了。布吕玛的《古希腊戏剧》一书曾不断再

8 Sorel Desflottes, *Tchao-chi-Cou-Eulh, ou l'Orphelin de la Maison de Tchao*, traduite par le R. P. de Prémare, a Peking, 1755, p.91.

9 "Lettres du P. Brumoy au Marquis de Caumont, lettre IV", *Etudes de theologie, dephilosophie et d histoire*, Paris: Charles Douniol, 1861, pp 442-443.

10 〔意〕贺拉斯《诗艺》，杨周翰译，北京：人民文学出版社 1962 年版，第 152 页。

11 参见布吕玛 1733 年 8 月 17 日致考蒙特侯爵的信（"Lettres du P. Brumoy au Marquis de Caumont, lettre V", *Etudes de theologie, de philosophie et d'histoire*, Paris: Julien Lanier Cosnard, Éditeurs, tome II, 1857, p.447.）

12 R. P. Brumoy, *Le Théâtre des Grecs*, Paris: Jean-Baptiste Coignard, 1749, Tome premier, p.53.

13 同上，p.54。

版并被征引，说明产生了较大影响，那么，他对中国戏曲的定位也会影响到欧洲读者。例如英国作家、诗人赫德（Richard Hurd, 1720-1808）于 1751 年发表《论中国戏剧》一文就引申了布吕玛的观点，甚至从中西戏剧比较中看出人类的戏剧创作存在“一般性原则”。

## 三、杜赫德对中国戏曲的认识

杜赫德收录《赵氏孤儿》并非只是搜集材料将其编辑入选这么简单，他对中国戏曲进行了一定的研究并得出了自己的看法。杜赫德的一个贡献是为马若瑟《赵氏孤儿》译本写了一个“告读者”，向欧洲介绍了他从马若瑟那里和其他地方了解到的中国戏曲，在马若瑟的有关信件未批露之前，这成为阅读《赵氏孤儿》译本的最好导读。尽管杜赫德没有到过中国，更没有看过戏曲演出，但他搜集的耶稣会士材料里有不少戏曲描述，这使他形成了整体印象，再调动他的戏剧修养，就完成了这篇文章。杜赫德“告读者”成为西方人发表的第一篇论述中国戏曲特性的文章，弥足珍贵，影响了欧洲一个时代的认识。

杜赫德在“告读者”里指出《赵氏孤儿》不符合欧洲戏剧的“三一律”原则，但他也为中国戏曲开脱，他说：“时间、地点和行动的三一律是没有的，也没有我们为使戏剧具有规律性而遵守的其它规则。我们的剧诗达到目前的完美状态也还不到一个世纪，众所周知我们的戏剧在古代也是粗俗不堪的。因此，如果我们的戏剧规则不适用于中国人，那一点也不奇怪，他们生活在一个与世界隔绝的地方。”[14]与欧洲观众一样习惯于 18 世纪古典主义剧本呈现方式和剧场演出方式的杜赫德，用其标准衡量中国戏曲的舞台呈现方式是很自然的。他甚至批评中国戏曲与古希腊悲剧家欧里庇德斯剧本里一样采用自报家门的方式，对之不以为然（所谓粗俗不堪）——但透示出他对欧里庇德斯剧本十分熟悉，这大约代表了当时欧洲一般知识者的戏剧修养水平。

在解释了中国戏曲不懂得“三一律”之后，杜赫德发挥马若瑟的说法道：“他们戏剧的主要目的是取悦他们的同胞，调动他们的激情，用对美德的热爱和对邪恶的厌恶来激励他们。只要在这方面取得了成功，对他们来说就足够了。而我也足以在这类作品中展示他们的品味，尽管它们与我们的作品没有太

14 Du Halde, *Description géographique, historique, chronologique, politique, et physique, de l'empire de la Chine, et de la Tartarie chinoise*, Paris: P. G. Le Mercier, 1735, tome 3, p.341.

大的不同。”[15]杜赫德抓住了中国戏曲娱乐民众与惩恶扬善的核心功能，就恰恰把握住了问题的实质，正常的文明社会总是有正向道德力量的。中国人用戏曲来教化民众，所谓“高台教化”，元代南戏家高明强调“不关风化体，纵好也徒然”，都是在说明戏曲的这个特点。杜赫德发现中国人对戏剧的鉴赏力与欧洲人相似，这一点使他很感兴趣，因为它透示了人类文明发展的相似性。赫德的一般性原则理论正是从这里引申出来的。

长期以来，令看到过戏曲演出的欧洲耶稣会士和旅行者困惑的是，中国戏曲很难按照悲剧和喜剧的标准归类。杜赫德引用马若瑟的说法进行了解释：“中国人并不区分悲剧和喜剧，之所以称这部戏为悲剧，只是因为它的悲剧事件。”[16]古希腊和古罗马将戏剧划分为悲剧与喜剧两大类别的做法与认识基础，在 18 世纪欧洲观众脑海里根深蒂固，人们首先通过悲剧还是喜剧的标目来接触一个剧目，然后再用悲剧或喜剧标准来裁定它的完成度。当然，《赵氏孤儿》并不完全符合欧洲的悲剧标准，它因而招致了欧洲理论界的批评。

下面的论述就是杜赫德对于戏曲的细致观察与精辟提炼了。他注意到了戏曲的歌唱特性，尽管马若瑟译本里没有提供，但他接受了马若瑟给傅尔蒙信里的说法，并且一定向有关传教士进行了了解。他说：“中国悲剧里穿插着歌曲，歌唱经常会被生活语言的台词打断。在我们看来，演员在对话中唱歌似乎很奇怪，但必须记住，对中国人来说，歌唱是为了表达灵魂的某种强烈情感，例如欢乐、悲伤、愤怒或绝望。例如，当一个人对恶人怀有愤慨时，他歌唱；当他激励自己去复仇时，他歌唱；当他准备自杀时，他歌唱。”[17]杜赫德准确把握住了戏曲歌唱因情动而起的原理，这一点难能可贵，为后来的西方汉学家理解戏曲张了目。

杜赫德说：“中国的悲剧分为几个部分，就像我们的分幕。第一部分叫楔子，相当于序幕。一幕叫一折，还可以根据人物的上下场，将其再分为若干场子。”[18]信息是马若瑟提供的，也是马若瑟译本给他留下的印象。事实上把元杂剧第一折前面的“楔子”理解为全剧的序幕，虽然有一定道理，但元杂剧的

15 同上。

16 Du Halde, *Description géographique, historique, chronologique, politique, et physique, de l'empire de la Chine, et de la Tartarie chinoise*, Paris: P. G. Le Mercier, 1735, tome 3, pp.341-342.

17 同上。

18 同上，p.343。

"楔子"并不只在开场时出现，经常也会插在各折中间，并不完全等同于序幕。但由马若瑟和杜赫德奠定的这个印象，成为很长时间里西方人的普遍认识，他们不断地重复"楔子"即序幕的见解，这个误解一直要等到20世纪的汉学家来解开了。而根据人物的上下场来分场的做法，则完全不适用于中国戏曲这种时空自由的舞台形式，过多的过场戏和过于频繁的人物上下场将使分场极其零碎。事实上马若瑟译本里的分场确实十分零碎，一共分了31场。

整体来说，杜赫德为欧洲读者提供了一些相当有用的戏曲知识，并加上他自己对戏曲的价值判断，其论述对初次接触中国戏曲的西方人起到了一定的启蒙作用。《中华帝国全志》因其影响力而风靡，被译为德文、俄文、三次转译为英文反复出版，马若瑟元杂剧《赵氏孤儿》译本和杜赫德的"告读者"因而进入欧洲多个语种被人们所广泛了解。后来《赵氏孤儿》一剧在欧洲出现了五种改编本，其中三种曾经上演，获得了最大的西方影响值。

## 四、关于杜赫德未经许可刊用马若瑟译本的是非评价

杜赫德将马若瑟译本《赵氏孤儿》收入《中华帝国全志》出版发行，未能直接征得马若瑟的允诺。其时马若瑟远在中国澳门，讯息难通。杜赫德因为一直在巴黎耶稣会总部负责编辑出版《耶稣会士书简集》，职责所在，习惯于将世界各地耶稣会士的作品拿来即用——当然，标出作者姓名。因此，当杜赫德编撰《中华帝国全志》摘选耶稣会士的作品时，也采取同样做法：整体标注了27位贡献者的名单，其中马若瑟的姓名赫然在目[19]。尽管一些作者对其擅自删改甚至弄错自己作品有意见，但没对发表持异议。对杜赫德出版《赵氏孤儿》持异议的不是马若瑟而是傅尔蒙。

傅尔蒙是法兰西学院东方学教授、法国皇家文库库员、国王译员，对中国文化感兴趣，正在着手编撰一部《汉语语法》。马若瑟偶然在《特雷武论丛》1722年6月号见到傅尔蒙研究汉语和象形文字论文的摘录，1725年12月1日

---

19 参见 Landry-Deron, *La preuve la Chine*, Paris: Éditions de l'EHESS, 2002, p.69。27位作者的姓名，被杜赫德集中列表放在了全书卷首的序言后面（Du Halde, *Description géographique, historique, chronologique, politique, et physique de l'Empire de la Chine et de la Tartarie chinoise*, Paris: P. G. Le Mercier, 1735, tome 3, pp.iix-ix），因此书中具体摘引文章处并无作者姓名，《赵氏孤儿》译本处同样。法国蓝莉教授猜测，杜赫德面对当时教会的"礼仪之争"风波，可能会为了保护作者而隐去其姓名（参见 Landry-Deron, *La preuve la Chine*, Paris: Éditions de l'EHESS, 2002, p.49.）。如果此说成立，那么杜赫德不在《赵氏孤儿》译本上署作者名，亦是为了同样目的。

写信和他讨论中国语言问题，得到了傅的回信，于是二人保持了通讯联系。此时马若瑟已经在中国停留三十多年，他希望在欧洲出版自己词典性质的著作《汉语札记》，这是他几十年的研究心血。但因为马若瑟属于索引派，罗马教皇和耶稣会上层视索引派为异端，禁止出版和发表其文字。马若瑟不得不设计迂回之路，因而希望得到傅尔蒙的援手。1724 年雍正皇帝禁教令发布后，马若瑟被流放到广州。1728 年马若瑟将《汉语札记》手稿带给傅尔蒙，请求他帮助出版，没有回音。马若瑟于是万里迢迢给傅尔蒙邮寄中国文献包括戏曲小说，1731 年底又将《赵氏孤儿》译本和一套《元曲选》带给傅尔蒙。此时马若瑟的身体状况已经不佳，充满了时不我待的紧迫感，他因此同时给傅尔蒙写了一封信，允诺用傅的名字发表《赵氏孤儿》译文，以换取傅对出版《汉语札记》的支持，并且悲观地提到“如果我还活着，你会得到我的消息，否则请祈祷上帝保佑我的灵魂安息”[20]。但是，傅尔蒙没有动作。1733 年马若瑟择机逃入澳门，三年后即在澳门去世。人们后来看到，傅尔蒙 1742 年出版了自己的《汉语语法》，而将马若瑟的《汉语札记》束之高阁。一直到 100 年后的 19 世纪初，汉学家雷慕沙（Abel Rémusat, 1788-1832）从法国皇家文库抄录出马若瑟的《汉语札记》手稿，1831 年才由马礼逊在马六甲的英华书院为之出版。傅尔蒙的《汉语语法》反响平平，马若瑟的《汉语札记》却受到了后世汉学家的高度赞誉，例如 20 世纪法国著名汉学家戴密微（PaulDemiéville, 1894-1979）称之为“19 世纪以前欧洲最完美的汉语语法书”[21]。

然而傅尔蒙看到《中华帝国全志》里刊用了《赵氏孤儿》译本后，由于自己手中持有马若瑟的委托信，对杜赫德未经自己许可感到愤怒。他在《汉语语法》序里指责杜赫德偷走了信和剧本，并节录马若瑟的信来自证权利。杜赫德看到后回复说这是诽谤，声明从来没有见到什么信，自己是从别处拿到的剧本。事情应该是这样的：马若瑟托付带材料的英国东印度公司商人杜维拉尔到法国后，在巴黎停留了几个月，杜赫德在他那里借到了马若瑟译本，使用后才派仆人送还给傅尔蒙。[22]但从杜赫德为《赵氏孤儿》译本所写“告读者”里复述了马若瑟信里的戏曲观点看，他确实见到了手稿外的信件。于是 30 年后，

20 Sorel Desflottes, *Tchao-chi-Cou-Eulh, ou l'Orphelin de la Maison de Tchao*, traduite par le R. P. de Prémare, a Peking, 1755, p.91.

21 Paul Demiéville, “Aperçu historique des études sinologiques en France”, *Choix d' études sinologiques* (1921-1970).

22 见杜赫德给傅尔蒙信。Sorel Desflottes, *Tchao-chi-Cou-Eulh, ou l'Orphelin de la Maison de Tchao*, traduite par le R. P. de Prémare, a Peking, 1755, p.viii.

德弗洛特 1755 年为马若瑟《赵氏孤儿》译本出版单行本，在序言里亦谴责杜赫德截停了马若瑟送给傅尔蒙的译稿，杜赫德从此背上恶名。

笔者想要强调的是，杜赫德并非是违背了马若瑟的意愿而非法出版他的成果，事实上如果马若瑟知晓成果能够出版，很可能持欢迎态度。傅尔蒙指责杜赫德，是因为他觉得自己是名正言顺的受托者，但傅尔蒙并没有为出版马若瑟作品出力。如果不是杜赫德出版了《赵氏孤儿》，马若瑟手稿很可能被傅尔蒙沉淀入历史，就像傅对待《汉语札记》一样。一些学者已经指出傅尔蒙《汉语语法》抄袭了马若瑟《汉语札记》，因此他想昧去马若瑟的成果。《赵氏孤儿》也会沦入相同命运，那么，这一开启中欧戏剧交流的盛举就会付诸东流。幸而杜赫德在马若瑟去世前一年出版了《中华帝国全志》，《赵氏孤儿》译本也就成为马若瑟生前刊行的唯一著作，当然他本人并没有见到，留下历史的遗憾。

# 伍、文化接受与变异:《中国孤儿》的意象转移

**内容提要:**

清雍正末,法国耶稣会士马若瑟从明人臧晋叔《元人百种曲》里挑选翻译的《赵氏孤儿》剧本手稿被送往欧洲,后由杜赫德收入《中华帝国全志》里出版,引起西方一片惊诧之声。《赵氏孤儿》所体现的舍身忘义和家族复仇精神受到赞扬,但其编剧手法遭到欧洲新古典主义派的抨击。鉴于其存在的种种"硬伤",欧洲戏剧家们纷纷出手对之进行加工改编,于是产生了包括法国文豪伏尔泰在内的多种改本《中国孤儿》。这些剧作家按照新古典主义的标准改造原剧,并依据各自理解与需求,从不同角度对其内容进行了调整或重塑,使其原始意象发生转移,构成了文化变异。探讨一下这种意象转移与文化变异的内涵,可以增进我们对18世纪欧洲"中国剧热"的理解和认识,并具体了解清代开始中国戏曲题材是如何融入欧洲戏剧与欧洲社会的。

**关键词:**《中国孤儿》 文化变异 意象转移

## 一、引子

清雍正九年末,西历1731年12月4日,受雍正禁教令影响被遣送到广州、后辗转至澳门、老病交加的法国耶稣会士马若瑟(Joseph de Prémare, 1666-1736)自觉来日无多,扶病给法兰西学院东方学教授傅尔蒙(Étienne Fourmont, 1683-1745)写了一封信,拜托他帮助出版自己花费了三十多年心血编写的中法字典《汉语札记》(*Notitia Linguae Sinicae*),同时把自己从明人臧晋叔编纂的《元人百种曲》里挑选出来翻译成法文的《赵氏孤儿》手稿作为赠礼送给他。就是马若瑟这个不经意的举动,开启了中国戏曲文本西进欧洲的最初路径。

雍正十三年的 1735 年，在法国耶稣会总部工作的杜赫德（Jean-Baptiste Du Halde, 1674-1743）搜集整理了 27 位在华耶稣会士提供的通讯资料，编撰并在巴黎出版了四卷本的《中华帝国全志》[1]，其中收录了马若瑟译本《赵氏孤儿》并加编者按。译本一经出版，立即引起欧洲的强烈反响。例如法国文豪伏尔泰（François-Marie Arouet，1694-1778，笔名 Voltaire）读了《赵氏孤儿》以后，曾充满激情地赞扬说："3000 多年来，中国一直在培养戏剧艺术，晚些时候希腊人才发明戏剧……《赵氏孤儿》是一部珍贵的经典，我们从中了解到的中国精神超过历来对这个庞大帝国所做的一切描述。"[2]此前通过传教士和探险家、旅游者的笔记描述，西方已经知晓作为东方神秘古国的中国，与欧洲一样有着体现人类最高文明象征的戏剧艺术，但一直停留在道听途说阶段，迄未见其真实文本。《赵氏孤儿》不仅把一部完整的戏剧样本呈现在面前，而且其内容蕴含了中国人的血亲观、家族观、复仇观、正义感、道德感、舍身取义精神，对于深入了解中国文化、中国性格有着极大的认识价值，因而一时之间成为万众瞩目之矢，对之议论、研究、评论、比较、剖析的著述连篇累牍。

18 世纪的欧洲戏剧尤其是法国戏剧，新古典主义美学正在蓬勃盛行。在西方文化学者对《赵氏孤儿》进行多方解读的同时，戏剧家们也开始了对它的专业审视。遭遇了这个来自异域的元杂剧剧本，欧洲人自然会用新古典主义标准为量器去衡量它的价值，于是抨击孤儿不该在一个小时之内从婴儿长大到复仇者有之，说其中演员自报家门太荒谬者有之，说中国戏曲奇怪地混合着说白和唱曲超出了现实可能性者有之，总之认为中国戏曲不如当时已经发展到一个历史标高的法国戏剧先进。即便如此，欧洲剧作家从中也看到了一个极富异国情调和外域色彩的悲剧素材，纷纷动心想按照新古典主义标准将其进行加工改造后搬上舞台，创作冲动源源而来，于是我们就看到了 18 世纪欧洲"中国剧热"中《赵氏孤儿》的系列欧洲改编剧及其戏仿剧。

有学者认为，首先对《赵氏孤儿》进行改编的是意大利戏剧家梅塔斯塔西奥（Pietro Metastasio）的《中国英雄》（*L'eroe cinese*, 1752）[3]，这是一个误解。

---

1 Du Halde, D*escription géographique, historique, chronologique, politique, et physique, de l'empire de la Chine, et de la Tartarie chinoise*, Paris: P. G. Le Mercier, 1735.

2 Voltaire, "Epitre", *L'Orphelin de la Chine*, tragédie, Hare: Jean Neaulme, 1756, p.iv.

3 早在 19 世纪西方学者就已经有这种说法了，例如布罗齐就持此观点（参见 Antonio PaglicciBrozzi, *Teatri e Spettacoli dei Popoli Orientali, Ebrei, Arabi, Persiani, Indiani, Cinesi, Giapponesi e Giavanesi*, Milano: Dumolard, 1887, p.164.）当代一些学者继续沿用了这种观点，如陈受颐《十八世纪欧洲文学里的〈赵氏孤儿〉》，《岭南学报》

事实上梅塔斯塔西奥本人在剧本开头的引言里即声明，其原型是西周召公救太子姬静的故事。[4]真正改编《赵氏孤儿》者，主要有英国戏剧家哈切特（William Hatchett, 1701-1760？）、法国文豪伏尔泰和英国戏剧家阿瑟·墨菲（Arthur Murphy, 1727-1805），三部改编剧均命名为《中国孤儿》，各自依据自身理解与需求，从不同角度对原题材进行了调整或重塑，因而其原始意象发生了转移。比较一下他们的不同取材角度和处理方法，可以增进我们对于欧洲“中国剧”的理解和认识，也可以看到一部中国戏曲剧本的题材是如何在清代开始融入欧洲戏剧与欧洲社会的。至于后出的对于《中国孤儿》（主要是针对名流伏尔泰《中国孤儿》）的戏仿剧，例如1756年3月19日意大利上演的《（戏仿中国孤儿的）小丑人》（*Les Margots, parodie de L'orphelin de la Chine*）、1777年5月1日巴黎上演的《中国孤儿，中国大使开场》（*L'orphelin de la Chine, l'Entrée de l'ambassadeur de la Chine*）、1788年巴黎上演的哑喜剧《中国孤儿》（*L'Orphelin de la Chine*）等，是对前者的讽喻与调笑，借其名声延伸舞台吸引力的把戏，我们不再涉及。[5]

## 二、哈切特的政治讽喻

英国戏剧家哈切特是第一位动念改编《赵氏孤儿》的，他的政治讽喻动机早经陈受颐指出。[6]事实上哈切特在《中国孤儿》剧本封面引用的英国冒险家、政治家和诗人雷利（Walter Raleigh, 1552-1618）的诗句就已经点明其动机：“哦，政治家是多么大的灾难！狂暴的旋风、危险的岩石、死亡的使者、噬人的火焰、摇撼的地震和漂浮的瘟疫，与他相比，你们都是仁慈和蔼的。”[7]哈切特的五幕剧《中国孤儿》确是一部切合当时英国政治环境的现实讽刺剧，讽刺对象是当

---

1929年第1卷第1期；法国戴密微教授1966年在京都大学人文科学研究所的演讲（Paul Demiéville, “Aperçu historique des études sinologiques en France”, *Choix d'études sinologiques (1921-1970)*, Leiden: E. J. Brill, 1973, p.446)；〔法〕艾田蒲（René ‘Etiemble, 1909-2002）《中国之欧洲》（L' Europe Chinois, tome II）第2卷第11章《伏尔泰的中国孤儿》，许钧、钱林森译，河南人民出版社1992年版，第147页；许明龙《欧洲十八世纪中国热》，外语教学与研究出版社2007年版，第105页。

4 Pietro Metastasio, *L'eroe cinese*, Vienna: Per il van Ghelen, 1752，pp.1-2.

5 读者可参看罗湉“《中国孤儿》的戏仿剧”一节，《18世纪法国戏剧中的中国形象研究》，北京大学出版社2014年版，第161-169页。

6 陈受颐《十八世纪欧洲文学里的〈赵氏孤儿〉》，《岭南学报》1929年第1卷第1期。

7 William Hatchett, *The Chinese Orphan: an Historical Tragedy, Alter'd from a Specimen of the Chinese Tragedy, in Du Halde's History of China, Intersper'd with Songs, After the Chinese Manner*, London: Charles Corbett, 1741.

时的内阁掌权者、英国辉格党（Whig Party）魁首、被普遍认为是英国历史上第一位首相的沃波尔（Robert Walpole, 1676-1745）。沃波尔主政时，英国与西班牙的海外贸易摩擦加剧，反对党主张对西班牙采取强硬措施，但沃波尔却在 1739 年 1 月 14 日与西班牙签订了温和的帕多条约（Convention of Pardo），这遭致了对他大量的弹劾。条约在几个月内变得毫无约束力，最终英国和西班牙于 1739 年 10 月 23 日爆发了詹金斯之耳战争（the War of Jenkins' Ear）。在这种背景下，讽刺沃波尔的文章和文学作品纷纷出笼，这就使得哈切特的《中国孤儿》里充满了政治性的意指，而他之所以利用戏剧而不是其他宣传样式，是因为他恰好是一位戏剧家。（图二十五）

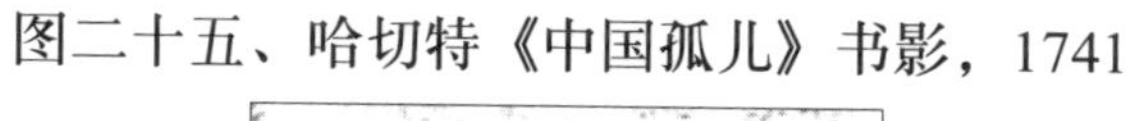
图二十五、哈切特《中国孤儿》书影，1741

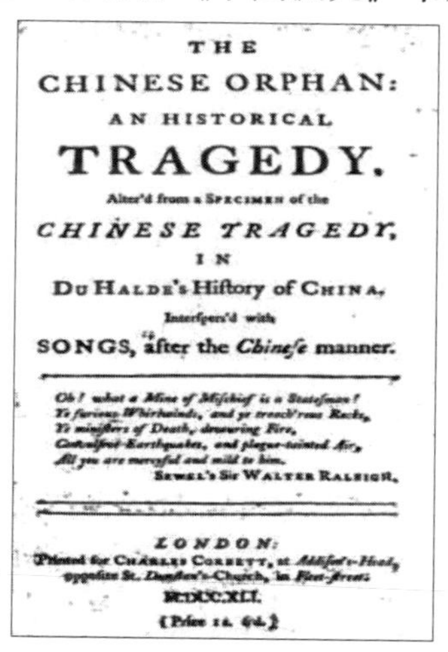
THE
CHINESE ORPHAN:
AN HISTORICAL
TRAGEDY.
Alter'd from a SPECIMEN of the
*CHINESE TRAGEDY,*
IN
DU HALDE's History of CHINA.
Interspers'd with
SONGS, after the *Chinese* manner.

*Oh! what a Mine of Mischief is a Statesman!*
*Ye furious Whirlwinds, and ye treach'rous Rocks,*
*Ye ministers of Death, devouring Fire,*
*Convulsive Earthquakes, and plague-tainted Air,*
*All you are merciful and mild to him.*
SEWEL's Sir WALTER RALEIGH.

*LONDON:*
Printed for CHARLES CORBETT, at *Addison's-Head,*
opposite St. *Dunstan's-Church,* in *Fleet-street.*
MDCCXLI.
(Price 1s. 6d.)

哈切特把他的剧本献给了与沃波尔政见相左的阿盖尔公爵（Duke of Argyle）[8]。1740 年，阿盖尔公爵因反对沃波尔政府而被剥夺了军械署署长和皇家骑兵队上校的职位，虽然 1741 年 2 月国王接见了他并恢复了他的职位，但他因对政府失望很快又辞去了所有职务。[9]在 1741 年出版的《中国孤儿》剧本扉页上有哈切特给阿盖尔公爵的献词，时间的吻合使我们体察到哈切特对公爵的政治支持。从这段献词中，我们首先可以触及哈切特对中国戏剧的态度。他把《赵氏孤儿》形容为“一位陌生的缪斯女神”、“是世界上一个非常遥

8 从时间上来看，这位阿盖尔公爵应该是第二代坎贝尔（John Campbell, 1678-1743），是一位曾参加西班牙王位继承战争的苏格兰贵族和英国高级指挥官。

9 参见 Philip Chesney Yorke, Hugh Chisholm, Argyll, “Earls and Dukes of s. v. John Campbell, 2nd duke of Argyll and duke of Greenwich”, *Encyclopædia Britannica* Cambridge University Press, 1911, 11th ed, vol. 2, p.485.

远地区的居民”，显现了对中国戏剧的尊重。他强调来自异国的东西若能带来益处或娱乐，就应受到鼓励，而中国制造业长期在为英国提供支持，这里他将为英国同胞引进中国文艺——哈切特乐于做一个中国文化引渡者的态度是十分明显的。哈切特认为，以政府管理闻名的聪慧的中国人，在《赵氏孤儿》里体现了政治性，虽然剧本还显得粗糙和不完善——这是他进行改编的理由，但它的“自然之笔与欧洲最有名的戏剧相比也毫不逊色”，尤其是它塑造的像魔鬼一样的首相形象，达到了令人发指的地步，可以警醒“诚实的人被他欺骗”。这里，哈切特直接向阿盖尔公爵点明了《中国孤儿》讽刺首相的锋芒所向。[10]

为了适应其政治目的，也为了适应英国人的观念，哈切特在沿袭《赵氏孤儿》主要情节的基础上，改动了故事结局，把最终孤儿长大成人后的亲自复仇，改为国王很快知道了事情真相，首相因罪行暴露而倒台。与之相适应，哈切特增加了首相与国王斗争的一条线：首相想下毒谋害国王，许多大臣也不断向国王指出首相对国家的恶意，但因没有证据，国王并不相信。后来首相向国王报告本国与鞑靼的战事时，国王认为战争的进程不对，怀疑有人背叛，最终了解了事情真相，首相服罪。战争背景的设置明显影射了英国与西班牙的詹金斯耳朵之战，显然哈切特在暗讽战争中沃波尔做了不利本国的事。这样，一个赵氏家族向蒙蔽国王的擅权贰臣复仇的故事，就被改造成了一个首相作恶多端侵害忠良，甚至想谋害国王并篡位，最终失败的故事，完全照应到了讥讽与嘲弄沃波尔的现实政治。剧作对人物的最大调整是删除了孤儿这个主角，孤儿自始至终都没有上场，成为一个影子人物，而且也只是一个婴孩。另外第一幕开场便用台词交代了首相沙寇勾结大祭司施巫术用神犬害死欧罗彭将军和他全家三百人的前情，这样就缩短了戏剧的覆盖时间，使之靠向流行的“三一律”原则。不能不说，仅从剧本处理看，哈切特实现了他最初的构想和追求。

哈切特把原剧里的人物名称全部改过，换成当时欧洲人知道的一些中国人名以及其他不知所出的名字，我们从剧本前面的戏剧角色表（dramatis personae）可以看出这些改动，例如晋王乔汉提（Kiohamti）、首相沙寇（Siako）、祭司长邦兹（Bonze）、将军欧罗彭（Olopoen）和他的儿子加牟（Kiamou）、重臣万苏（Vansou）、侍卫长苏桑（Sosan）、医生纪方（Kifang）和他的妻子莱萍（Lyping）及朋友吴三桂（Ousanguee）、退休大臣老子（Laotse）、孤儿康熙

10 William Hatchett, *The Chinese Orphan: an Historical Tragedy, Alter'd from a Specimen of the Chinese Tragedy, in Du Halde's History of China, Intersper'd with Songs, After the Chinese Manner*, London: Charles Corbett, 1741, pp.v-vii.

（Camhy，未出场）、公主阿玛万丝（Amavansi）等。很明显，沙寇是屠岸贾，欧罗彭是赵盾，加牟是赵朔、苏桑是韩厥，纪方是程婴，老子是公孙杵臼，另外增添了晋王、大祭司、万苏、吴三桂和莱萍等人物。[11]中国戏曲剧本向来没有戏剧角色表，人物信息观众都通过角色的自报家门从宾白、上场诗和曲词中获取，马若瑟译本也沿袭了纪君祥《赵氏孤儿》这一点。但古希腊戏剧、大多数古典主义戏剧都使用戏剧角色表，并且按一定顺序排列：神在上民众在下，男性角色在上女性角色在下。哈切特的《中国孤儿》同样如此。

从角色的名称设置可以看到当时欧洲“中国剧”的一般情况：总是拉扯来一些已知的中国人姓名随意安在角色头上，一来好增加剧作的历史感和真实感，二来也用以冲淡其他不像中国人的虚拟姓名发音。哈切特剧里就胡乱套用了三个中国历史人物的名字：吴三桂、老子和康熙。老子的名字早经传教士传到欧洲，1658 年卫匡国的拉丁文著作《中国上古史》（*Sinicae historiae decas prima*）中摘译了老子的《道德经》，17 世纪末比利时传教士卫方济（François Noël, 1651-1729）又用拉丁文翻译了《道德经》。至于吴三桂和康熙的名称都见于卫匡国《鞑靼战纪》、帕莱福《鞑靼征服中国史》，为关心的西方人所熟悉。因此，哈切特《中国孤儿》同样犯了名称乱用的时髦病，表明他对中国的一知半解，但却反衬出当时英国民众对中国的普遍认知程度。

哈切特特意在《中国孤儿》中加入了一些唱词，这种做法可能受到当时英国舞台变化的鼓励，也和他自身长处有关，同时也可能受到杜赫德《中华帝国全志》里《赵氏孤儿》编者按介绍戏曲有歌唱的影响。自 1600 年以来，音乐的表现力在意大利舞台上得到了极大的发展，随着歌唱技巧及其精细度的提

11 曾有学者将哈切特《中国孤儿》里的首相名“Siako”翻译为“萧何”、侍卫长名“Sosan”翻译为“苏三”，这脱离了中国历史知识西传史的阶段性。首先，西汉历史人物萧何当时还不为欧洲人所知。在哈切特《中国孤儿》1741 年出版之前，欧洲人能够见到的中国历史书籍仅有安文思《中国新志》（A New History of China, 1688）、曾德昭《大中国志》（*The History of That Great and Renowned Monarchy of China*, 1655）、卫匡国《中国上古史》（*Sinicae historiae decas prima*, 1658）、李明《中华帝国全史》（*A Compleat History of the Empire of China*, 1739）和杜赫德《中华帝国全志》，其中均没有萧何事迹以及“Siako”这个名字，因此哈切特不可能知道“萧何”并使用它。其次，“苏三”这个经典女性人物出自明代小说家冯梦龙《警世通言》中的《玉堂春落难逢夫》，而在 1741 年之前，欧洲能看到的《警世通言》内容，仅有《中华帝国全志》中收录的法国传教士殷弘绪翻译的《庄子休鼓盆成大道》《吕大郎还金完骨肉》两个故事（均译自抱瓮老人编撰的《今古奇观》），哈切特没有途径得知“苏三”这个名字。

高以及添加更多的乐器进行演奏，普通表演越来越不受欢迎，而受宠的意大利歌剧逐渐浸染到了英国。英国恰遇王政复辟（restoration, 1660），恢复了从 1642 年起关闭了 18 年的剧院，莎士比亚和其他伊丽莎白时代的戏剧作品被重新搬上舞台，并大量增加了音乐和舞蹈表演，音乐戏剧兴盛一时。英国公众不希望在舞台上只看到朗诵式的对话，当时的桂冠诗人德莱顿（John Dryden, 1631-1799）因而主张由幻想的或疯狂的人物来演唱歌曲，因为由他们在舞台上唱歌会比普通人更加自然，德莱顿的观点被广泛接受。[12]在《中国孤儿》之前，哈切特就从事过歌剧创作，例如他和海伍德共同写出了歌剧《歌剧的歌剧，或大拇指汤姆》（*The Opera of Operas; or, Tom Thumb the Great*, 1733）的歌词，由兰佩（John Frederick Lampe, 1703-1751）谱曲。[13]因此，无论哈切特是仅仅由于英国舞台习惯以及自身专长而为此剧加入了唱词，还是从《中华帝国全志》得到了添加唱词的灵感，都让《中国孤儿》这部剧本从形式上更贴近了中国戏曲。

哈切特的《中国孤儿》并没有上演，但至少这个《赵氏孤儿》最早改编本有幸作为政治工具得到了出版，会有不少英国读者读到它，也让我们今天得以看到它的面貌，从而见到了“他者”的最初构设及其偏离曲线，未始不是一种历史的幸运。

## 三、伏尔泰的文明征服

《中国孤儿》是伏尔泰 1751 至 1753 年间在普鲁士腓特烈二世的波茨坦王宫里写出的，此时他正在撰写《风俗论》的世界史，当写到欧洲天主教与中国的礼仪之争时，他广泛研读了普王图书馆里丰富的东方藏书，因而对于中国的历史、政体、宗教、文化和风俗有着较多的了解，感受到了隐藏其中的儒家伦理与中国精神。[14]伏尔泰认为元杂剧《赵氏孤儿》体现了他所极力推崇的孔儒道德观，尤其是体现了他的“野蛮民族总是被更高的精神文明所征服”[15]的理念，可以以之回复他的政论宿敌卢梭关于抵御不了异族征服的中华文明不值得赞赏的观点。（图二十六）

---

12 参见 Henry Davey, *History of English Music*, London: J. Curwen, 1921, pp.293-294.

13 Margaret Ross Griffel, *Operas in English: A Dictionary*, Maryland: Scarecrow Press, 2012, p.357.

14 参见孟华《〈中国孤儿〉批评之批评》，《天津师大学报》1990 年第 5 期。

15 Voltaire, “Epitre”, *L'Orphelin de la Chine*, tragédie, Hare: Jean Neaulme, 1756, p.iv.

图二十六、伏尔泰画像，尼古拉·德·拉吉利耶（Nicolas de Largillierre, 1656-1746）绘，1724 或 1725，凡尔赛宫（Château de Versailles）藏

伏尔泰带着激情对《赵氏孤儿》进行了改编写作。他把故事背景移植到了蒙元，这一方面由于欧洲人对于当年蒙古铁蹄踏进欧洲记忆犹新，另一方面也是由于中国被“野蛮民族”两次统治的例证引起了欧洲思想家的思考。更重要的，是伏尔泰在《中国孤儿》里给黎塞留公爵的献辞中所说的：“这个中国剧本作于 14 世纪，就是在成吉思汗朝：这又是一个新的证据，证明鞑靼的胜利者不改变战败民族的风俗，他们保护着在中国建立起来的一切艺术，他们接受着它的一切法规。这是一个伟大的实例，说明理性与天才对盲目、野蛮的暴力所具有的优越性。而且鞑靼已经两次提供这个例证了，因为，当他们 13 世纪初又征服了这个庞大帝国的时候，他们再度降服于战败者的文德之下，两国人民只构成了一个民族，由世界上最古的法制治理着。这个引人注目的大事就是我的作品的最初目标。”[16]这种支撑着文明两次实现反征服的道德和精神，是伏尔泰渴望在《中国孤儿》里表现的，他在 1755 年 9 月 12 日给达让塔尔伯爵（D'Argental）的信中称其为“孔子道德五幕剧”[17]。

如果我们认真品读一下伏尔泰 1755 年 9 月 17 日又写给达让塔尔伯爵的另一封信，就可以更清晰地了解他的创作动机。伏尔泰说：“这是一个驯服偏

16 伏尔泰献词，范希衡译，钱林森编《法国汉学家论中国文学——古典戏剧和小说》，外语教学与研究出版社 2007 年版，第 4 页。

17 Voltaire, *Œuvres complètes de Voltaire*, Paris: Imprimerie A. Quantin et, 1800, tom38, p.465.

见精神的机会，这种偏见仍然使我们的戏剧艺术缺少力量。我们的戏剧艺术太无力了。我应该用更多的特征来描绘鞑靼人的自负野蛮和中国人的道德观。场景必须是在孔子的房间里，赞提必须是这位秩序制定者的后裔，他必须像孔子本人那样说话。一切都是新的和大胆的，没有什么必须受到这些法国礼仪，以及那些无知和愚蠢到把北京想成巴黎的狭隘的人的影响。我希望让这个国家或许能习惯于看到别人比它自己的道德更强大而不感到惊讶。"[18]伏尔泰在信中提到了对法国时下道德与戏剧状况的不满，提到偏见造成了法国戏剧的精神羸弱，因而他希望抬出中国的思想家孔子、抬出中国人的道德观、抬出"比自己更强大的道德"来，克服"法国礼仪"中的偏见。由此可见伏尔泰对法国传统的批判精神是强烈的。

和哈切特不同，伏尔泰的剧本没有沿袭《赵氏孤儿》的路径，除了王子以假代真的基本母题以外，基本上是重新创作的。但真假王子的母题也同样被意大利梅塔斯塔西奥 1752 年的《中国英雄》使用，而从伏尔泰剧中成吉思汗爱慕中国王府千金伊达美（Idamé）的人物关系设置，我们也看到英国剧作家赛吐尔（Elkanah Settle, 1648-1724）1670 年的《鞑靼征服中国》（*The Conquest of China by the Tartars*）里顺治追慕明朝巾帼的影子。事实上伏尔泰没能从当时欧洲历史剧的英雄加爱情套路里摆脱出来，于是蒙古对中原的铁血征战就被赋予了柔情主题：成吉思汗遇见了敌对阵营中自己多年前爱慕的伊达美，虽然她已经是中国大臣赞提（Zamti）的妻子，仍然对之一往情深，希望能够以释放王子、赞提和伊达美的儿子为代价，换得她的投怀送抱。伊达美虽然也爱着他，但出于民族大义和道德坚守，宁愿与丈夫一起赴死。最终成吉思汗受到这种舍身守义情怀的感召，不但赦免了二人，还让他们抚养遗孤。伊达美问："谁让您改变了主意？"成吉思汗回答："你们的美德。"[19]这样，一位世界史上残暴蛮横的盖世雄主，就变成了一个欧洲中世纪的多情骑士，不但爱情专一而无可替代，而且心中满溢着文明道德和生死大义。面对令人景仰的中华传统、制度和秩序，成吉思汗竟说出了这样的话："我该怎么说？如果仔细观察这个被侵占的国家，我还是很佩服她。我看到她创造了宇宙，我看到一个古老、勤劳、人口众多的民族，他们的国王都智勇双全，他们的邻邦也都实行其法律制度，和平治理而不依仗攻伐，用道德统治天下。"[20]一代豪雄于是幡然悟过，抛弃

18 同上，p.467。
19 Voltaire, *L'Orphelin de la Chine*, tragédie, Hare: Jean Neaulme, 1756, p.54.
20 同上，p.35。

野蛮转身踏入文明。本着理性与爱的原则，伏尔泰也摒弃了原剧中非人道而残忍血腥的复仇情结，将主题改换为被征服文明的反征服：道德最终战胜了野蛮，人类于是高歌前进。（图二十七）

图二十七、伏尔泰《中国孤儿》书影，1756

L'ORPHELIN
DE
LA CHINE,
TRAGÉDIE.
Par Mr. AROUET DE VOLTAIRE;
Représentée pour la première fois à Paris, le 20. Août 1755.
Revue, corrigée & augmentée par l'Auteur.

A LA HAYE,
Chez JEAN NEAULME,
M. DCC. LVI.

当然，伏尔泰认为《赵氏孤儿》还有许多缺点。他说："这部中国戏剧并没有其他的美：时间和剧情的统一、情感的发挥、风俗的描绘、雄辩、理性、热情，这一切都没有。"[21]伏尔泰甚至出于新古典主义戏剧昌盛时期法国人的骄傲心理，反问为何曾经如此进步的中国人今天落在了欧洲后面。他说："中国人在14世纪，并且在长久以前，就会写出比一切欧洲人都更好的诗剧，怎么他们就一直停留在艺术的这种粗劣的幼稚阶段，而我们民族则由于肯钻研，肯下工夫，竟产生了一打左右虽不能算完美，却超过全世界所曾产生的一切戏剧的剧本呢？中国人和其他的亚洲人一样，对于诗、雄辩、物理、天文、绘画，都早在我们之前就已经知道了，但是一直停滞在基本知识上面，他们有能力在各方面都比别的民族开始得早些，但是到后来没有任何进步。他们就像埃及人，先做希腊人的老师，后来连做希腊人的徒弟都不够了。"[22]此时的法国新古典主义戏剧，连莎士比亚戏剧和维加戏剧都要说三道四，对之不符合"规则"进行猛烈抨击，那么，远在地球另外一角根本不知道这些"规则"的中国戏曲，自然只是停留在艺术的粗劣幼稚阶段了。虽然中国人曾经"写出比一切欧洲人

21 伏尔泰《中国孤儿》献词，范希衡译，钱林森编《法国汉学家论中国文学——古典戏剧和小说》，外语教学与研究出版社2007年版，第6页。

22 同上。

都更好的诗剧”，但在法国“一打左右”“超过全世界所曾产生的一切戏剧的剧本”（当然包括伏尔泰本人的作品）面前，中国人连做徒弟的资格都不够了。于是，伏尔泰重写《中国孤儿》，自然要去除中国戏曲的“败笔”，在结构上也就自然龟伏在了“三一律”的裙角之下：时间缩短至一天之内，地点也统一在了北京的殿堂里。

伏尔泰的《中国孤儿》受到了社会各界的广泛赞誉，媒体报道和评论连篇累牍，今天已有众多的研究论著涉及，这里不再复述。伏尔泰《中国孤儿》剧情设计的突兀性与矫情，马上就引起了英国年轻剧作家阿瑟·墨菲的不满。阿瑟·墨菲在 1759 年 4 月 30 日写给伏尔泰的一封信中指出，成吉思汗为爱达美而放弃其政治追求与军事目的，转折得太轻松容易了，“就像一个用尽了力气的划船者突然松懈下来一样，我看到，或者说我想象到，他一下子就放弃了。激情的澎湃结束了，兴趣消退了，成吉思汗谈起了政治。一位温柔的母亲，带着全部强烈的自然冲动扑向她的孩子，却被用冷静平淡的叙述来表现。爱情之神必须有它的位置，整个民族的粗暴征服者必须立即变成‘骑士成吉思汗’，就像在巴黎的香榭丽舍街上叹息的失恋者一样。”[23]阿瑟·墨菲强烈指责爱情骑士的处理损害了历史人物及其舞台形象，并认为剧作没能触及伊达美真实的母亲之心。阿瑟·墨菲说：“成吉思汗在压垮整个国家、篡夺王位、屠杀王室成员（除了他正在寻找的一个婴儿外）的那一刻，在我看来就像是一场毁灭性瘟疫中多情的俄狄浦斯，‘我不知道他的站位。’”[24]古希腊神话中俄狄浦斯王不知道国家的灾难是由于自己杀父妻母造成，还在多情地寻找真凶，阿瑟·墨菲以之与罪魁祸首成吉思汗的爱情相比。阿瑟·墨菲最难忍受的是剧中成吉思汗对非皇室身份的伊达美的“哀求”，认为这种处理既不符合其人物身份尤其是其强大的政治和权力背景，也不符合英雄悲剧往往借政治结盟来提升地位的套路，是一处明显的败笔。他毫不客气地批评道：“这是一个北方征服者的语言，他在哀求一个官吏的妻子——她根本没有反抗能力，与王室也没有关系，不能通过异族通婚来加强他在王室的利益。但是，你曾告诉我们，爱情要么在悲剧中是强力支配者，要么根本不出现，而不适合用做次要成分……用这种插曲式的爱情来填补一场悲剧的漫长过程，肯定是导致你犯下这种错误的动机。我冒昧地称之为错误，因为我发现它是许多现代作家的老套和无效

23 Arthur Murphy, *The Orphan of China*, London: British Library, Starnd, 1797, pp.vii-viii.
24 同上，p.viii。

的策略。”[25]年轻的阿瑟·墨菲勇敢地批评戏剧大师伏尔泰陷入了为英雄悲剧添加爱情陈醋的老套。

当然，阿瑟·墨菲的评价过于极端。法国比较文学家小安培1838年在《中国戏剧》一文里的说法，应该说较为准确地概括了伏尔泰《中国孤儿》的贡献：“伏尔泰是第一个通过借鉴普雷马雷神父未完全翻译并由杜赫德神父出版的一部戏剧的主题或孤儿的想法来宣传中国戏剧存在的人……伏尔泰只借用了中国戏剧中父亲牺牲孩子履行职责的想法。此外，他还试图扩大他的主题框架，将中华文明和鞑靼的野蛮放在首位，描绘了被臣民道德所征服的旧帝国的野蛮征服者。”[26]小安培认识到伏尔泰改本仅仅袭用了原剧的孤儿内核，而把复仇主旨改换为文明征服。他也指出了其缺点：“他让可怕的鞑靼大汗对一个美丽的中国女人产生了美丽的激情，而她的感情并不比她的名字更中国化。这些形成了一部充满华丽诗句、伟大思想和高尚感情的悲剧，但对观众来说它还是太中国化了，他们只能平淡地品尝。”[27]小安培一方面认为伊达美这位“美丽的中国女人”的形象不够中国化，讥讽伏尔泰赋予“可怕的鞑靼大汗”以“美丽的激情”，一方面又指出伏尔泰所宣扬的中国道德理念使得剧作过于脱离欧洲观念基础，激不起人们的观赏热情，这是切中其弊的。由此小安培得出结论：“伏尔泰在他的时代和国家的感情与思想方面做得很好，只是也许没有必要去这么远的地方为他们买一套并不合身的中装。但在这里他又值得称赞，因为他想扩大我们帝国的舞台空间。”[28]动机是好的，衣服不够合身，不知伏尔泰是否首肯这种评价。

## 四、阿瑟·墨菲的民族情怀

阿瑟·墨菲是一位正在伦敦努力奋斗而野心勃勃的年轻剧作家，已经写了《学徒》（*The Apprentice*, 1756）、《装潢师》（*the Upholsterer*, 1758）两个剧本，《学徒》在特鲁里街剧院上演并且反响很好。（图二十八）当他读到马若瑟的译本《赵氏孤儿》，又受到英国诗人赫德评论的启发，于是动念对之进行改编。又听说伏尔泰的改编本《中国孤儿》上演了，急忙找来剧本阅读，读后不满意

25 同上，p.ix。

26 Jean-Jacques Ampère, “Du théâtre chinois”, *Revue des Deux mondes*, 1838, quatrième série, tome xv, pp.737, 749.

27 同上，p.750。

28 同上，pp.750-751。

伏尔泰的处理,便按照自己的想法重新改编,并给这位名人写了一封长信谈自己的看法[29](伏尔泰给他回了一倍长的信)[30]。但是,阿瑟·墨菲是在伏尔泰改本基础上的改编,袭用了其蒙古灭宋背景和主要人物成吉思汗(改用铁木真原名),而不是依据原著,尽管他的情节处理与伏尔泰不同而又靠向了原著。阿瑟·墨菲自己也公开承认自己的《中国孤儿》是改编自伏尔泰,他在给伏尔泰信中说:"当我试图在一个显示了你卓越才能的主题上写作悲剧,冒险在尤利西斯之弓上试探我的力量时,我认为自己在某种程度上要对伏尔泰先生负责,因为我偏离了他的设计,用我自己的一个新寓言来代替。"[31]当然,在信中的另一处他又强调自己:"不仅从你那里移植,还从古代的许多作家那里移植。"[32]自诩是吸收了众多优秀作品的影响和技巧。

图二十八、墨菲画像,丹斯—霍兰德(Nathaniel Dance-Holland, ?-1811)绘,1810,英国国家肖像艺术馆(National Portrait Gallery)藏

阿瑟·墨菲按照自己的想法,使情节主旨从伏尔泰的道德征服又回到了孤儿复仇。与《赵氏孤儿》不同的是,他把戏剧的开场时间后移了20年,让成吉思汗追杀皇子的行动针对的是已经20岁的成人,而完全不同于伏尔泰的孤儿一直停留在幼儿时期。阿瑟·墨菲对伏尔泰清晰谈出了他的见解:"在我看

29 Arthur Murphy, *The Orphan of China*, London: British Library, Starnd, 1797, pp.v-xv.

30 *A Letter from Mons. de Voltaire to the author of Orphan of China*, London: I. Pottinger, 1759.

31 Arthur Murphy, *The Orphan of China*, London: British Library, Starnd, 1797, p.vi.

32 同上,p.xii。

来，《中国的法国孤儿》的结构中缺乏有趣的内容，我想这是你的剧作早期的一个主要缺陷。在我看来，你几乎是以‘从一而终’的方式开始，让孤儿和大官的儿子在摇篮里孕育，这就使你失去了两个人物，而这两个人物是可以以一种和蔼可亲的方式产生的，从而吸引观众的感情投入，不仅是为了他们自己，而且也是为了那些与他们有某种关联的人。”[33]阿瑟·墨菲因而有意让20岁的真假皇子一起登场，都向准备杀戮的成吉思汗坚称自己是真正的皇子，抢先赴死。最终皇子亲手杀死了暴君，为家族复了仇，改变了伏尔泰改本里孤儿只是一个诱因而对戏剧进展毫无作为的处理。与其他改编本相比，阿瑟·墨菲的《中国孤儿》是最接近原著的，但它造成了剧中时间跨度达20年。不过受莎士比亚深刻影响的英国人，向来不那么尊重法国人极其强调的“三一律”，经常还会为法国批评家以此攻讦莎士比亚而气愤并反击，因而阿瑟·墨菲《中国孤儿》的上演获得了观众的赞赏。甚至连厌恶东方热潮的哥尔斯密（Oliver Goldsmith, 1730-1774）都在1759年5月的《批评性评论》杂志上发文说：“在第一次上演该剧的晚上，所有的观众都似乎感到满意、高度满意，而且也是理由充分的满意……强烈的感情、光彩夺目的背景和巧妙的导演都成了那欢乐的根本原因。”[34]（图二十九）

图二十九、墨菲《中国孤儿》书影，1797

THE

ORPHAN OF CHINA.

A

TRAGEDY.

By ARTHUR MURPHY, Esq.

AS PERFORMED AT THE

THEATRE-ROYAL, DRURY-LANE.

LONDON:

PRINTED FOR, AND UNDER THE DIRECTION OF,

GEORGE CAWTHORN, BRITISH LIBRARY, STRAND.

1797.

阿瑟·墨菲改写此剧的深层动机，还是与英国的政治环境和民族情绪有关。其时正直英法七年战争（1756-1763）期间，英国民众的民族情绪鼎沸，而

33 同上，p.x。

34 转引自〔法〕安田朴《中国文化西传欧洲史》，耿昇译，北京：商务印书馆2000年版，第636页。

攻击法国的一切。当时的英王乔治二世风烛残年，王子弗雷德刚刚逝去，内阁政见不同、党争激烈、互相攻讦。阿瑟·墨菲希望能够从中国的道德准则里提炼出民族精神，赞颂阁臣的舍身守义与忠君爱国，用以鼓舞人心，实现对君主的强力支持。阿瑟·墨菲于1797年出版剧本时，在前面用桂冠诗人怀特海德（William Whitehead, 1715-1785）[35]的诗作为序言，透示出此剧的主旨和他的用心。诗中说:“希腊和罗马已经够了 / 这两家旧店不再吸引人……今晚的诗人展开鹰翅 / 为新的美德飞向光明之本 / 从中国载来孔子的道德 / 使不列颠人耳目一新……热爱君主事业的爱国者 / 变化的手法将任务校准……王位得以维持 / 正义与慈悲并存 / 在他的人民心中 / 我们的君主至尊。”[36]更重要的是，阿瑟·墨菲似乎从伏尔泰的《中国孤儿》里找到了被法国人尤其是伏尔泰视之为野蛮、落后的英国戏剧的反抗点，借以向伏尔泰乃至法国表达出英国人的强烈民族抗争意识。他在致伏尔泰的信里说:“先生，一位英国作家给你的信会让人觉得是在与敌人通信，这不仅是因为两国目前正处于一场艰难而重要的战争之中，而且还因为在你最近的许多著作中，你似乎决心与英国民族生活在敌对状态中。每当我们面对你时，我们是凶神恶煞，我们是岛民，我们是受你们国家教育恩惠的，我们在优雅品味方面落后于其他国家，使我们失去绘画和音乐天才的同样原因也使我们失去了真正的悲剧精神，总之野蛮仍然在我们中间横行。”[37]

但是，作为一个“默默无闻的岛民”[38]，阿瑟·墨菲大胆向文明的、大陆的、施惠于英国的、有着优雅品味和真正悲剧精神的伏尔泰发起了挑战，指出:尽管伏尔泰的“前卫作品中把英国诗人当作喝醉的野蛮人”[39]，尽管伏尔泰“特别满意地挑出了自荷马时代以来最伟大的天才的缺点”[40]，但蔑视莎士比亚的人却也是莎士比亚的模仿者（指伏尔泰）。阿瑟·墨菲勇敢地指出了伏尔泰剧作中的一系列错误处理与不合宜处，还骄傲地宣称自己的《中国孤儿》受到了自己民族的支持:“我们是一个慷慨的民族，先生，即使是最渺小的功绩，在

35 怀特海德（William Whitehead, 1715-1785），英国剧作家、诗人，1757年成为英国桂冠诗人。

36 Arthur Murphy, *The Orphan of China*, London: British Library, Starnd, 1797, pp.xvi-xvii.

37 同上，p.v。

38 同上。

39 同上，p.viii。

40 同上。

这里也会得到最热烈的鼓励。还有一件事我要向你保证，如果你在（我的）风格或寓言中发现了任何野蛮的痕迹，那么你到演出现场去，你会看到一台法兰西见不到的辉煌的戏。”[41]（图三十）

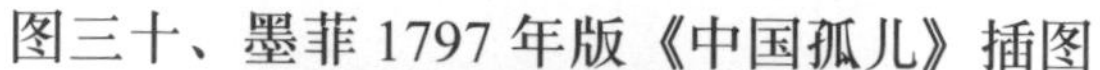
图三十、墨菲 1797 年版《中国孤儿》插图

阿瑟·墨菲的义愤来自伏尔泰《中国孤儿》的剧本献词。其中说：“人们只能拿《赵氏孤儿》与 17 世纪的西班牙和英国的悲剧相比，这些悲剧今天在比利牛斯山那边和英吉利海峡那边还照旧受人欢迎。中国剧本的情节延伸了 25 年，正如人们称为悲剧的莎士比亚和维加的那些畸形剧本一样，那是许多令人难以置信的事变的堆砌。”[42]事实上，早在 6 年前阿瑟·墨菲就注意到伏尔泰对莎士比亚的不友好态度并开始对他进行反击了。伏尔泰曾在自己的悲剧《赛密拉米斯》(*Semiramis*, 1748）序言中写道：“它（《哈姆雷特》）是一部粗俗野蛮的作品，法国或意大利最底层的庸人都不会接受……整部作品会被认为是一个喝醉酒的野蛮人的想象力的产物。”[43]阿瑟·墨菲于是在 1753 年 7 月 28 日的《格雷旅馆杂志》上发表了一篇给伏尔泰的信，其中说：“先生，我注意到，每当谈起英国舞台时，你总是带着某种程度的尖刻……这就是优雅而

41 同上，p.xiv。

42 伏尔泰《中国孤儿》献词，范希衡译，钱林森编《法国汉学家论中国文学——古典戏剧和小说》，外语教学与研究出版社 2007 年版，第 5 页。

43 Voltaire, *Œuvres completes de Voltaire*, Paris: la Société littéraire-typographique, 1784, vol. 3, pp.344-345.

明智的伏尔泰如何评价莎士比亚的！……虽然我们的语言不比法语差，但外国人能读懂的不多。从你的表述或许可以推断：你认为可以称呼我们最伟大的诗人是喝醉酒的野蛮人。这是对自荷马以来世界上最伟大的诗人的贬低！"[44]原来这就是阿瑟·墨菲说伏尔泰把莎士比亚比喻作"喝醉酒的野蛮人"的由来。

被伏尔泰这种口吻激怒了的英国人决不止阿瑟·墨菲一个。例如英国著名文学沙龙蓝袜社（bluestocking club）的创建者、文学评论家蒙塔古（Elizabeth Montagu, 1718-1880）读了伏尔泰的《中国孤儿》后，在给家人的信中写道："当我读到这位粗鲁的法国人说到莎士比亚'怪诞的恶作剧'时，我恨不得烧了他和他的悲剧。愚蠢的纨袴子！规则不能造就诗人，就像菜谱不能造就厨师。必须有品味，必须有技巧。哦！我确信我们的诗人和悲剧家能把他们赶出帕纳索斯[45]，就如同我们的舰队和陆军能把法国人赶出美洲。我讨厌看到这些被驯服的生物通过艺术攻击想象力最可爱的孩子。"[46]从蒙塔古的强烈义愤中，我们能够感觉到当时英国人把对法国的恼怒一股脑倾泻到了伏尔泰的头上。由此我们可以判断正被敌对情绪笼罩着的英国民众读到这段献词时的感受了。英国人总是对法国人傲视英国文学持敌对态度，法国人越是用所谓的戏剧规则诋毁莎士比亚，英国人就越是抬高莎士比亚，将他塑造为反规则的典范。尤其到了七年战争期间，英国政治讽刺作家谢伯亚（John Shebbeare, 1709-1877）认为伏尔泰对英国文学的诋毁一定是出于故意设计或恶意[47]，对伏尔泰的攻讦就变为英法战争中英国人的另一种进攻方式。

虽然阿瑟·墨菲抑或英国民众对法国的伏尔泰感到义愤填膺，事实上当时流亡在法国之外的伏尔泰本人的回应却比较理智而温和，表现出成熟作家的大度与风范。他回信说，自己已经是近 70 岁的老人，长期流亡在外，而且可能不会再回法国了，阿瑟·墨菲谈不上是在与英国的敌人通信（而伏尔泰此前流亡的普鲁士在七年战争中与英国为盟友，伏尔泰此时居住的瑞士是中立国）。自己从未放弃过颂扬英吉利民族的机会，自己对英国诗歌的赞许恐怕还超过阿瑟·墨菲。自己的改本尽管有不少缺点，但阿瑟·墨菲的改本也并非十

44 Arthur Murphy, *The Gray's-Inn Journal: In two volumes*, London: W. Faden, 1756, vol. 1, pp.259-261.

45 帕纳索斯山（Parnassus），古希腊神话里太阳神和文艺女神的灵地，借喻为诗坛。

46 转引自 Frans De Bruyn, Shaun Regan, *The Culture of the Seven Years' War*, Toronto: University of Toronto Press, 2014, p.150.

47 参见 Batista Angeloni, *Letters on the English Nation: By Batista Angeloni, a Jesuit, who Resided Many Years in London*, London, 1755, vol. 2, pp.171-72, 232-233.

全十美。伏尔泰接着摘出阿瑟·墨菲改本的众多不足之处和他讨论。[48]伏尔泰说的是实情，他因激烈批判法国的封建制度和宗教统治而遭驱逐，他为向法国民众介绍英国文学做了大量的工作。伏尔泰在 1726 至 1728 年于英国逗留期间看过大量英国戏，在他极具影响力的《哲学通信》一书中包含了对英国戏剧的观察，称莎士比亚是英国的高乃依、英国戏剧的创造者，并且写道："如果你想了解英国喜剧，没有比直接去伦敦更好的方法了。在那停留三年，把英语学好，然后每晚都去剧院。"[49]伏尔泰还赞美了英国剧作家爱迪生（Joseph Addison, 1672-1719）的悲剧《加图》（*Cato, a Tragedy*, 1712），称之为既合理又从头至尾都言语优雅的第一部英国戏剧。[50]阿瑟·墨菲和英国民众把伏尔泰竖为法国统治者的靶子而攻击，是找错了对象。如果摒除敌对国情绪，阿瑟·墨菲和伏尔泰关于《中国孤儿》的来往信件倒称得上是平等的文艺批评与争鸣，由此它可以成为一段因《赵氏孤儿》引起的文论佳话。

## 五、结语

总之，欧洲对于元杂剧《赵氏孤儿》的诸多改编本，大体上都是依据自身理解尤其是需要，在其故事核基础上进行的再创作，或者说是对其原始意象进行改易的嫁接和移栽结果。如果用对原剧的忠实度作为标准来进行评判，或许会得出 19 世纪后期意大利戏剧学者布罗齐（Antonio Paglicci-Brozzi, 1800-1899）那样的结论："在欧洲的舞台上并没有对这一中国戏剧进行良好和真正的改编。如果那些承诺处理它的人能够以理智和艺术为基点来进行创作，也许会好得多。"[51]但如果从文化传播必然会偏离与修正的规律来理解，这些是必然会发生的。

48 参见 *A Letter from Mons. de Voltaire to the author of Orphan of China*, London: I. Pottinger, 1759.

49 Voltaire, *Letters Philosophiques*, Paris: Corny, 1909, vol. 2, p.110.

50 Marvin Carlson, *Voltaire and the Theatre of the Eighteenth Century*, London: Greenwood Press, 1998, p.26.

51 Antonio PaglicciBrozzi, *Teatri e Spettacoli dei Popoli Orientali, Ebrei, Arabi, Persiani, Indiani, Cinesi, Giapponesi e Giavanesi*, Milano: Dumolard, 1887, p.198.

# 陆、清代西方使团来华看戏述论

**内容提要：**

清代先后有荷兰、俄罗斯与英国使团来华，在北京和其他地方看到了清廷的戏曲招待演出和市井、宴会戏曲演出，载于日记并随手褒贬，过后公开出版，留下珍贵的文献。通过对这些文献的探查，可以看到早期西方人是从什么角度看待戏曲的，也看到他们中一些人试图理解戏曲原理的努力，颇有参考价值。

**关键词：** 使团 看戏 评论 褒贬

清代以后，西方列强为了叩开东方这个古老而封闭帝国的大门，纷纷派遣使团出访大清。清廷在接待这些使团时，通常会安排包括戏曲在内的盛大演出作为招待，于是使团成员就有机会看到戏曲舞台情形。另外使团在京以及在途期间，总会有许多王公贵族、封疆大吏邀请他们赴宴看戏，于是使团成员就有了更多的戏曲经验。一些勤于笔耕者将其记载下来，随手褒贬评论，过后正式出版，就留下宝贵的文献。依据笔者目力所及，留下戏曲记叙并发表见解的主要有 1656 年荷兰东印度公司访华使团、1693 年和 1720 年两次俄罗斯访华使团、1793 年英国访华使团、1795 年荷兰访华使团。另外 1687 年法国访问暹罗（今泰国）使团也留下了看中国戏的记録。

对于这些使团看戏的情形，除了英国马戛尔尼（George Macartney, 1737-1806）使团在热河看到的一场演出外，迄未见有人进行过研究评述。[1]通过对这些文献的探查，可以看到早期西方人是从什么角度看待戏曲的，看到东西方

1 参见王春晓《〈四海升平〉与马戛尔尼觐见乾隆》，《名作欣赏》2017 年第 8 期。

文化最早的冲撞与龃龉情景，也看到他们中一些人试图理解戏曲原理的努力，颇有参考价值。

## 一、荷兰使团看戏

1656 年 7 月，由 12 人组成的荷兰东印度公司使团带着荷兰国致大清帝国的建交文书，以及允许荷兰在中华全境进行贸易的通商条约文稿，经广州前往北京，希望能够开启双方贸易新途。因彼此间认识与观念的巨大差异，也因为担任翻译的北京耶稣会传教士汤若望（Johann Adam Schall von Bell, 1592-1666）刻意阻挠新教国家荷兰与大清建立联系，使团目的未能实现，最终带着顺治皇帝致荷兰驻巴达维亚总督的信铩羽而归。使团总管纽霍夫（Joah Nieuhof, 1618-1672）详细记録了沿途见闻，并画了大量的速写画，回国后在吸收传教士曾德昭（Alvaro Semedo, 1586-1658）、卫匡国（Martino Martini, 1614-1661）等人著作内容的基础上整理成书，于 1665 年在阿姆斯特丹出版了一本附有一百多幅插图的《荷兰东印度公司使团访华纪实》。（图三十一）在书中一幅戏曲速写下面，纽霍夫描述道：

图三十一、纽霍夫铜版画像（见 1665 年《荷兰东印度公司使团访华纪实》荷兰文版首）

……他们沉溺于表演和舞台剧，在这一点上超过欧洲。他们的喜剧演员非常多，遍及整个帝国，大部分是年轻有活力的人。他们中一部分人从一个地方巡演到另一个地方，另一部分人在主要城镇里为婚礼和其他庄严隆重的娱乐活动演出。

> 他们表演的喜剧，不是讽刺的就是滑稽的，或表现真实的当代生活，或者是他们自己想象出来的能使人们快乐的新创作，其中大部分都是炫耀历史的。因为虽然发明很容易，但他们很少改进旧东西，更不用说发明新东西了。在这种基础上，他们随时准备表演他们的戏剧，无论什么时候，只要有人想让他们演出。为了更好地满足客户的需要，他们总是随身携带一个折子，上面写着他们演出的剧名。通常在公众宴会上，当任何人点了戏，他们会一直演出，而晚餐时间有时持续七八个小时。在这段时间里，他们可以让观众始终兴趣盎然，因为一个戏刚演完，他们又开始了另一个，动作五花八门，有时有歌唱，用奇怪的表情逗乐人们。[2]

纽霍夫为我们介绍了中国戏曲的一些情况：一、中国人对戏剧的爱好超过欧洲人。二、全国到处都有戏曲演员在流动演出。三、戏曲表演的都是生活和历史内容的喜剧。四、宴会演出时有一个“点戏”的环节。五、宴会演出虽然长时间持续，但表演使得人们一直兴致勃勃。说戏曲演出的都是喜剧，这当然是误解，因为西方使团见到的不是宫廷礼节性演出，就是权贵家宴的堂会演出，这种演出所挑选的内容多为富有喜剧色彩的剧目，以图吉庆祥和，而那些富有悲剧色彩的戏他们没有机会见到。

纽霍夫的描画，让欧洲人了解到戏曲在中国的普及度和影响力，这引起了西方人的兴趣。由于纽霍夫荷兰使团是最早访华的外交使团，在西方远东史上意义重大，《荷兰东印度公司使团访华纪实》又是第一部真实可信的中国报导，因而产生了极大的影响，被翻译成多国文字出版。1665 年出版荷兰文版，当年即被卡朋蒂埃（Jean la carpentier）译成法文再次出版，又有德文、拉丁文本，1669 年出了英文版。这一系列的转译出版，使得其中关于中国戏曲的介绍也传播广远，后来的西方观察者和研究者对之不断转引。

## 二、法国使团看戏

1687 年，作为作家、数学家和诗人的法国外交官洛贝尔（Simon de la Loubère, 1642-1729）率法国使团访问暹罗（今泰国），后于 1691 年在阿姆斯

2 Johannes Nieuhof, *An Embassy from the East-India Company of the United Provinces, to the Grand Tartar Cham, Emperor of China*, London: John Macock, 1669, p.167. 此书最早为 1665 年荷兰文版，笔者依据的是 1669 年英文版。国内有北京文物出版社 2020 年法文版。

特丹出版《暹罗国记》一书。(图三十二)书中详细记述了出访经过，其中有观看中国戏的记録，描述了中国演员的装扮和舞台行为方式：

图三十二、卢贝尔《暹罗国记》书影，1691

DU
ROYAUME
DE SIAM,
PAR
MONSR. DE LA LOUBERE,
*Envoyé extraordinaire du ROY auprés du Roy de Siam en 1687. & 1688.*
TOME PREMIER.
*Suivant la Copie imprimée à Paris.*
A AMSTERDAM,
Chez ABRAHAM WOLFGANG, prés de la Bourse, 1691.

……上演一部中国喜剧，我很乐意看到它的结局，但我们在演出几场之后就去吃晚饭了。暹罗人喜欢的中国喜剧演员在念诵时自我陶醉。他们的发音都是单音节的，从来没有用胸腔发出过一个音，就好像脖子被卡住了似的。他们的服装对应于中国的服装，类似于查尔特（Chartreux）修士服，侧面从腋窝到臀部有三四个辫扣，前面和后面各有一大块方布，上面画着龙。腰带很宽，有三个指关节那么宽，上面镶着石质、角质、木质的圆块。腰带很松，所以衣服的两侧有布环来固定它。一个扮演法官的演员步态十分庄重，他的脚先后跟着地，然后慢慢放下脚掌，接着是脚趾，而当他的重心放在脚掌上时，脚后跟开始抬起来，当他脚趾着地后，脚掌又抬起来。相反，另一个演员像疯子一样四处走动，手脚大幅度舞动，作出恐吓的表情，比我们意大利喜剧中的滑稽人物（Capitans）或虚张声势的人（Matamore）的举止更加夸张。这是一位将军，如果他与中国是真实对应关系，这个演员在自然表现他们国家的军人。舞台背景是一块画布，两侧什么也没有，就像我们江湖艺人的演出场一样。[3]

3 Simon de la Loubère, *Du Rovaume de siam*, tomepremier, Amsterdam: Chez Abramam Wolfgang, 1691, pp.142-143.

就像大多数初次接触戏曲的西方人一样，洛贝尔马上就对戏曲的发音产生抵触情绪，因为习惯了胸腔共鸣发音方法的西方人，已经形成音乐欣赏的审美定势，并习惯于用自己的标准来量裁异质音乐。但他后面的描写却极有价值。一是谈论了戏曲服装的具体样式：通常为斜襟衣，在侧面用三四个辫扣扣住。官服则前后胸背处各有一个织有盘龙的方形补子，腰上围有三指节宽的硬圈腰带，上面饰有各种材质的圆形贴块。他的观察之细致与描述之确定是他人没有过的。二是生动描画了戏台上文官迈方步的煞有介事，以及武将舞动四肢满台迅走的夸张表演。迈方步大约是 20 世纪前西方人对戏曲特殊台步的唯一一次描述，刻画得惟妙惟肖。对于后者，由于不理解戏曲武生的表演程序，作者可笑地留下了“疯子”的印象，甚至还引申为模仿军人的装模做样。类似的记録在其他西方人那里很少见到，因而罗贝尔的描写就显得格外珍贵。对于戏台缺乏布景设置、只在中间后部挂一块“守旧”，洛贝尔也特意记上了一笔，因为他心中是见惯了的西式布景舞台。

## 三、1693 年俄罗斯使团看戏

1693 年荷兰商人伊台斯（Evert Ysbrants Ides, 1657-?）奉沙皇彼得大帝（Пётр I Алексеевич, 1672-1725）之命，充任俄罗斯大使出访大清。使团在途中、北京离宫以及领侍卫内大臣索尔图宅邸里观看了多场戏曲演出，过后伊台斯写出《莫斯科特使三年中国行》一书记述其事。（图三十三）

图三十三、伊台斯《莫斯科特使三年中国行》书影，1704

在长城喜峰口，当地县官招待使团观看了一出正规戏剧。伊台斯记録说："首先一位非常美丽的女士走进来，她身着华丽的金色衣服，佩戴着珠宝，头上戴着王冠，用迷人的声音唱着她的词曲，轻盈地舞动身体，用双手进行表演，其中一只手拿着一把扇子。戏剧在序幕之后开演，是关于一位早已去世的中国皇帝的故事，他对自己的国家有突出表现，这部戏是为了赞美他的荣誉而创作。有时他身穿皇袍，手握一根扁平的象牙圭，有时他的臣僚带着旗帜、兵器和鼓等出现。间隔一段时间，他们的侍从会表演一种闹剧，这些人的滑稽服装和脸部彩绘和我在欧洲见过的一样好。据我所知，他们的滑稽剧非常有趣，尤其是其中表现了一个人在婚姻中被放荡的妻子欺骗，他幻想着她对他永不变心，却耻辱地目睹了妻子和别人上床。"[4]伊台斯不懂戏剧的内容，因而比较注意表演。例如他描述首先出场的美丽女士，手里拿着扇子轻盈舞动，边舞边唱，声音迷人，读了让人联想到梅兰芳的舞台形象。伊台斯只看懂剧情是有关一个皇帝和他的丰功伟绩，但他注意到其间丑角穿插的滑稽闹剧，认为非常有趣。在离宫（大约是颐和园）里看戏，伊台斯看到了大戏台，并提到"戏剧很有趣，尤其是宫廷演员们演出的。他们经常更换用丝线和金钱绣的华丽戏装。戏的主题是赞颂一位著名的武将。演出过程中他们的神和古代皇帝出台，皇帝勾了血红的脸谱。"[5]因为语言不通，因此伊台斯仅仅关注到戏装和脸谱的突出色彩效应。

## 四、1720年俄罗斯使团看戏

苏格兰医生贝尔(John Bell)1720年随同俄罗斯大使伊兹马洛夫(Izmailov)访问北京，后著有《从俄罗斯圣彼得堡到亚洲各地旅行记》一书，其中描述了他们11月28日在皇宫看到的娱乐摔跤、格斗、翻跟斗、弄姿和烟花表演等。（图三十四）12月9日使团受康熙皇帝第九子邀请到他家里参加宴会，看了一场喜剧。贝尔描写其中一个场景道："七个身穿铠甲的战士走上舞台，手里拿着不同的武器，脸上戴着可怕的巫鬼面具。他们在舞台上转了几圈，打量着彼此的盔甲，然后就发生了冲突。搏斗中，一个英雄被杀死了。这时，伴随着一道闪电，一位天使从云端里降落。他手里拿着一把巨大的宝剑，分开格斗的战士，并把他们全部赶下舞台，随后又伴随着火焰和烟雾升上了天空。后面又

4 Evert Ysbrants Ides, *Drie-jarige reize naar China, te lande gedaan door den Moskovischen Afgezant*, Amsterdam: Gedrukt by François Halma, 1704, p.83.

5 同上，p.87。

演了几场滑稽戏，虽然我听不懂，但看起来很有趣。”[6]仅从贝尔的描写，我们无法还原戏的内容，毕竟他不懂中文，又只叙述了一个片段，但他和伊台斯一样提到后面的滑稽戏有趣。隔日贝尔出去散步，看到街道上到处都是戏台在演出，因为临近年关，应该是北京街道搭台演戏迎接新年。1721 年 1 月 20 日贝尔又受一个年轻绅士邀请，到一个酒馆戏园出席宴会，看了一场戏：“十一点钟，我们到了酒馆。这是我见过的最大的一座，很容易容纳进六百到八百人。酒馆只有一座大厅，屋顶由两排木柱支撑着，中间摆满了长桌，长桌两边各有长凳，供客人安坐。吃饭的时候一直有音乐演奏，饭后有一个剧团在大厅一头的戏台上演戏。这个剧团常驻酒馆，每天都演出。来这里的都是时尚人士。”[7]文中描述的正是我们知道的清代前期酒馆戏园的内部格局：一座长方形大厅建筑里，顾客排坐长桌旁边吃饭看戏，戏台搭在大厅的一头。这是印证清初酒馆戏园结构的珍贵资料，但贝尔对于演出只草草记载了一句：“演员有男有女，衣着华丽，举止得体。”[8]估计他对于演出内容过于隔膜而无以置喙。

图三十四、贝尔《从俄罗斯圣彼得堡到亚洲各地旅行记》书影

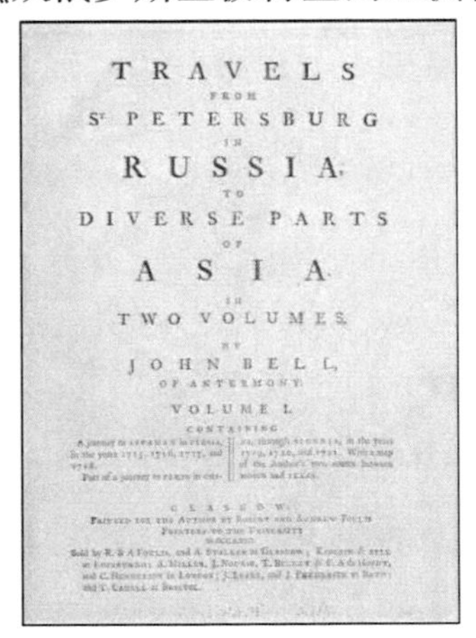
TRAVELS
FROM
St PETERSBURG
IN
RUSSIA,
TO
DIVERSE PARTS
OF
ASIA.
IN
TWO VOLUMES.
BY
JOHN BELL,
OF ANTERMONY.
VOLUME I.
CONTAINING
[illegible]
GLASGOW:
[illegible]

## 五、英国使团巴罗的戏曲见解

1793 年英国派出由马戛尔尼勋爵率领的庞大百人使团出访大清，希望能够增进通商而遭到清廷蔑视，最终因为礼仪之争同样铩羽而归。使团在天津、热河以及沿大运河南归途中看了不少戏曲演出，过后其成员出版了一系列著

6 John Ball, *Travels from St. Petersburg in Rassia to diverse parts of Asia*, Glasgow: Robert and Andrew Foulis, 1763, V. 2, pp.27-28.

7 同上，p.55。

8 同上，p.56。

作，包括马戛尔尼《马戛尔尼赴华日记》[9]、副使斯当东（George Staunton, 1737-1801）《英国使团访问中国纪实》[10]、事务总管巴罗（John Barrow, 1764-1848）《中国行记》[11]、狮子号大副安德逊（Aeneas Anderson）《英使访华録》[12]等，留下了对这些演出的印象和评论文字，其中尤以巴罗的《中国行纪》为珍贵。由于具备较高艺术鉴赏力，巴罗详细谈论了对戏曲的看法，并与欧洲戏剧作了一定比较，这是其他成员著述里没有的，十分珍贵，笔者在此展开论述。至于马戛尔尼使团在清宫看戏的情形，笔者另有专文研论，此处不赘。（图三十五）

**图三十五、巴罗肖像，油画，英国国家肖像美术馆（© National Portrait Gallery, London）藏**

9 George Macartney, *An Embassy to China, being the journal kept by Lord Macartney during his embassy to the Emperor Ch'ien-lung, 1793-1794*, Edited with an Introduction and Notes by j. L. Cranmer-Byng, Senio Lecturer In History at the University of Hong Kong, London: Longmans, Breen and Co. LTD, 1962. 国内有刘半农译本，名为《乾隆英使觐见记》，上海：中华书局 1916 年版；重庆出版社 2008 年重新出版，名为《1793 乾隆英使觐见记》。

10 George Staunton, *An Authentic Account of an Embassy from the King of Great Britain to The Emperor of China*, London: Printed by M. Bulmer and Co. , 1797. 国内译本名为《英使谒见乾隆纪实》，叶笃义译本北京商务印书馆 1963 年版，香港三联书店 1994 年版，上海书店出版社 1997、2005 年版，北京群言出版社 2014 年版；秦仲龢译本台北文海出版社 1973 年版；钱丽译本北京电子工业出版社 2016 年版。

11 John Barrow, *Travels in China, Containing Descriptions, Observations, and Comparisons*, Made and Collected in the Course of a Short Residence at the Imperial Palace of Yuen-Min-Yuen, and on a Subsequent Journey through the Country from Pekin to Canton, Philadelphia: Printed and Sold by W. F. M'Laughlin, 1805. 国内李国庆、欧阳少春译本名为《我看乾隆盛世》，北京图书馆出版社 2007 年版；何高济、何毓宁译本名为《巴罗中国行纪》，收录于北京商务印书馆 2013 年版《马戛尔尼使团使华观感》内。

12 Aeneas Anderson, *A Narrative of the British Embassy to China in the Years 1792, 1793 and 1794*, Lonton: J. Debrett, 1795. 国内有费振东译本，1963 年由北京商务印书馆出版，名为《英使访华录》；2002 年改由群言出版社出版，更名为《英国人眼中的大清王朝》。

巴罗出身贫寒，13 岁即辍学务工，又当水手，后经深造成为格林威治海军学院的数学老师，斯当东说他“精通天文学、力学和其他以数学为基础的科学”[13]。由此可见巴罗是凭借自己的勤奋和聪慧从底层跻入上流社会的。他以事务总管身份随英国使团前往中国，数月旅途中曾与小斯当东一起努力向随船两位中国译员周保罗（Paul Ko or Padre Cho）和李（Lee）先生学习汉语，回国后帮助副使斯当东撰写了使团的访华报告（即斯当东《英国使团访问中国纪实》），其能力受到马戛尔尼赞赏，所以马戛尔尼后来出任南非开普敦总督时又聘他为私人秘书，嗣后他继任英国海军部部长秘书，最终得到爵士封号，并获得爱丁堡大学荣誉博士头衔。巴罗一生著作浩繁，对英国影响深远。这种天赋能力，使他能够通过仅仅一趟走马观花式的旅行，加上回国后认真补充资料和深入研究，就在他的《中国行纪》里对中国政体、法律体系、税收、宗教信仰、社会阶层、自然与人文科学，以及象形字语言、戏曲、音乐、美术、中医药都进行了价值衡量与品评，且颇有自己的见解。对于戏曲，巴罗是这样说的：

> “表演的目的，”正如我们的不朽诗人（指莎士比亚——笔者）说的，“无论是过去和现在，都是像镜子一样映射自然”。所以对戏曲表演做一简短的介绍或许不算离题。
>
> 它的剧目大多是历史题材的，讲述的都是古代故事，在这种情况下，服饰跟中国古代习俗相一致。虽然也有表现鞑靼（指满清——笔者）征战的戏，但是没有一部戏是写其后的历史事件的。批评家们倾向于古代戏。也有一些喜剧，其中总会有个丑角，他的怪相和低俗笑话跟我们剧场里的小丑一样，从观众那里获得了最热烈的掌声。他们所有的戏剧里，无论正剧还是喜剧，对白都是单调的朗诵，有时出现一点抑扬语气，意味着表达热烈或愤怒的情绪。念白间歇性地被尖锐刺耳的奏乐声打断——通常是吹奏乐器，停歇总是充满了巨大的奏击音响，其中有震耳欲聋的锣鼓声，有时候是铜鼓。紧接着是歌唱，在中国舞台上，欢乐、悲伤、愤怒、绝望、疯狂的情绪都用唱段来表达。我不能确定，或许意大利歌剧的狂热崇拜者不会对戏曲表演感到不满，因为它看起来象是这种时髦戏剧样式的滑稽版。中国戏台上也不缺乏会唱歌的夜莺，他们的性别，就像机

13 George Staunton, *An Authentic Account of an Embassy from the King of Great Britain to The Emperor of China*, London: Ptinted by W. Bulmer & Co. for G. Nical, 1797, vol. I, p.73.

灵风趣的夏洛克（Martin Sherlock）告诉我们的那样：一位法国女士向她好奇的小女儿解释说，就像阉牛和公牛一样，他们和男人之间也有着同样的区别。事实上，中国戏台上更需要这类人，因为中国禁止妇女在公共场合露面。[14]

巴罗对于戏曲的印象与前面的传教士没有太多不同，他尤其难以忍受戏曲的乐声嘈杂和打击乐的巨大音响。他也像马若瑟（Joseph de Prémare, 1666-1736）一样注意到了戏曲歌唱对于表达人物情绪的突出作用，特别指出它与意大利歌剧有着相似点，他还注意到了戏曲舞台上的男旦现象。巴罗接着说：

> 到目前为止，动作的统一性一直保持着，事实上他们并不改换场景，但经常需要假设地点的改变。在调动想象力方面，他们所采用的办法真是异想天开。如果要派一个将军去远征，就让他骑着一根竹竿，挥舞着鞭子，绕着舞台转上两三圈，唱上一段。唱完了他马上停下来，重新开始朗诵，行军就算完成了。布景的缺乏有时由配角以人拟物来补充，恰和语言学家所说的拟人法相反。例如要攻打一座被城墙围着的城市，一群士兵就在舞台上摞成一堆，以代表进攻者需要攀爬的城墙。这让人想起伯顿（Nick Bottom）的替代法[15]：“一些人必须装扮成墙。”“让他涂上石灰、泥巴，塑成型来代表墙。”[16]

不得不说，巴罗的艺术感觉力真的惊人。他在西方人里，第一个看懂了戏曲表演程序的意蕴，例如虚拟表演、景随人走、时空自由、以人拟物，全靠调动观众的想象来补充完成戏剧情境，他称之为“异想天开的办法”。可贵的是，巴罗是第一个发现戏曲以人代物造景法的西方人，并且用莎士比亚戏剧里的做法来印证，说明英国戏剧也曾经用过类似的手段。因而：

> 观众永远不会怀疑在他眼前创造出的戏剧人物。就像在古希腊戏剧里，以及我们模仿其创作的所有老戏里那样，剧中人物用适当的台词向熟识规则的观众介绍自己。至于动作的时间，一出戏有时

14 John Barrow, *Travels in China, Containing Descriptions, Observations, and Comparisons*, Philadelphia: Printed and Sold by W. F. M'Laughlin, 1805, pp.147-148.

15 伯顿（Nick Bottom），莎士比亚（William Shakespeare, 1564-1616）戏剧《仲夏夜之梦》（A Midsummer Night's Dream）里的人物。他在第三幕第一场里和人讨论排戏时，说到要用石灰涂抹人身装扮成一堵墙。

16 John Barrow, *Travels in China, Containing Descriptions, Observations, and Comparisons*, Philadelphia: Printed and Sold by W. F. M'Laughlin, 1805, p.148.

> 候会包含一个世纪，甚至跨越两倍于此的一个朝代。最荒谬的是，它给了伏尔泰一个机会，来比较他认为是按原文翻译的《赵氏孤儿》和“莎士比亚那些被称为悲剧的可怕闹剧”。然而，闹剧将继续被理解它的人们阅读下去，伏尔泰却并没有带着由衷的激动和喜悦心情，看着他的《中国孤儿》被他令人赞赏的同胞们忽视掉。[17]

巴罗这里谈的是戏曲的自报家门与古希腊戏剧以及欧洲后来的仿作剧一样，并专门强调戏曲故事的历时可能会跨越几个世纪。在巴罗的时代，欧洲戏剧已经突破新古典主义的框范，因而他不再用悲剧与喜剧的划分以及“三一律”来衡量戏曲。他认为虽然故事的时间跨度太大是“荒谬”的，但戏曲仍然与莎士比亚戏剧一样有着历久的价值，而伏尔泰的改本则没有。但巴罗看来十分不喜欢马若瑟的《赵氏孤儿》译本，这导致他对其进行了激烈抨击：

> 普雷马雷（即马若瑟——笔者）神父这部拙劣的作品几乎不能被称为译作，既没有措辞技巧，也没有感情提升，又没有性格展示。它只是一个非自然的故事，或至少是极不可能发生的事件，只能供儿童娱乐，却无法调动任何激情，而且又降低了那些赞赏这类作品的观众的品味。这部戏实际上是借助于一条狗来促成的，但故事的这一部分是讲出来的，而不是演出来的。汉人的品味还没有这么堕落，在这种情况下让一只四条腿的动物在舞台上表演。[18]

巴罗批评起作品来丝毫不讲情面，可见他是一个严苛的审美判官。他不一定知道马若瑟译本略去的曲词有着他所说的译本缺失的那些效果，只是谈他的阅读直感。他提到在《赵氏孤儿》演出里起作用的那条神獒并没有出场，是针对清宫大戏里动物满台说的，用以衬托他所说的汉人的正规戏剧的品味较高。巴罗也引用了一个典型的例子来批评中国戏曲近年来的肉欲化和堕落倾向——他说这种堕落也是被中国社会所指责的，巴罗由此抨击了中国人的内在不文明与口是心非：

> 这部戏和另外99部戏一起刻成的一套书（指《元曲选》——笔者），被视为中国戏剧的经典剧目。和我们一样，中国人抱怨现代作品普遍有着堕落的味道，远远不如古代的作品。确实如此，现在的

17 同上，p.148。
18 同上，pp.148-149。

中国舞台上各种淫秽下流的东西都受到鼓励。一些出名的演员时而从南京去广州演出，似乎得到香港商人和当地富绅的经济赞助。英国人有时会去看这种演出。他们最喜欢的一个保留剧目的主题和行为是如此的引人注目，以至于我忍不住要提起它：

一个女子受人诱惑去谋杀她的丈夫，趁丈夫熟睡之际，用斧头砍伤了他的额头。丈夫出现在舞台上，眉眼上方一道大伤口流着鲜血，唱着一首哀叹自己命运不济的歌转了几圈，最后因失血过多筋疲力尽，倒下死去。女子被抓住送到官府衙门，被判活着剥皮并执行。接下来的一幕，她出现在舞台上，不但一丝不挂，而且是剥了皮的形象。她身上紧紧裹着一层薄薄的东西，上面画得栩栩如生，用以表现人被剥了皮的令人作呕的样子。在这种状态下，角色在戏台上唱了（更准确地说，是哀嚎了）将近半个小时，希望博得三个地狱判官的同情，他们像爱考士（AEacus）、弥诺思（Minos）和拉达曼堤斯（Rhadamanthus）一样，坐在那里判决她未来的命运。[19]

人们告诉我，再也没有比这部最受欢迎的戏更加淫秽、下流和让人恶心的了。如果说这场演出是为了“用镜子映射自然”，那么它就是映射了最丑恶、野蛮和不文明的自然，而与中国人所自诩的道德、高雅、精致、文质彬彬的外表大相径庭。他们实际生活中的其他行为，都增强了我通过观察其孝道而得出的一个结论：这些只存在于国家准则中，而不是人们心里。这个结论可能少有例外地普遍适用于其大多数文明道德风尚。[20]

允许淫秽粗俗甚至暴力血腥的舞台表演存在当然是社会风俗和道德人心堕落的征象，巴罗也听到中国卫道者抱怨世风隳颓、今不如古，他对这类演出时有英国人在场而感到耻辱。巴罗由此认定中国人口头提倡的与实际践行的东西存在两张皮现象。但是，巴罗并不认为欧洲舞台就圣洁多少，他同样抨击了英国的下流演出，也认为不能通过一个极端例子就认定中国人的戏剧品味低俗。但他指出中国严重的重男轻女思想或许是造成这种堕落的原因之一，颇有见地：

---

19 爱考士（AEacus）、弥诺思（Minos）和拉达曼堤斯（Rhadamanthus）是古希腊神话里的三位神人，其执掌功能有些类似于中国的冥府判官。

20 John Barrow, *Travels in China, Containing Descriptions, Observations, and Comparisons*, Philadelphia: Printed and Sold by W. F. M'Laughlin, 1805, pp.149-150.

> 然而，当中国人看到阿勒甘（Harlequin）[21]骷髅，以及那些近年来充斥在我们舞台上用以骇目的鬼魂、妖怪、血腥形象的戏后，也会产生类似的反应。我不能因为一个女人被剥皮的演出特例，就对中国人的品味得出普遍性结论，说他们经常演出的其他剧目也都是淫秽不堪的，其污秽下流的程度有时会让一些欧洲观众觉得令人作呕而半途退场——这些是无法确定的。我也不知道它能与什么样的演出作比较，除非是狄奥多拉（Theodora）[22]的无耻下流，普罗科匹乌斯（Procopius）[23]说她曾经在优士丁尼一世（Justinian）时期的罗马舞台上演出。鼓励这类东西的人一定深深陷入了道德沦丧，完全不顾体面。这些以及类似的演出或许是摒弃妇女对社会应有影响力的恶果。[24]

巴罗对中国和欧洲戏剧里的低俗淫秽演出尽皆抨击，顺便还抨击了中国人对妇女的压迫。以上可见，尽管不是专门的研究家，巴罗对中国戏曲发表了重要的见解，这些见解影响了后来的西方汉学家，例如戴维斯（John F. Davis, 1795～1890）就对其观点多有引用和阐发。

## 六、荷兰使团小德经论戏曲

1795 年法国学者小德经（Chrétien Louis Joseph de Guignes, 1759-1845）作为翻译随荷兰特使蒂进（Isaac Titsingh, 1745-1812）使团访问北京，后着有《北京、马尼拉、毛里西亚岛游记》一书。（图三十六）小德经是法国汉学家德经（Joseph de Guignes, 1721-1800）之子，幼承家学。1784 年到广州法国领事馆工作 14 年，曾任法王驻广州代表。又著有《汉法拉丁文字典》（*Dictionnaire chinois-francais et Latin*, 1813）等。作为学者以及对中国文化有较深了解的小德经，其戏曲观有自己的特色。此行他又在北京宫廷里看了杂技、童话剧和舞

---

21 阿勒甘（Harlequin）是 16 世纪到 18 世纪中叶意大利喜剧里头戴面具、身穿各色彩衣的丑角。18 世纪英国出现一部哑剧《阿勒甘骷髅》（Harlequin Skeleton），其中有阿勒甘登场，并靠门悬挂一具高大恐怖的骷髅。

22 狄奥多拉（Theodora, 500?-548），拜占庭皇帝优士丁尼一世（Iustinianus I, 483-565）之妻，马戏演员出身，演过滑稽戏，在普罗科皮乌斯（见下注）笔下她是一个生性放荡不知廉耻的人。

23 普罗科匹乌斯（Procopius, 490?-562），拜占庭历史学家，着有《优士丁尼皇帝征战史》。

24 John Barrow, *Travels in China, Containing Descriptions, Observations, and Comparisons*, Philadelphia: Printed and Sold by W. F. M'Laughlin, 1805, p.150.

龙表演，以及《白蛇传》的演出，更加深了对戏曲的理解。在书中第二卷“中国观察·喜剧”（Observations Sur les Chinois, Comédie）里，小德经阐述了他的戏曲见解。小德经首先介绍了中国的剧场：

> 中国没有公共剧院，当一个社区的居民想要看一个喜剧时，他们会聚成一笔足够的钱来建造一个剧院，并支付喜剧的费用。戏台由一个大房间和一个小房间组成。这些房间通常是用竹子建造的，成本很低，空间十分狭窄。戏台台面高 6 到 7 英尺，三面有栅栏，上面有棚顶。在某些地方，人们可以在寺庙里面建剧院而代替建塔。用官话说，有一个完全开放的房间，如果要接待喜剧演员，只需把它分成两半，把后面的部分当后台就行了。中国喜剧不使用布景，布帘和演员通道两个开口前面只有一张桌子和几把椅子。[25]

小德经说中国没有公共剧院当然是一个误解，但他指出中国有临时用廉价材料竹子搭的戏台供演戏，这种戏台建在社区里，另外庙宇里也有戏台，他的说法是贴近现实情形的。他也专门提到戏曲舞台上没有布景，只有一桌几椅和一块布帘，这是他看到的情况。继而小德经根据前人论述加上自己的体验，介绍了戏曲的生存情况。他说到一个戏班由七八个演员组成、女人由男演员装扮、演员可以不用准备即现场演出；说到演员的“薪水很高，赚了很多钱。他们在服装上花很多钱，这些服装是按照古代样式设计的，有时很贵”；说到演员的一人多扮：“一个演员可以在一个剧目中扮演两个不同的角色，因为他在进场时会宣布自己是谁，防止观众弄错他扮演的角色。”他特别强调了“演出的故事是从中国历史中提取的，用官话表演，有时用古文的表达方式，但很少用，因为四分之三的观众听不懂。”[26]他还介绍了《白蛇传》的剧情：开场时几位精灵骑在蛇上沿着湖边行走，其中一位精灵与一位僧人立即堕入爱河，尽管她的妹妹提出了抗议，她还是听了这位年轻人的话与他结婚，随后她怀孕并在舞台上生下了一个孩子，孩子很快就可以走动了。精灵们对这一丑闻感到愤怒，她们赶走了僧人，并用闪电击中了佛塔，使它变成了现在这样的废墟。[27]

---

25 Josephde Guignes, *Voyages a Peking, Manille et L'île de France, Faits Dans l'intervalle des années 1784 à 1801*, Paris: de L'imprimerie Impériale, 1808, tome II, pp.321-322.

26 同上，pp.322-323。

27 同上，p.324。

图三十六、小德经《北京、马尼拉、毛里西亚岛游记》书影

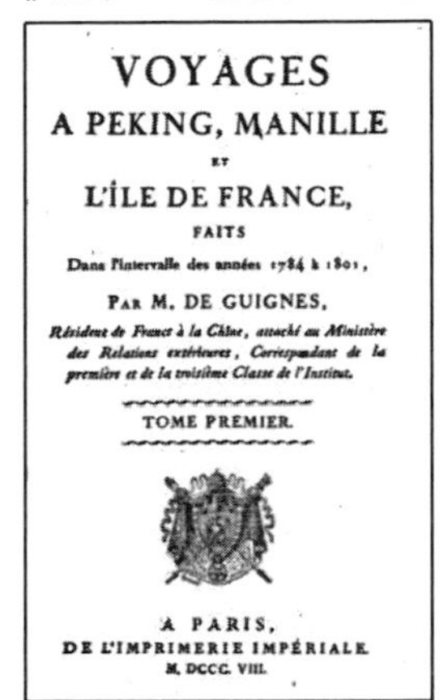
VOYAGES
A PEKING, MANILLE
ET
L'ÎLE DE FRANCE,
FAITS
Dans l'intervalle des années 1784 à 1801,
PAR M. DE GUIGNES,
Résident de France à la Chine, attaché au Ministère des Relations extérieures, Correspondant de la première et de la troisième Classe de l'Institut.
TOME PREMIER.
A PARIS,
DE L'IMPRIMERIE IMPÉRIALE.
M. DCCC. VIII.

小德经的介绍与《雷峰塔》故事结局稍有不合，原戏是金山寺和尚法海用雷峰塔镇住了白蛇，但已经是西方人对剧情理解得十分接近的了。后来小德经随使团返回经过杭州时，还专门前去踏勘了故事背景里的西湖雷峰塔。雷峰塔在明代嘉靖年间（1522-1566）曾被入侵的倭寇放火烧得残缺不堪，小德经看到的应该就是它的颓圮面貌，所以称之为“废墟”。中国文化与历史景观就这样在小德经心里交织在一起。

小德经注意到西方人对于中国戏曲有着截然相反的评价：“巴罗先生在谈到中国戏剧时说它没有常识，相反，马戛尔尼勋爵说《赵氏孤儿》可以被视为中国悲剧的有力证据。两个受过教育的人同时旅行和看戏，得出对立的判断是令人惊讶的。”[28]小德经所说“两个受过教育的人”，看到戏曲之后会得出对立的判断，恰恰折射了西方人与戏曲相遇时发生的情形，评价常常会有天壤之别。曾有西方人认为中国有宫廷和民间两种不同类型的戏剧，事实上他们都是根据外国使团对于中国戏曲的不同观感得出的结论，但使团看的宫廷戏都是专门为礼宾场面设计的，也并非宫廷日常所看的戏，因此两种戏剧的区分也只是一种误解。

小德经真正谈出自己真知灼见的地方见下述：

> 我要说的是，中国人假定在他们的戏台上一呆就是好几天，演员经常一瞬间就走了很远的距离……在这些奇怪的场景中，如果你说一个演员和另一个演员在一起，却没有看到他；如果你想暗示你走进了一间屋子，只需假装把门关上，然后抬起脚跨过门槛；如果

28 同上，p.323。

没有任何证据表明一个手里拿着麻杆的人不是在骑马，那么就对中国戏剧和演员表演有了一个认识。[29]

小德经谈到了自己的一个发现：戏曲舞台上的一切都是假定的。它的时间和地点是可以伸缩和转移的：演员在戏台上呆几个时辰，故事已经过去了好几天；演员在戏台上转一转，地点就转换到很远的别处。它的动作是虚拟的：凭空推门跨过门槛进屋，挥鞭表示骑马。小德经真正理解了戏曲舞台上的时空自由，跨越了西方人的"三一律"藩篱，也真正看懂了戏曲的虚拟动作，于是能够解说戏曲表演。小德经是第一个理解了戏曲表演假定性和虚拟性的西方观众，在距今两百多年前，并没有中国人对他进行提示，真是非常难得，而且其他西方人也长期未能跟上他的思想。

但是，小德经也对戏曲某些方面提出了尖锐批评。例如他对戏曲念白的发音效果持否定态度，他说："长篇台词朗诵缺少变化，只发出沉闷乏味的声音，不时会被歌唱和管弦乐队的音乐打断。一般来说，演员用大段唱腔表达愤怒、抱怨或喜悦。"[30]西方戏剧里用慷慨激昂、抑扬顿挫的长篇朗诵表达强烈感情，小德经因而批评戏曲朗诵激情不够，而且老是被歌唱打断，但他也理解戏曲是用唱腔表达强烈感情的。小德经还根据他看到的《白蛇传》里在戏台上生孩子的场面，以及其他喜剧里出现的低俗场景说："丈夫被情妇欺骗的故事是他们喜剧的常见主题，演员有时会演得过于逼真而太露骨，以至于场面变得非常不雅。根据这些喜剧，我们可以看到中国人的邪恶性格，以及他们独特而奇怪的口味。尽管中国人非常喜欢喜剧，他们希望日以继夜地看戏。但喜剧的状态是错误的，而且很强势，这让导演很难完成工作。人们不会错过买那些戏的票，更不会把那些场景删除掉。"[31]中国戏曲演出低俗的一面让小德经质疑到中国人的喜好。

但是，西方戏剧历史上也未尝完全避免低俗成分。例如戴维斯就反驳小德经说："我们不能对这些表演作过于苛刻的评判，因为就'放荡的享乐尝试'而言，在这些中国戏被写下几百年之后，我们可以公平地与之进行对比。沃顿（Warton）[32]观察到，'粗暴的和公开的淫秽'存在于我们古老的神秘剧或宗教

29 同上，pp.323, 324。
30 同上，p.323。
31 同上，p.325。
32 托马斯·沃顿（Thomas Warton, 1728-1790），英国评论家、桂冠诗人，牛津大学诗歌教授。

剧的表演里。在一出‘旧约与新约’的戏里，亚当和夏娃都赤裸着身子出现在舞台上，随后的场景中他们穿上了无花果叶。马龙（Malone）[33]说，在詹姆士一世（James the First）的时代，这种原始演出又复活了。牛津的一次乡村演出中，有几个人几乎全裸着身子出现在国王和王后以及其他参加的女士们面前。’”[34]戴维斯举这些例子，是说西方戏剧也有过低俗的时期，因此对中国戏曲不必过于苛求。

上述访华使团成员的著述，为西方窥视封闭中国打开一个窗口，因此受到重视，广为传播。而其中的戏曲观感传导到西方，也促动了西方人进一步了解中国戏曲的欲望。当然访问者不能像落地传教士那样长期住在当地，学习汉语，了解中国的文化习俗，对戏曲可以长期观察。他们只是走马观花，留下蜻蜓点水式的印象，因而谈论起来总是隔靴搔痒甚至风马牛不相及，但也有初次接触的新鲜感和生动性。尤其巴罗和小德经的戏曲论述颇有高度，对 19 世纪西方汉学 / 戏曲学产生了深远影响。

33 埃德蒙 · 马龙（Edmond Malone），十八世纪末英国知名莎士比亚学者。

34 J. F. Davis, “A brief view of Chinese drama and of the theatrical exhibitions”, *Laou-seng-urh or an heir in his old age, a Chinese drama*, London: John Murray, 1817, pp.xxx-xxxi.

# 柒、清廷招待马戛尔尼使团看戏考实

**内容提要：**

1793 年英国马戛尔尼使团出使清廷，在天津、热河、广州等地多次观看了为接待使团专门组织的戏曲演出。本文针对其成员留下的史料，考察其观剧对象、剧场形式、演出内容以及他们对演出的反应等，由中探讨清廷的设戏动机、选戏方向、演戏形式，和使团成员由于语言不通及戏剧观差异所形成的理解偏差与文化龃龉。

**关键词：** 马戛尔尼使团 戏曲 戏台

清代以后，西方列强争相觊觎在中国的利益，出于各种目的纷纷派遣使团出访大清。而 1793 年英国马戛尔尼使团访华是中西交通史上的一件大事，其影响直接笼罩了 19 世纪，埋下了鸦片战争的伏笔。清廷在接待这些外国使团时，总会安排一些盛大的杂技、舞蹈和戏曲演出，如果是在皇家驻地，还会利用那里的三层大戏台来渲染声势，另外与外国使团交结的王公贵族和官吏们也会邀请他们看戏。于是，许多使团人员就看到了戏曲演出，一些人将其情形记载下来，有的还进行了褒贬评论，有画家随团的甚至留下了宝贵的速写和水粉画形象，为我们留下珍贵的历史资料。

其中马戛尔尼（George Macartney, 1737-1806）使团访清由于其特殊性受到了高规格的接待，其成员在天津、热河、广州等处观看了杂技、舞蹈、烟花和戏曲的系列专门演出，而使团事先也从人员组成、航行条件和知识结构上进行了充分的访华准备，因而其对戏曲演出场景的详细记录和细致评价也是空前的，这种结果直接影响到 19 世纪西方对中国戏曲认识的确立。以往的戏曲研究虽然也触及了马戛尔尼使团的观剧情形，但作零散观察的多而作整体观察的少，对事件叙述的多而对其评价文字的内涵发掘的少，又由于对原始文献翻译和理解上的偏差，带来许多误解和误判，导致认识上的偏差。笔者从直接翻译原始文献入手，试图完整全面地再现这次中西戏剧交流的全过程，并解析其对西方的中国戏曲观念所产生的影响。（图三十七）

图三十七、马戛尔尼画像，英国国家肖像美术馆（© National Portrait Gallery, London）藏

## 一、英国马戛尔尼使团访华观剧

1792 年 9 月 26 日，马戛尔尼使团搭乘狮子号炮舰率领的船队从英国朴次茅斯港正式启程。由于出访前经过了一系列努力和充分准备，它也就为西方了解中国提供了新的方式与契机。首先是这个百人使团的成员构成包罗万象，有政治家、外交官、军事将领、哲学家、科学家、机械师、医生、译员、秘书、工匠、裁缝、厨师、马夫甚至乐队，对我们来说尤其重要的是还有制图员亚历山大（William Alexander, 1767-1816）和随团画家希基（Thomas Hickey, 1741-1824）。此行虽然以失败而告终，但在整个访华过程中大使马戛尔尼、副使斯当东（GeorgeStaunton, 1737-1801）、事务总管巴罗（John Barrow, 1764-1848）、使团狮子号船第一大副安德逊（Aeneas Anderson）及其他随行人员所写日记、见闻、感想，以及帕里什（William Parrish，炮兵上尉，擅画速写）、亚历山大和希基所画数千张速写与水彩写生画，将有关中国的地理山川、城市乡村、房屋建筑、市井百态、居室生活、风土人情、将军士兵、男女妇孺都事无巨细地记录下来，为欧洲进一步认识中国社会提供了实录文字和图绘，尤其是提供了一个逼近审视中国的形象窗口。（图三十八）

由于马戛尔尼使团访华是当时轰动欧洲的事件，过后使团成员出版的一系列著作引起西方极大关注，其中的戏曲观感也就传导到西方，促动了西方人进一步了解中国戏曲的想法。其中马戛尔尼《马戛尔尼赴华日记》[1]、斯当东《英国使团访问中国纪实》[2]、巴罗《中国行记》[3]、安德逊《英使访华录》[4]等都记录了他们看到的戏曲演出（主要是 1793 年 8 月 11 日天津白河码头的临水戏台演出、9 月 16 日热河行宫的木偶戏演出、17 日热河行宫三层大戏台的演出），而亚历山大的画作也首次对戏曲角色和演出场景进行了精心描绘，为欧洲读者提供了不可多得的戏曲形象展示。

图三十八、斯当东画像，英国国家肖像美术馆（©National Portrait Gallery, London）藏

## 二、天津临时戏台演出

马戛尔尼使团第一次看到的戏曲演出，是使团船队从渤海进入白河到达天津码头后，清直隶总督梁肯堂为欢迎使团到来，特意命人在总督行辕附近的码头边临水搭建起一座临时性戏台，在上面组织的不停顿演出，这一天是 1793 年 8 月 11 日。《马戛尔尼使华日记》中提到这座戏台："8 月 11 日，星期日。

1 George Macartney, *An Embassy to China, being the journal kept byLord Macartney during his embassy to the Emperor Ch'ien-lung, 1793-1794*, Edited with an Introduction and Notes by J. L. Cranmer-Byng, Senio Lecturer In History at the University of Hong Kong, London: Longmans, Breen and Co. LTD, 1962.

2 George Staunton, *An Authentic Account of an Embassy from the King of Great Britain to The Emperor of China*, London: Printed for G. Nicol, 1797.

3 John Barrow, *Travelsin China, Containing Descriptions, Observations, and Comparisons*, Philadelphia: Printed and Sold by W. F. M'Laughlin, 1805.

4 Aeneas Anderson, *A Narrative of the British Embassy to China in the Years 1792, 1793 and 1794*, Lonton: J. Debrett, 1795.

今天早上我们抵达天津……我们的座船停靠在总督府前，几乎是市中心的地方。在对面靠近水边的码头上，为这一场合修建了一座非常宽敞、宏伟的剧院，用中国传统的方式装饰得富丽堂皇。一个戏班的演员在几个小时内几乎不间断地演出着各种戏剧和童话剧（dramas and pantomimes）。”[5]巴罗《中国行纪》里也描述了这个热闹的场面：“戏台前面完全敞开，面朝河道，所有的观众都看得见。戏台上演奏着刺耳的音乐伴随着高声念诵，乐器有深沉的锣、一种驳船上用来指挥纤夫动作的木杖鼓，还有军鼓和号角。临时给总督、法官和其他政府官员搭起的彩棚用丝绸、缎带装饰得富丽堂皇。人群热闹而欢快，与巴托罗缪集市（Bartholomew fair）[6]里的娱乐情形非常相似，以至于我们不需要多少想象力就会觉得自己走进了史密斯菲尔德（Smithfield）。”[7]斯当东《英国使团访问中国纪实》则对这场演出有着具体而详实的描述：

> 在招待特使的其他事项里，有一项是在特使座船对面搭了一座临时戏台。它的外表装饰得五光十色，里面也十分美观，通过色彩的合理分布和对比，创造出欢快愉悦的效果——这是中国艺术的特殊目的。一个剧团一整天都在上面连续不断地演出，演了一些童话剧和历史剧。演员穿着古代的服装，和剧中人时代的衣着相同。对白用着某种朗诵腔，用各种各样的乐器伴奏，每一个停顿处都锣声喧阗，锣掌控着节奏。乐队呆在众目睽睽处，就在戏台后部那片足够宽但没多深的地方。每一位角色初次登场，都会说出他扮演什么人、故事发生在什么地方。每一场都不换布景，地点的统一性得到了遵守。女性角色由男孩或太监扮演。
>
> 其中一部戏的情节和英国一个剧有些相似，特别吸引了我们的注意力。戏写一个中国皇帝和他的皇后生活在至高无上的幸福里，忽然他的臣民起义了，内战接踵而至。最终结果是作为骑兵将军的叛逆者获胜，他亲手杀死了皇帝，掌控了帝国的军队。这时被俘的

---

5 George Macartney, *An Embassy to China, being the journal kept byLord Macartney during his embassy to the Emperor Ch'ien-lung, 1793-1794*, Edited with an Introduction and Notes by J. L. Cranmer-Byng, Senio Lecturer In History at the University of Hong Kong, London: Longmans, Breen and Co. LTD, 1962, p.78.

6 圣巴托罗缪是耶稣十二门徒之一，天主教徒将每年 8 月 24 日定为他的节日，英国伦敦史密斯菲尔德老街区在这一天举办盛大的集市。

7 John Barrow, *Travelsin China, Containing Descriptions, Observations, and Comparisons*, Philadelphia: Printed and Sold by W. F. M'Laughlin, 1805, pp.53-54.

> 皇后出现在戏台上，深陷在失去丈夫、失去尊严和荣誉的绝望和痛苦之中。当她正在撕扯着自己的头发对天抱怨时，征服者走了进来。他用尊敬的态度靠近她，温和地向她致以问候，用同情的话抚慰她的哀伤，同时向她表示了爱慕和倾心。就像莎士比亚戏剧里理查三世和安妮夫人的情形一样，不到半个小时，皇后就擦干眼泪、忘记死者，屈从了新的求爱者。全剧在婚礼和盛大的游行中结束。[8]

斯当东的观察点和捕捉点是细腻而准确的，他抓取了戏曲演出的不少特征：戏台装饰得鲜艳美观，戏服是符合人物时代的古装，念白高低抑扬配合着锣鼓点，乐队坐在戏台后部，戏台很宽但不够深，演员出场自报家门，舞台不换景，女角男扮。至于斯当东谈到的类似于莎士比亚戏剧《理查德三世》的皇后嫁仇人的一部戏，内容待考。从下面马戛尔尼使团把在热河清宫看到的戏《四海升平》说成是"大地与海洋联姻的戏"来看，由于语言不通，他们对戏曲内容的理解和描述会有很大误差。后来法国驻华使馆秘书特福雷（Trèves）曾于1861年春节在北京恭亲王奕訢王府花园看戏，据他说看的是"一部表现鞑靼人征服中国的悲剧，和一部海洋与地球结合的寓言"[9]，其中"表现鞑靼人征服中国的悲剧"的情节描述和这里说的有些接近，后面一部戏则相同。看来这两部戏是清廷接待外国使臣的例戏。依据情节判断，这部所谓"表现鞑靼人征服中国的悲剧"应该是《虎口余生》，表现李自成起义、清兵入关和崇祯的悲剧，目的是宣扬清革明鼎的历史正义性和清朝的天赋使命。其中类似于理查德三世篡位后娶对手之妻安妮夫人的情节，应该是指剧中李自成大将一只虎娶假冒公主的宫女费贞娥一节，而非"鞑靼"首领娶明朝皇后。[10]英国人看

8 George Staunton, *An Authentic Account of an Embassy from the King of Great Britain to The Emperor of China*, London: Printed for G. Nicol, 1798, vol. II, pp.190-192.

9 Achille Poussielgue, *Voyage en Chine et en Mongolie, de M. de Bourboulon ministre de France et de Madame de Bourboulon*, 1860-1861, Paris: Librairie de L. Hachette et Cie, 1866, p.234.

10 李惠认为斯当东描述的是《铁冠图》里的费贞娥"刺虎"场景（参见李惠《16-18世纪欧人著述中的中国戏剧》，中山大学博士学位论文，2017年，第169页），陈雅新从之（参见陈雅新《清代外销画中的戏曲史料研究》，广州：中山大学出版社2020年版，第169页）。笔者赞同其观点，因戏曲此类表演都是写意性的，英国人看戏，只看懂了一只虎迎娶费贞娥的婚礼场面，未能看出后来费贞娥出利刃刺死一只虎的表演细节。笔者更认为斯当东描述的应该是《虎口余生》里的相同场景。《虎口余生》由清初受康熙信任的大臣曹寅依据梨园旧本《铁冠图》和边大绶《虎口余生记》重新创作，修改了《铁冠图》里的违碍处，其剧本被清宫南府演出所采纳。《虎口余生》并成为当时的流行刊本，戴维斯1829年为学习中文的西方人

戏语言既不通，又猜想比附，因而致误。另外，由于中国戏曲不分幕，演出不间断，他们看戏只挑自己感兴趣的地方看，记录也只记那些自以为理解了的部分，所以忽略掉原剧里的大量甚至是主要情节是可以理解的。

对于这座临时建于直隶总督行辕附近白河码头旁的戏台，亚历山大画有两幅速写草图（图三十九、四十）。后来英国画家阿洛姆（Thomas Allom, 1804-1872）又在其基础之上，参考其他中国建筑图并发挥联想和创造性，画了一幅细致“逼真”的天津戏台演出图，刊登在《大清帝国的风景、建筑与风俗》一书里[11]（图四十一）。但阿洛姆没有来过中国，因而戏台的建筑结构出了一些差错。最突出的是原来用木杆草席临时搭设起来的一次性使用戏台，被置换成了砖瓦梁枋结构的永久性固定式戏台。另外还有不少细节失真，例如所绘戏台台口不是架设矮栏杆以便观赏演出、反而封上花墙遮挡视线，戏台没有后台而四面敞开、观众从四面围观，这些都不符合实际情形。此外，亚历山大草图里戏台后面的总督行辕前殿廊柱和斗拱被草草绘成了罗马式拱形柱（可以看到3个拱），应该是他当时观察不细而过后补绘时记忆模糊所造成的结果[12]，阿洛姆据以绘画时，干脆细致画出了9个罗马拱，这导致更大的失真。

图三十九、亚历山大绘天津戏台图一，大英图书馆（British Library）藏

开列的32种戏曲剧作里即有之（参见 J. F. Davis, “Preface”, in Hān Koong Tsew, or Sorrows of Hān, a Chinese tragedy, translated from the original, with notes, London: The Oriental Translation Fund, 1829, p.viii.）。

11 G. N. Wright, *China, in a series of views, Displaying the Scenery, Architecture, and Social Habits of the Ancient Empire, Drawn from original and authentic sketches*, London: Fisher, Son, & Co. , 1843, vol. I, p.83.

12 陈雅新已指出这一点，参见陈雅新《清代外销画中的戏曲史料研究》，广州：中山大学出版社2020年版，第41页。

图四十、亚历山大绘天津戏台图二，1793，大英图书馆（British Library）藏

图四十一、阿洛姆仿亚历山大画天津戏台[13]

## 三、热河行宫大戏台《四海升平》的演出

使团经天津到北京又转承德，来到清皇的热河行宫，9 月 18 日在福寿园清音阁三层大戏台陪同乾隆帝后观看了一部《四海升平》戏的演出。这是专门为英国使团来访修改加工的一出戏。清宫南府承应剧目里有昆弋戏《四海升平》一剧，描写文昌帝君率云使星神去给当朝皇帝祝寿，途遇南海巨龟率水精海怪阻挠，于是与四海龙王共同将其擒获的故事，唱南北曲【醉花阴】【画眉

13 Thomas Allom & G. N. Wright, *China, in a series of views, Displaying the Scenery, Architecture, and Social Habits of the Ancient Empire*, London: Fisher, Son, & Co. , vol.I, p.82.

序】【喜迁莺】【画眉序】【出队子】【滴溜子】【迎惠风】【滴滴金】【四门子】【鲍老催】【水仙子】【馀文】一套。因为这年9月17日（农历八月十三）恰值皇帝弘历83岁生日，清廷内外都把使团到来理解为英国的朝贡与祝寿，于是将其牵连到剧情里去，开场即让文昌念诵台词说："有暎咭唎国，仰慕皇仁，专心朝贡。其国较之越裳[14]，远隔数倍，或行数载，难抵中华。此番朝贡，自新正月启舶登程，六月已抵京畿矣。此皆圣天子仁德格天，所以万灵效顺，非有神灵护送而行，安能如此迅速。载之史册，诚为亘古未有之盛事也。"[15]剧本为乾隆六十年（1795年）抄本，藏故宫博物院，《升平署曲本目录》著录。（图四十二）戏在分别命名为福台、禄台、寿台的三层大戏台上演出，人物进出场和舞蹈、武打都分别按三层台面的表演设计。台底原有机械传动设备，可以喷涌水流，然后将水导入地槽，这一效果被戏里情节利用来惊骇观众。使团成员不明白戏的内容，只看到许多海陆珍奇动物，误以为是表演大地与海洋联姻故事的戏，而完全没有意识到其中把自己描写成了朝贡者。[16]

图四十二、清南府乾隆六十年（1795）抄本《四海升平》书影

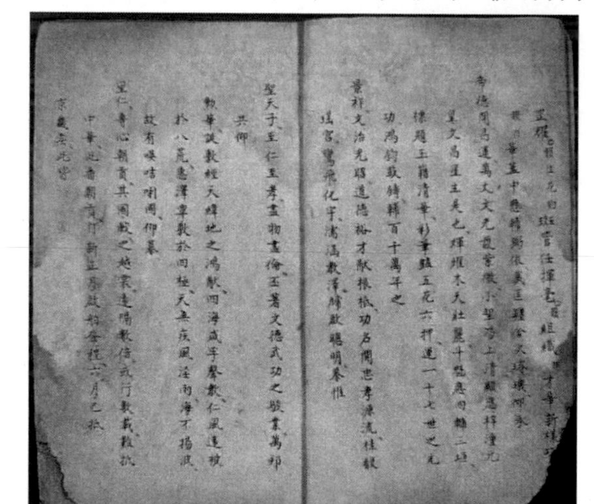

14 "越裳"，中国古代典籍记载的南海国名，始见於《尚书大传》，但具体位置已无从考证。越南人认为"越裳"就是越南的古称。

15 清乾隆六十年（1795年）抄本，藏北京故宫博物院。

16 参见叶晓青《四海升平——乾隆为玛噶尔尼而编的朝贡戏》，《二十一世纪》2008年2月号，《南方周末》2010年2月25日转载；王政尧《清代戏剧文化考辨》，北京：燕山出版社2014年版，第40-58页；王春晓《〈四海升平〉与马戛尔尼觐见乾隆》，《名作欣赏》2017年第8期。叶晓青认为《四海升平》系专为英国使团创作演出，王政尧说在英使访华前此剧本已经存在而临时增删台词为英使演出，笔者持后者立场。

### 1. 演出形式和内容及戏台

《马戛尔尼使华日记》详细记述了这次演出的形式和内容：

> 9月18日，星期三。应皇帝的邀请，今天上午我们去宫庭，观赏了为他生日演出的中国喜剧和其他娱乐活动。
>
> 喜剧从早上八点钟开始，一直持续到中午。皇帝坐在戏台对面的一个宝座上，戏台伸出到院子里。每一边的包厢里都没有设置座位和隔断。女人们被安置在上层阁楼里，这样她们既可以看戏又不被其他人看到。我们进去不久，皇帝就派人请我和乔治·斯当东爵士去见他，并以十分屈尊的态度告诉我们，在戏院里看到一个他这样年龄的人，我们不必感到惊讶，事实上他很少到这里来，除非是像现在这样的特殊场合。考虑到他的统治范围以及臣民的众多，他只能抽出很少的时间用于消遣……
>
> 戏剧的种类繁多，既有悲剧，也有喜剧。几部不同的作品接连上演，但是它们彼此之间没有明显的关联。其中一些是历史剧，另一些则是纯粹的虚构。部分是朗诵，部分是歌唱，部分是白话没有任何乐器的伴奏，却充斥着爱情、战斗、谋杀和所有戏剧中常见的事件。最后是一个大型的童话剧，从它所获得的赞誉来看，我猜想，它被视为一个具有发明和独创性的一流作品。依据我的理解力，它表现的似乎是海洋和大地的婚姻。大地展示了她的各种财富和物产，龙、大象、斑鸠、老鹰、鸵鸟、橡树、松树和其他不同种类的树木。海洋也毫不示弱，在舞台上倾泻了他拥有的财富，除了船只、岩石、贝壳、海绵和珊瑚之外，鲸鱼和海豚、齿鲸和庞然大物，以及其他海怪的形象都由隐藏的演员表演，他们的任务完成得相当完美，将他们的角色表演得令人钦佩。这两支海洋和陆地的队伍，分别转圆场了很长时间，终于汇合成了一个整体，来到了舞台的前面，经过几次队形变化后，向左右两旁分开，给似乎是统帅的鲸鱼让出空间，让它能摇摇摆摆地向前走。它在皇帝的包厢对面站定，从嘴里向舞台上的地井喷出了几吨水，这些水很快就从地井洞里消失了。[17]这场喷水表演赢得了最热烈

17 地井，原文为 pit（凹坑）或 perforation（穿孔）。清宫三层大戏台的一层地板上都有5个地井，中间一个大的，四周4个小的，平时铺上木板，用时打开。台面下有水井一口，供舞台用水时汲取。参见廖奔《中国古代剧场史》第138、144页，郑州：中州古籍出版社，1997年。

的掌声，有两三个挨着我的官大人希望我特别注意到这一点，同时重复说：‘好！很好！迷人，令人愉快！’”

……

下午快一点时，我们退出了。四点钟，我们回到宫廷去看晚上的娱乐活动……

……

无论怎么拙劣，我们都必须衡量中国宫廷的品味和精致度，它最高雅的娱乐活动似乎就是我现在所描述的了，加上上午那些拙劣的戏剧。[18]

通过马戛尔尼的描述我们看到，清宫大戏从早上八点开始，一直演到下午一点。其间演出了历史剧、故事剧，内容有悲有喜。压轴的第七出戏就是《四海升平》。乾隆皇帝弘历坐在看楼正面的厅房里，他的后妃们坐在正面的二层楼上，臣僚与英使一行则站在两旁的侧厢里看戏。

乾隆初期曾平定准噶尔等叛乱，后期开始歌舞升平，又与海外各国来往日增，于是清宫节庆承应戏里出现众多与之有关的排场戏，例如《四海升平》《四海安澜》《四海清宁》《河清海晏》《万国嵩呼》《八方向化》《寰宇咸宁》等等。这些戏的内容空洞，大略都是帝王做寿、海怪阻挠、神将平乱、天下太平之类，仅从其出目即可见出一斑。例如《四海清宁》一剧出目为“寿星降勅”“波臣献瑞”“越裳侦宝”“远人向化”“海角蛮争”“道服诸蛮”，《万国嵩呼》最后两出出目是“诸番息战”“万国共球”。这些内容主要针对的是周遭接壤各国，至于西方远来的“进贡”者，原来戏里并没有涉及。学者王森然指出，《四海升平》编撰于乾隆二十六年（1761）乾隆皇帝第三次巡幸五台山之时[19]，早于马戛尔尼使团来华许多年。除了前述乾隆六十年抄本外，我们还见到两种清宫南府抄本《四海升平》，其中并没有“暎咭唎国”一段文字。其中之一说的是扫平周边海盗的事：“（龙王白）启上帝君：当今圣天子文德丕昭，武功广著。四海久已承平，万灵靡不效顺。向者南海之际，有蠢顽巨龟，不时吞吐风涛，稍为微沴，致有蔡牵等染惹其氛，遂而为乱于闽越、扰害生民。已经圣天

18 George Macartney, *An Embassy to China, being the journal kept byLord Macartney during his embassyto the Emperor Ch'ien-lung, 1793-1794*, Edited with an Introduction and Notes by J. L. Cranmer-Byng, Senio Lecturer In History at the University of Hong Kong, London: Longmans, Breen and Co. LTD, 1962, pp.136-140.

19 王森然遗稿、中国剧目扩编委员会扩编《中国剧目辞典》，石家庄：河北教育出版社，1997 年，第 198 页。

子用彰天讨，获而正法。继有水贼，无知结党，恣扰于粤闽之滨，劫掠商贾，抗御行人。又赖天威复震，殄灭无遗，薛芥不存，诚为四海升平、万年清晏也。”[20]蔡牵（1761-1809）是福建海盗，乾隆末年率万人之众驰骋于闽、浙、粤海面，劫船越货，攻打州府，直至嘉庆十四年（1809）才被平灭。此段文字系用小字添加在正文中。由此可见《四海升平》剧本是针对时事随时修改的。

至于马戛尔尼所描述的戏的内容，我们引另一本“排场串头在内”的南府手抄剧本《四海升平》的两段舞台调度词，读者可以看出其舞台设计与之的相似处、自行对照：“文昌帝君白：‘众星神各显神威，擒此丑类者。’众星、龙王两场门下。八水怪、龟精从两场门上。众星追上，作战科，从两场门下。雷公、电母、风伯、雨师从两场门上，跳舞科，从下场门下。龟精从上场门上，绕场科，从下场门下。八星追八怪从上场门上，作战科，从下场门下。龟精、八星从寿台上场门上，作战科，龟精作出珠，从下场门逃下。众星神禀曰：‘启帝君：此龟仗精珠一颗，出没水中，奔逃无迹。’”“四海龙王、河伯使者、潮神、风神、七星纛、雨师、雷公、电母从寿台两场门上，摆式科。海龟从上场门上，武曲星、长庚星众星神追上，作战科。长庚星夺海龟精珠，击海龟，隐从下场门下。众星神追下。龙王水卒从两场门下。文昌下云板、上高台。众星神作锁龟形从下场门上。文曲星作立龟背科。众星神白：‘仰仗天威，一鼓擒获，请帝君发落。’”[21]从调度词可以看出，演出内容是众天神、龙王水族与龟精八怪的开打和追逐，最终俘获龟精结束，与马戛尔尼看到的场景十分接近，但也可看到它和马戛尔尼关于“海洋和大地婚姻”的理解与想象距离有多远。然而，由于勋爵定了调，于是一行人都认定了这出戏表现的是大地与海洋的联姻，这种说法又被后来陆续观看此戏的西方人所承袭，例如进入北京的英法联军首脑 1861 年初又被清廷招待看了这部“海洋与地球结合的寓言”[22]。

马戛尔尼所乘坐狮子号舰船的第一大副安德逊回国后首先出版了《英使访华录》一书。他在第五章描述了热河行宫大戏楼的建筑造型和环境：“在这个场合上演了一场戏，作为对贵宾的特别致意和招待。戏院是一座方形建筑，主要是用木头建造的，矗立在清宫的前面。戏台周围都是楼廊。在这个日子，

20 北京故宫博物院编《故宫珍本丛刊》，海口：海南出版社 2001 年版，第 661 册第 379 页。

21 同上，第 374-376 页。

22 Achille Poussielgue, *Voyage en Chine et en Mongolie, de M. de Bourboulon ministre de France et de Madame de Bourboulon*, 1860-1861, Paris: Librairie de L. Hachette et Cie, 1866, p.235.

整个戏台都装饰着五颜六色的丝质飘带。戏剧表演主要由战争场面组成，用刀、剑和长矛进行假想的战斗，表演者以惊人的技巧操纵着这些武器。各种场景都涂上了美丽的镀金彩绘，演员的装饰性服装则与绚丽的景色相协调。”[23] 安德逊描述了清音阁三层大戏台和周围观看楼廊的整体造型为木结构方形建筑，这是他人所未能指出的。

斯当东的记叙里还特别强调了楼上厢房用纱幔遮挡着的女座：

> 一批特别挑选的客人，包括使团的主要成员，被邀请去皇宫女眷们的剧场看童话剧，剧场位于她们的私人庭院和皇帝的大花园之间。那是一座小而漂亮的戏台建筑，有几层楼高，上面有三层开放的台面，一层高于一层。戏台对面是客人的深包厢，它的上面是嫔妃们雅静的格子厢房，她们坐在里面既可以看到各层台上演的是什么，又不被别人看到。她们看不到包厢里的客人，皇帝为了满足她们想见使团人的愿望，就让一个太监把前面提到的孩子（笔者：指小斯当东）从大使包厢里领出来，让他站在一个嫔妃们看得见的平台上。
>
> 戏台上的演员装扮的不是人，而是陆地上和海洋里的动物和植物，它们充满了三层台面，显示出一种世界图景。表演的内容，有人猜测是大地和海洋结婚。这个演出有好几场，演员们的动作及其演变持续了大半个下午。[24]

我们知道，清代乾隆时期陆续在北京紫禁城、圆明园、颐和园和热河行宫兴建了 5 座三层大戏台（紫禁城 1 座、圆明园 2 座、颐和园 1 座、热河行宫 1 座），利用机械传动和三层台面，制造出类似欧洲中世纪宗教剧那样升天入地的舞台效果，借以炫人眼目。[25]三层大戏台上有喷水装置，例如清南府剧本《升平宝筏》提纲头本第四出“花果山洞”有句：“此出预备水四桶才够。”[26]马戛尔尼所说鲸鱼喷水，可能是龟精或鳌鱼喷水。清末太监曹心泉在《前清内廷演戏回忆录》里说到：“《罗汉渡海》，有大切末制成之鳌鱼，内可藏数十人，以

23 Aeneas Anderson, A *Narrative of the British Embassy to China in the Years 1792, 1793 and 1794*, Lonton: Printed for J. Debrett, 1795, p.76.

24 George Staunton, *An Authentic Account of an Embassy from the King of Great Britain to The Emperor of China*, London: Printed for G. Nicol, 1798, vol. III, pp.73-74.

25 参见廖奔《中国古代剧场史》第 137-147 页，郑州：中州古籍出版社，1997 年。

26 《升平宝筏》下册第 896 页，《清代宫廷大戏丛刊初编》，北京大学出版社，2016 年。

机筒从井里吸水，由鳌鱼口中喷出。”[27]三层大戏台经常用于演出神魔斗法、场景变幻类剧目，例如《升平宝筏》(《西游记》故事)、《劝善金科》(目连救母故事)、《封神天榜》等。由于三层大戏台规模恢弘、又具备特殊机械功能，庆寿大典自然会利用来举办祝寿活动，而招待外国使节当然更要利用它们来骇目耸听。例如 12 年前的乾隆四十五年（1780）弘历 70 大寿，朝鲜使臣朴趾源就在这座大戏台观看了贺寿演出，在其《热河日记》里录了一笔；两年前的乾隆五十五年（1790）弘历 80 大寿，朝鲜大使柳得恭则在北京圆明园的清音阁三层大戏台观看了《升平宝筏》演出，在其《滦阳录》里留下了记载；两年后的乾隆六十年（1795）荷兰使团访清，也受到同样接待，随团翻译小德金（Chrétien-Louis-Joseph de Guignes, 1759-1845）《1820 年和 1821 年穿越蒙古的北京之旅》（*Voyage à Peking, à Travers la Mongolieen 1820 et 1821*, Paris: Dondey-Dupré père et fils, 1827）一书里有描述。

2. 使团对于演出的反馈

但这次为英国使团演的庆寿颂圣戏《四海升平》，实在是缺乏思想内容和真实情感，徒以炫耀盛大场面与机械技巧而自夸，可以视为一场歌功颂德的仪式表演，但并不是戏曲作品，因而没有多少审美效应，马戛尔尼称之为“拙劣的戏剧”。即使是中国人拼命想借以炫耀的喷水表演，在马戛尔尼讽刺性的笔调下也都成了自夸骄人的东西。斯当东对于演出内容的描述与马戛尔尼相同——大地与海洋的联姻，或许他们进行了讨论。幸而英国人完全曲解了剧情，没有意识到是针对他们“朝贡”而设计，否则此行的尴尬和愤怒之情更要加码。总之这场演出完全没有收到乾隆皇帝和参与臣僚们所希望的效果，只给人带来莫名其妙的感觉。

斯当东在看了皇帝大幄前面的露天草地上表演的杂技、歌舞、焰火之后也说：“所有这些娱乐活动都在皇帝大幄前面的草坪上露天演出。在这种场合，虽然汉人更偏爱精致的戏剧演出，但观众里的许多鞑靼人和外国人，包括英国

27 曹心泉口述、邵茗生记《前清内廷演戏回忆录》，《剧学月刊》第 2 卷第 5 期，1933 年 5 月。荷兰伊维德（Wilt L. Idema, 1944-）认为马戛尔尼使团所看清廷戏即为《罗汉渡海》（参见伊维德《三层戏楼上的演出：乾隆朝的宫廷戏剧》，余婉卉译，《武汉理工大学学报（社会科学版）》2014 年第 6 期），但《罗汉渡海》写达摩领众罗汉跨海朝见观音，龙王率水族护送，登场人物与马戛尔尼的描写不太符合，且罗汉、观音的造型与服饰特殊，也未见马戛尔尼注意。

使节团在内，都看不懂中国戏。”[28]而对于中国只有宫廷才有的最大最豪华的三层大戏台，见惯了西式豪华剧院的英国人也根本没有什么感觉：斯当东虽然看到了戏台有三层，竟然还说是座“小”戏台。马戛尔尼则提到包厢里没有座位和隔断，他的对比物是西式剧院里的包厢和固定座位。事实上皇帝面前大臣们是不能落座的，因而我们看到乾隆五十四年（1789）绘乾隆热河行宫清音阁三层大戏台观剧图，边厢里只有桌子供摆放茶酒食品，确实没有凳子。（图四十三）西式剧场里安置观众及提升其座位的舒适度是重要因素，而中国人只在戏台建筑上玩花样却轻视观众观演环境，尤其皇帝跟前还不准坐，让马戛尔尼们一站五个钟头，造成极度不适和疲倦，这也是他们厌恶看中国戏的原因之一。

**图四十三、清乾隆三十年（1765）绘热河行宫清音阁三层大戏台观剧图（北京故宫博物院藏）**

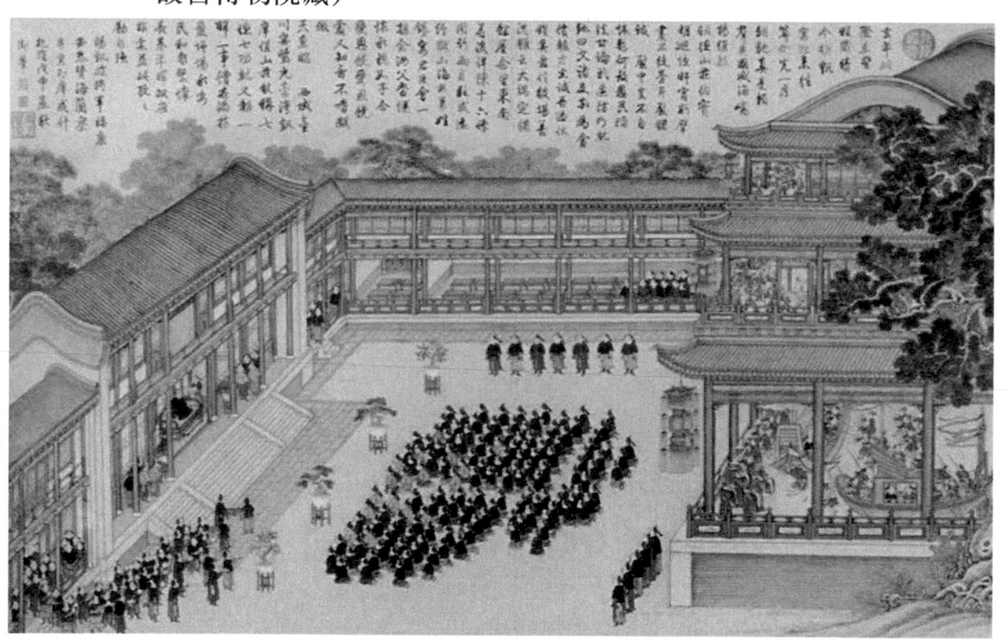

巴罗由于被限令留在圆明园而未能随行马戛尔尼去热河觐见，没有看到上述演出，但他一定听他人转述了当场情形，过后他在《中国行纪》里还完整抄录了马戛尔尼的观感日记。对于他们阐发的演出评价，巴罗给出了下述见解，值得参考：

---

28 George Staunton, *An Authentic Account of an Embassy from the King of Great Britain to The Emperor of China*, London: Printed for G. Nicol, 1798, vol. III, p.73.

然而我怀疑，自从鞑靼征服以来，宫廷里的娱乐活动某种程度上已经退化了。跳舞、骑马、摔跤、做运动，都更适合粗鲁朴实的鞑靼人，而有规律戏剧的氛围和对话，更符合中国人文质彬彬的天赋和气质。我是从一个非常普遍的习俗中得出上述看法的，即中国官员家里设有私人剧场。他们有时用正规的戏剧招待客人，而不是用上述杂耍。在穿越中国的旅途中以及在广州，我们受到许多这样的款待。[29]

巴罗根据他后来在旅途中看到的清朝官员家里的堂会戏，得出结论，认为清宫的杂耍类戏剧，不是汉人平时看的“正规的戏剧”——这个看法是有见地的，确实清宫节令戏不是展现人生的戏剧，只是仪式而已。但巴罗引申为鞑靼人的性格和民风降低了娱乐的品位，却有点过度解读了。事实上南府这类剧本也都是汉人编写的，也是由汉人演的。巴罗进一步引用了一个古罗马演出的例证来说明问题，这个例证与英国人认为的“大地和海洋结婚”戏的场景十分相像，最终巴罗得出中国宫廷娱乐幼稚而粗俗的结论：

要想赞美北京宫廷娱乐高雅而精致，那是违背真实和情理的。那些源于鞑靼人的节目无法与坚毅的古罗马人在圆形竞技场上进行的显示力量和敏捷度的高尚竞赛相比，但我们承认，汉人的正规戏剧则与欧洲更优雅、精致和理性的演出近似。诚然，罗马帝国衰落时期的演出和中国一样粗俗野蛮：在他们巨大的圆形剧场里，一开场就展示大自然罕见而奇妙的物种。森林里有无数的鸟，洞穴里跑出虎豹狮子之类猛兽，平原上遍布大象、犀牛、斑马、鸵鸟等奇特种属，这些来自非洲的野生动物都被聚集在竞技场的环道里亮相。如果大地的丰饶还不能让人满足，那么海洋也要加入进来，竞技场成了一片汪洋。最终大地和海洋联姻，产生了一个怪物种族，就和中国戏剧里一样……

简言之，目前中国的娱乐大部分都十分幼稚，或者说是粗俗的。相比之下，偶尔在英国村镇集市上演出的戏法和木偶戏可能还更精致、有趣与合理些。在手感、身姿、跳绳、骑马和体能锻炼等方面，他们远不如欧洲人；但在烟花的多姿多彩上，他们也许能玩世界于

29 John Barrow, *Travelsin China, Containing Descriptions, Observations, and Comparisons*, Philadelphia: Printed and Sold by W. F. M'Laughlin, 1805, pp.146-147.

掌心。在所有其他方面，中国首都的娱乐都不足称道，既不符合官府的权威性，也不符合通常认为的中国人的文明程度。[30]

巴罗认为，除了烟花可以居于世界之冠外，中国人的其他娱乐表演都既幼稚又低俗，比欧洲落后很多，不足为道。这种见解如果能被当时的清政府官员听进耳朵里去，他们也就不至于这样费力不讨好地大张旗鼓招待西洋人看演出了。但是，后来的研究者却注意到，事实上中国民间演的戏远比马戛尔尼使团看的宫廷戏要好得多，正如英国《每季评论》1817 年 10 月号所说："皇帝和他的宫廷提供给每一位大使的戏剧娱乐演出，都比他们在各省应邀观看的演出更加幼稚、荒唐和粗鄙。"[31]

3. 后续回响

由于英国朝野对于此次出访的重视，又由于欧洲各国注目于英国使团访华，马戛尔尼使团成员的著述很快被译为各国文字出版，此一演出情况就被欧洲 19 世纪上半叶诸多戏剧年鉴、期刊、百科全书引用而散布到各国。学者罗仕龙即曾统计了法国的有关影响情况，可以参考。[32]这是一次对中国戏曲的集中报道，促动了西方对戏曲的关心，诱发起新的兴趣。

然而，1816 年英国阿美士德使团再次访华时，虽然有了马戛尔尼使团的铺垫，戏曲知识却严重准备不足。我们只在随团医生和博物学家阿裨尔（Clarke Abel, 1780-1826）《1816 和 1817 年在中国内地旅行与往返航行记事》一书里，看到他在天津官厅欢迎宴会上的看戏感受是一片茫然："宴会上演了一出戏，结束时表演了翻扑跌打。表演者的服装非常华丽，据说和鞑靼人统治之前汉人的服饰相似。混乱嘈杂是这场演出给我留下的唯一深刻印象，因为我对内容一点也不理解，打斗只能体现力量和敏捷。我们在桌旁坐了大约一个小时，站起身来，演出就停止了。掀开的戏台后面露出一段绘制粗糙的长龙。"[33]看来使团成员都感到枯燥难耐，就提前离席了。

---

30 John Barrow, *Travelsin China, Containing Descriptions, Observations, and Comparisons*, Philadelphia: Printed and Sold by W. F. M'Laughlin, 1805, pp.150-151.

31 "Chinese drama", *The Quarterly Review*, Oct. 1817. vol. xvi. No. xxxii. p.400.

32 参见罗仕龙《十九世纪下半叶法国戏剧舞台上的中国艺人》,《戏剧研究》（台湾）第 10 期，2012 年 7 月。

33 Clarke Abel, *Narrative of a Journey in the Interior of China, and of a Voyage to and from that Country in the Years 1816 and 1817*, London, Printed for Longman, Hurst, Rees, Orme, and Brown, Paternosterrow, 1818, p.84.

## 四、清宫木偶戏

头一天马戛尔尼使团还观看了木偶戏演出。《马戛尔尼使华日记》如此记载："我们还看了一个中国木偶戏，和英国木偶戏稍有差别。有一个苦恼的公主被关在城堡里，一个骑士战胜了狮子和龙，放她出来并娶她为妻，举行了婚宴和骑马比武。此外还有一部喜剧，其中潘趣（Punch）和他的妻子、班迪默（Bandimeer）和斯卡拉莫克（Scaramouch）[34]扮演了重要角色。有人告诉我们，这个木偶剧团是属于后宫的，是作为一种特殊表演专门派来娱乐我们的。它赢得了侍从们的热烈掌声。我知道这是宫廷里最受欢迎的演出。"[35]笔者根据剧情描述推测，所演剧目或许是《柳毅传书》。《柳毅传书》讲的是洞庭龙王的女儿龙女三娘被丈夫泾河龙囚禁，书生柳毅同情她帮她给家里带信，三娘的叔叔钱塘龙王知道后大怒，战败泾河龙救回了三娘，最后三娘与柳毅终成眷属。这是明清间最流行剧目之一，清代木偶戏里有这一剧目[36]，恰恰也是内宫女眷们爱看的戏。当然三娘不是被囚禁在古堡里，而用战斗解救她的是她的叔叔，结婚对象则是帮她带信的书生。虽然有这些细节的不合，但不懂念白唱词又只是看木偶演出的英国人也只能根据他们的文化背景来比附故事情节，走样是无法避免的。

由此看来，英国人能够看懂或貌似看懂并感兴趣的戏，是其文化中盛行的类似的戏，因为两者的相似而引起关注。即如西方人读到《赵氏孤儿》译本，马上产生的联想就是悲剧（尽管不遵从"三一律"），就是古希腊戏剧里也有自报家门、也有合唱队和音乐伴奏之类——这是跨文化交流的一个特点。至于马戛尔尼提到的潘趣木偶戏，是英国一种街头流行的独角布袋木偶戏表演，名为"潘趣和朱迪"（Punch and Judy）。（图四十四）表演由狭窄的四方围屏内一个艺人操纵，双手各擎一个布袋木偶——潘趣和他的夫人朱迪进行演出，据说源自 16 世纪意大利那不勒斯（Naples），狄更斯（C. J. H. Dickens, 1812-1870）小说《董贝父子》《老古玩店》《雾都孤儿》里都提到潘趣木偶戏。马戛尔尼使

34 潘趣和他的妻子是英国当时流行木偶戏的两个角色，班迪默待考，斯卡拉莫克是意大利喜剧中懦弱而好吹牛的丑角。

35 George Macartney, *An Embassy to China, being the journal kept byLord Macartney during his embassy to the Emperor Ch'ien-lung, 1793-1794*, Edited with an Introduction and Notes by J. L. Cranmer-Byng, Senio Lecturer In History at the University of Hong Kong, London: Longmans, Breen and Co. LTD, 1962, p.134.

36 例如中山市非物质文化遗产保护中心藏有清末制造的三娘、柳毅两个角色的三乡木偶。

团的亚历山大怀疑这种木偶戏即来源于中国，他说："我们完全有理由相信，潘趣和他的妻子原来是中国人，我们所有的木偶戏都是从那个国家来的，那种一个人顶在脑袋上身子藏在布帘后面的小剧场木偶戏，正是中国人的表演方法。法语里的 Les Ombres Chinoies（中国影戏）则是以其来源命名的。"[37]

**图四十四、潘趣木偶戏，英国维多利亚与艾尔伯特博物馆（Victoria and Albert Museum）藏，1884**

中国木偶戏是西方人持续关心的表演形式。英国人梅森《中国服饰》（1800）一书中的第 38 幅插图是广州画师蒲官画的独角布袋木偶戏演出，法国人布列东《中国服饰与艺术》（1811）一书第 3 卷第 126 页插图也是同样的独角木偶戏。（图四十五）布列东书里还解说道："中国人非常偏爱木偶表演，将它发挥到了极致……街头木偶戏比欧洲的设备更简单，没有什么比他们的小戏台更便于携带了。一个人站在凳子上，用一块蓝布把周身遮住，头顶上有一个盒式平台代替戏台。他像我们的木偶表演者一样操纵木偶，把食指和拇指插进木偶的袖子……"[38]法国旅行家普西尔格（Achille Poussielgue, 1829-1869）《中国与蒙古之行》一书里也描述了这种独角木偶戏："表演者站在一个凳子上，全身用蓝色棉布的大罩裹到脚踝。一个代表小戏台的盒子支撑在他的肩膀上，高过头顶。没有任何机械装置，全靠他的双手操作，像很小的自动装置一样制造出喜剧效果。"[39]文图对照，我们对这种木偶戏演出的形式有所把握了。

37 William Alexander, *Picturesque Representations of the Dress and Manners of the Chinese*, London: W. Bulmer and Co. , 1814, plate xxv.

38 Joseph Breton, *La Chine en miniature: ou choix de costumes, arts et métiers de cet empire*, Paris: Nepveu Libraire, 1811, tome second, p.127.

39 Achille Poussielgue, *Voyage en Chine et en Mongolie, de M. de Bourboulon ministre de France et de Madame de Bourboulon*, 1860-1861, Paris: Librairie de L. Hachette et Cie, 1866, pp.237-238.

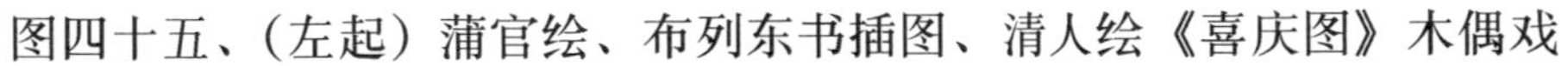
图四十五、（左起）蒲官绘、布列东书插图、清人绘《喜庆图》木偶戏

西方人对于在中国见到与欧洲类似的木偶戏总是感觉诧异的。俄裔英国人马克戈万《尘埃》一书里说：“中国的木偶戏很像我们欧洲的傀儡戏。只不过中国人通过自己的语言把它变得更加活灵活现，更加富有魅力……诸如尖叫声、假嗓子等与我们欧洲的表演完全一样。这真让人难以想象。两个与世隔绝的大陆一直在上演着两种近乎相同的、从远古继承下来的戏剧形式！”[40]当然，马克戈万不像亚历山大那样认为木偶戏是从中国传到欧洲的。

## 五、结语

通过本文的考察可以看出，清廷招待马戛尔尼使团成员看戏经过了精心准备。首先是在程序安排上，先在使团乘船抵达天津直隶行辕时搭设河边临时戏台不间断演戏表示隆重迎迓，其次当使团到达热河行宫参见乾隆皇帝时在清音阁三层大戏台设戏款待，与乾隆和嫔妃们一起看戏，日常又有木偶戏表演来助其解除疲劳和增添娱乐。其次是在剧目安排上，先后演出了宣扬清革明鼎正义性的《铁冠图》(《虎口余生》)、表现英国使团朝贡天朝的《四海升平》和用于消闲的童话木偶剧《柳毅传书》(？)。而使团成员在看了这些戏之后，立足于自己的文化准备和戏剧观念，对其演出形式、表现内容得出十分恶劣的印象和评价，这一点恐怕是清廷所始料不及的，也是与其初衷背道而驰的。我们却从中看到了由于语言隔阂、东西方文化异质和戏剧观念不同所造成的理解偏差与文化冲突。

40 〔俄〕D·马克戈万《尘埃》，脱启明译，时代文艺出版社 2004 年版，第 167-168 页、170 页。

# 捌、19 世纪西方汉学 / 戏曲研究的兴起

**内容提要：**

19 世纪西方兴起的汉学 / 戏曲研究，摆脱了宗教目的，成为纯粹学术研究。它质疑传教士和游记作者浮光掠影式的中国印象，倡导从通俗作品里直接感受中国，取得了初步成绩。西方汉学 / 戏曲研究主要酝酿于两个中心：英国东印度公司广州商馆和法国巴黎高校。以后越来越多拥有相当数量汉籍的大学开设汉学讲席，各国研究者纷纷成立有关学会，办学刊、开年会、进行学术交流，促进了汉学 / 戏曲研究的开展。

**关键词：** 汉学 / 戏曲研究 两个中心 汉学阵地

19 世纪西方兴起的中国研究，是在 18 世纪传教士汉学基础上展开的，不同的是它已经由宗教开辟向纯粹学术研究深入，进入大学学科的经院式教学与传授，在早期传教士汉学的语言钻进和经典发掘成果基础上，广泛探入中国文化的各个领域，包括中国戏曲的翻译与研究。西方对于中国戏曲的兴趣系 18 世纪前叶由法国耶稣会士马若瑟（Joseph de Prémare, 1666-1736）奠定，在 19 世纪初叶广泛展开，成为西方汉学的重要组成部分。

## 一、文化与认识背景

与 18 世纪充满了远东向往的文化氛围不同，19 世纪欧洲对中国文化的毁损之声日益强劲，但是仍然有相当多的学者在学术领域深入探查中国文化，推动了西方专业汉学的产生。这些专业学者对中国的理解超越了早期游记和传

教士的浮光掠影阶段，更注重通过中国戏曲和小说对日常生活与风俗的描写来探查中国内心。英国小斯当东（George Thomas Staunton, 1781-1859）说："中国作家向读者展示了许多这个民族的习惯和性格，而这些远远超出了时下我们与这个国家交往所获得的个人观察视野。"[1]伦敦《每季评论》杂志（The Quarterly Review）1817 年 10 月号在评论戴维斯（John F. Davis, 1795～1890，旧译德庇时）译本《老生儿》时也持同样观点："这一特殊的文学分支（指小说戏曲——笔者）使我们能够真实评估其民族性格，然而我们恰恰缺乏对其深入的了解——在所有文学分支中，它似乎最能向我们展示这个奇异的民族在普通的生活中是如何行动和思考的，以及在他们屋里、寺庙里、道路两旁和所有公共场所到处书写着的孔子所说的美好道德情操，在现实生活中究竟实现了多少。"[2]该杂志 1829 年发文评论戴维斯译本《汉宫秋》时仍然说："我们坦率地承认，他们由戏剧、诗歌和浪漫故事或小说这三种体裁组成的美文作品，在我们心目中始终占有最高的位置。我们也肯定，在与一个民族亲密接触方面，似乎没有一种更容易或更令人愉快的方式，能比这种取之不尽、用之不竭的通俗文学作品更让欧洲汲取到经验的了。"[3]英国汉学家道格拉斯（Robert K. Douglas, 1838-1913）甚至说："（小说戏曲作品）作为中国通俗文学的例证……它们就像镜子映照着人们的生活，从而使我们意识到人类的情感和感觉是一样的，无论是在扬子江畔还是泰晤士河沿岸。"[4]上述众多作家一而再再而三地论说戏曲小说对于了解东方帝国的重要性，这种认识推动了西方的中国戏曲小说翻译与研究。

19 世纪前叶欧洲学界的这种议论之声甚至形成了一股强大思潮：质疑传教士和游记作者浮光掠影式的中国印象，倡导从中国通俗文学作品里直接感受中国生活和思想的真谛。这种思潮的内涵，正如法兰西学院首任汉学教授雷慕沙（Jean-Pierre Abel Rémusat, 1788-1832）《玉娇梨》译本序所描述："中国小说在这方面可以填补一个重要的空白。对我们来说，它们比旅行者的描写更准

1 *Narrative of the Chinese embassy to the Khan of the Tourgouth tartars, in the years 1712, 13, 14 & 15*, translated from the chinese and accompanied by an appendix of miscellaneous translations by Sir George Thomas Staunton, London: John Murray, 1821, pp.xxii-xxiii.

2 "Chinese drama", *The Quarterly Review*, vol. xvi, 1817, p.397.

3 "Chinese Drama, Poetry, and Romance", *The Quarterly Review*, vol. xli, 1829, p.86.

4 Robert K. Douglas, ed. and trans. , *Chinese Stories*, Edinburgh and London: William Blackwood and Son, 1893, p.xxxvii.

确，也更有趣。哪个欧洲人敢自称了解一个民族能像这个民族了解它自己一样清楚？在这种情况下，旅行者哪敢吹嘘自己能像小说家一样诚实？小说家的描述必须得到更多的信任，因为这些描述不是他刻意做出来的。传教士经常有机会在政治生活和礼仪活动中观察中国人，但他们很少进入他们的内心、参与其家庭事务。事实上，还有另一半他们几乎看不见的人众，如果这正是我们要研究的最有趣的一半，我们就更加倚仗于小说。至于随行英国和荷兰大使访问北京的其他欧洲人，他们在那里受到的接待，足以解释为什么他们几乎不能给耶稣会士的描述增添新内容。我想只有一个英国人坦率地承认了这一点，他说：我们被像乞丐一样接待，像囚犯一样对待，像小偷一样送走。这三种人，人们当然不会把他们当作知己，他们也就没有机会去进行深入的观察。然而，那些什么也没看到没多少可说的人回到欧洲，远离了中国以后，旅行的质量使他们感到舒适，传教士的著作为他们提供了取之不尽的知识和评论来源。这时，如果他们经常随机根据唯一被允许交往的中国人——礼宾司的五六名成员和六十到八十名抬轿子的仆役来判断两亿人的情形，有时蔑视那个几乎没看见的民族的才华，就不足为奇了。”[5]这种思潮激励和动员着学者们从事戏曲小说的翻译和研究工作，从而推动了西方汉学、戏曲研究的深入开展。

## 二、汉学 / 戏曲研究肇始

19 世纪初西方汉学主要发端于两个中心：英国东印度公司广州商馆，法国巴黎高校。

英国东印度公司（British East India Company）1715 年开始在广州设立商馆，从中国进口茶叶和丝绸，销售粗绒布和鸦片。广州商馆于是成为了解中国文化的前沿阵地。（图四十六）19 世纪后广州商馆规模扩大，开始为培训本部职员开设汉语课程，并建了一座中文图书馆，其藏品包括众多汉语典籍和戏曲剧本。戴维斯曾经在《中华帝国及其居民概述》里说：“在东印度公司一个中等规模的中国图书馆里，有不少于两百卷的戏剧书籍，而其中一部四十卷的书里就包含了一百部戏剧作品（指《元曲选》——笔者）。”[6]这些戏剧作品成为诱发学习汉语者兴趣的某种源头。19 世纪初期英国涌现出一批汉学家如马礼

5 Abel Remusat, *Iu-Kiao-Li ou Les Deux Cousines*, Paris: Moutardier, Libraire, 1826, pp.11-13.

6 John Francis Davis, *The Chinese: A General Description of the Empire of China and its inhabitants*, London: Charles Kniget & CO. , 1836, vol. 2, p.177.

逊（Robert Morrison, 1782-1834）、小斯当东、戴维斯、汤姆斯（Peter Perring Thoms, 1790-1855）等，都是在广州商馆成就的，其中戴维斯还成为戏曲翻译研究的大家。

图四十六、19 世纪外销玻璃画中绘制的广州外国商馆，英国国家海事博物馆（National Maritime Museum）藏

19 世纪初广州因为是对外唯一通商口岸，十三行中国商人和外国商人云集，全国乃至世界商货汇聚，成为中国南方第一财埠，包括昆曲、秦腔、皮黄、乱弹在内的外江戏班也常来常往，见于广州外江梨园会馆乾隆二十七年（1762）《建造会馆碑记》、乾隆三十一年（1766）不知名碑记、乾隆四十五年（1780）《外江梨园会馆碑记》、乾隆五十六年（1791）《重修梨园会馆碑记》《梨园会馆上会碑记》、嘉庆五年（1800）《重修圣帝金身碑记》、嘉庆十年（1805）《重修会馆碑记》《重修会馆各殿碑记》、嘉庆十六年（1811）《重修大士殿碑记》、道光三年（1823）《财神会碑记》、道光十七年（1837）《重起长庚会碑记》、光绪十二年（1886）《重修梨园会馆碑记》等 12 个碑记里的外江班就有上百个，其中知道原籍的主要来自江苏、安徽、江西、湖南等地。巴罗（John Barrow, 1764-1848）1805 年出版的《中国行纪》一书记叙他 1794 年见到的情形说："一些出名的演员时而从南京去广州演出，似乎得到行商[7]和当地富绅的

7 指广州十三行的商人。乾隆皇帝 1757 年发布仅留粤海关一口对外通商的上谕后，清朝的对外贸易便锁定在广州口岸。广州十三行是当时专做对外贸易的牙行，是清政府指定专营的垄断机构，几乎所有亚洲、欧洲、美洲的主要国家和地区都与十三行发生过直接的贸易关系。十三行商人从垄断外贸特权中崛起为清朝的三大商人集团之一，经济实力显赫，是近代以前中国最富有的商人群体。

经济赞助。英国人有时会去看这种演出。”[8]到了1836年戴维斯仍然说：“最好的演员是从南京来的，他们有时会在有钱人给朋友提供的演出中得到非常可观的报酬。”[9]美国归正会士雅裨理（David Abeel, 1804-1846）1830年到广州传教，在1835年于伦敦出版的《1830-1833年旅居中国及其邻国记事》一书里描述广州演戏情形说：“每年都会在最宽阔开敞的街道上建戏台，也经常建在富人家的地上。如果演出是面向公众的，据说费用由该街区的居民支付。有钱人雇戏剧演员来给自己和家人演出，也用以招待客人。有时只是为了保证他们在世俗事务中取得成功，因为他们奇怪地把生意兴隆和许多愚蠢的表演联系在一起，往往用这些表演来愉悦和满足他们的神明。寺庙是最常见的演出地点，演出有时会持续七天七夜。”[10]说明当时的广州成了外国人直接接触中国戏曲的一座城埠。

而广州十三行的行商更是在家中建有戏台，为与外商联谊也经常宴请西方人看戏，例如英国人希基（William Hickey, 1749-1830）回忆录记载，1769年10月1日、2日他在广州同文行行商潘启官（Puanknequa, 1714-1788）家参加晚宴，看了打斗武戏和哑剧。[11]1793年英国马戛尔尼（George Macartney, 1737-1806）使团、1795年荷兰德胜（Isaac Titsingh, 1745-1812）使团、1817年英国阿美士德（William P. Amherst, 1773-1857）使团访华返程抵达广州时，也曾在行商来官（Lopqua，名陈远来）、章官（Chunqua，？-1825，名刘德章）家里赴宴看戏。[12]例如巴罗《中国行纪》里记载马戛尔尼使团在下榻的行商家里看戏的观感说：“我们一到这里，就看见一班戏曲演员正在努力演戏，这场戏似乎是从早上就开始演起的。但他们的叫喊声和刺耳聒噪的音乐实在太可怕了，以致于当我们在正对戏台的廊下用晚餐时，艰难地叫停了他们。然而第二天一早，太阳刚一升起，他们又开始演出了。在大使和使团全体成员的特别要求下，

8 John Barrow, *Travels in China, Containing Descriptions, Observations, and Comparisons*, Made and Collected in the Course of a Short Residence at the Imperial Palace of Yuen-Min-Yuen, and on a Subsequent Journey through the Country from Pekin to Canton, Philadelphia: Printed and Sold by W. F. M'Laughlin, 1805, p.149.

9 John Francis Davis, *The Chinese: A General Description of the Empire of China and its inhabitants*, London: Charles Knigct & CO. , 1836, vol. 2, p.177.

10 David Abeel, *Journal of a Residence in China and the Neighboring Countries from 1830-1833*, London: James Nisbet and Co. , 1835, p.90.

11 Edited by Peter Quennell, *The prodigal rake: memoirs of William Hickey*, New York: E. P. Dutton &Co. Inc, 1962, p.143.

12 参见陈雅新《十三行行商与清代戏曲关系考》，《戏曲研究》第108辑，北京：文化艺术出版社2018年版。

他们被遣散了。这让我们的中国东道主感到十分惊讶，根据这种情况他们得出结论：英国人对高雅娱乐缺乏品位。看来演员是按天雇的，他们越是连续不断地演出，就越是受到称赞。他们总是准备好上演一张剧目清单上二三十个剧目里的任意一出戏，清单交给主要来宾，让他做出选择。”[13]看来马戛尔尼使团成员此时已经厌倦了戏曲演出，这样粗鲁地打断特意为他们准备的接风演出是很失礼的。这些频繁的戏曲演出活动，住在广州商馆里的英国人如小斯当东、戴维斯这些戏曲研究者一定会有机会参加。

英国商馆位于珠江北岸的广州十三行街，此街上充斥着中国各商行的店铺，包括出售戏曲服装帽盔髯口和刀枪把子的商铺、为官私堂会提供戏筵的商铺、为演戏搭建临时戏台的商铺以及各种戏曲乐器铺等[14]。另外，商业街上还有固定书铺和游动售书摊贩，出售的书籍内容包括四书五经和戏曲小说读本等，后者更普遍。我们在梅森（George Henry Mason）1800 年于伦敦出版的《中国服饰》一书里见到广州画匠蒲官（Pu-Qùa）绘的街头卖书小贩（A bookseller）图（图四十七）[15]，亚历山大（William Alexander, 1767-1816）1814 年在伦敦出版的《中国衣冠风俗图解》一书里也绘有一幅书贩图，其说明里提到：“他们的戏剧作品与希腊的构成模式相同，不必说到其地位是极其低下的。他们的小说和道德故事要好一些，但最受尊敬的作品是据说为孔子撰写或编纂的四部经典著作。”[16]从中可以知道这些摊贩所售书籍的主要内容。而布列东（Joseph Breton, 1777-1852）1811 年在巴黎出版的《中国服装、艺术与制品》一书第二册第 4 页图画“一个游动书摊”（Un Libraire colporteur）说明文字为：“中国像我们在欧洲一样经营书店：这是一个书贩的小摊，他卖的不是供学者使用的严肃作品，而是提供给大众的小说或戏曲。”[17]（图四十八）由此知道书贩售卖的主要是面向大众的戏曲小说等通俗读物。广州商馆里的英国人平日在这些商

13 John Barrow, *Travels in China, Containing Descriptions, Observations, and Comparisons*, Philadelphia: Printed and Sold by W. F. M'Laughlin, 1805, p.413.

14 陈雅新根据大英博物馆（British Museum）和美国迪美博物馆（Peabody Essex Museum）所藏 240 幅清代广州外销画所绘广州十三行商铺统计，其中即绘有 3 个戏服铺、3 个戏筵铺、1 个搭戏台铺。参见陈雅新《西方史料中的 19 世纪岭南竹棚剧场——以图像为中心的考察》，《戏曲研究》2019 年第 4 期。

15 George Henry Mason, *The costume of China: Illustrated by sixty engravings: with explanations in English and French*, London: S. Gosnell, 1800.

16 William Alexander, *Picturesque Representations of the Dress and Manners of the Chinese*, London: W. Bulmer and Co. , 1814, plate 23.

17 Joseph Breton, *La Chine en miniature: ou choix de costumes, arts et métiers de cet empire*, Paris: Nepveu Libraire, 1811, tome second, p.5.

铺里和街道上游逛，会受到其氛围熏染，由此激发起对戏曲的兴趣也是很自然的。

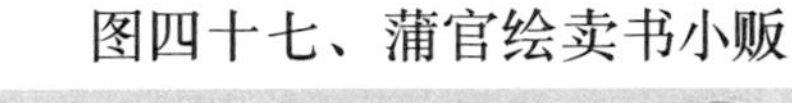

图四十七、蒲官绘卖书小贩

图四十八、布列东书插图“游动书摊”

例如戴维斯在广州看了不少中国戏，翻译出版了元杂剧《老生儿》(1817)、《汉宫秋》(1829)，并撰有中国戏曲专论，在欧洲产生了极大影响。戴维斯是马若瑟之后，欧洲第二个把中国戏曲剧本翻译到欧洲的人。法国汉学家雷慕沙的追随者索尔松（André bruguière de Sorsum, 1773-1823）两年后的 1819 年将戴维斯《老生儿》转译成了法语，并为其出版说明和序言作了详尽注释。或许是受到这一刺激，法国汉学界遂有了儒莲（Stanislas Aignan Julien, 1797-1873）、巴赞（Antoine Bazin, 1799-1863）对元杂剧翻译不遗余力的投入。与戴维斯不同，法国学者都没有在东方的工作便利，也没有到过印度和中国，他们的汉语是自学的，更没有看过中国戏曲的舞台演出，但他们对于中国文化和戏曲的心得都经由经院式的沉淀而来，他们对汉学、戏曲的研究完全是专业行为，在大学里成为开宗立派的奠基人。

法国发展汉学和戏曲研究却有着较英国便利的自身条件。18 世纪时英国只在中国港口做生意，并没有进入中国本土，而广泛深入中国内地的法国耶稣会士却是中国最重要的西方传教势力，他们向法国传播了大量中国文化信息，输送了大批中国文化典籍，并创造了深厚的传教士汉学成果。例如西方译介戏曲的先驱马若瑟曾搜集并捐献给法国皇家文库 217 部汉籍[18]，他翻译元杂剧《赵氏孤儿》的举动则带动了 18 世纪法国朝野的中国戏剧热，而他带给法兰西学院东方学教授傅尔蒙（Étienne Fourmont, 1683-1745）的明万历刊本《元曲选》，则成为后来法国学者连续翻译元杂剧剧作的文本来源。1814 年法兰西学院在欧洲第一个开设了汉学讲座，将汉学研究设立为专门学科，由此法国汉学展开了全新的面貌。

法兰西学院首任汉文、蒙文和满文讲座教授雷慕沙十分关注英国汉学研究的进展，由中而生出危机感。他看到英国汉学 / 戏曲研究在广州先行开展，推出了一批成果，包括马礼逊的汉语词典、戴维斯和汤姆斯的小说翻译[19]以及戴维斯的戏曲翻译成果，领先了法国汉学界，因而在 1815 年的开席演讲里就强调："如果我们不想永远失去原来的权利，如果我们想在自己开拓的这个领域中保持住原本高枕无忧的唯一领先地位，战胜竞争对手，我们需要集中力量做出新的努力。"[20]八年之后，他又在 1822 年汉学讲席创办总结中说："在过去的几年里，英国人比我们做得更多，他们对汉语的研究几乎达到了我们的水平。要保住传教士给我们带来的优势，我们有很多工作要做。"[21]正是他的这

18 马若瑟 1733 年 10 月 6 日写给傅尔蒙的信中提到。参见〔丹麦〕龙伯格《清代来华传教士马若瑟研究》，李真、骆洁译，大象出版社，2009 年，第 80 页。

19 戴维斯 1815 年出版了《三与楼》，1822 年出版了《中国小说选》（包括《合影楼》《夺锦楼》和《三与楼》），1829 年出版了《好逑传》。汤姆斯 1820 至 1821 年在《亚洲杂志》上分三期连载了《三国志演义》前九回节译，1824 年出版了《花笺记》。

20 Rémusat, "Discours prononcé à l'ouverture du cours de langue et de littérature chinois au collège royal, le 16 janvier 1815, sur l'origine, les progrès, et l'utilité de l'étude du chinois en Europe", *Mélanges Asiatiques*, Tome second, Paris: Librairie Orientale de Dondey-Dupré père et fils, 1826, p.8.

21 Rémusat, "Lettre au rédacteur du journal asiatique sur l'état et les progrès de la littérature chinoise en Europe", *Mélanges Asiatiques*, Tome second, Paris: Librairie Orientale de Dondey-Dupré père et fils, 1826, p.24.

种危机意识，促使他的学生儒莲奋起直追，又带动了儒莲的学生巴赞，在汉学 / 戏曲研究领域勉力耕耘，取得举世瞩目的成就。

雷慕沙是法国汉学的开创者，一生成就非凡，出版了《中国语言文学论》《汉语语法基础》、《中国短篇小说》等著作，翻译了《中庸》、法显《佛国记》和小说《玉娇梨》等，其私人藏书里有《西厢记》《琵琶记》《六十种曲》《缀白裘》。雷慕沙接触到了戏曲材料，他至少从马若瑟《汉语札记》手稿里见到了戏曲引文语例，也从马若瑟的介绍文字里知道了《元人百种曲》，而这套书就躺在法国皇家图书馆。巴赞 1838 年《中国戏剧选》导言里提到，15 年前出版商拉沃卡出版了 25 卷《外国戏剧名著：德、英、中、丹麦等》，其中每卷都标明中国戏剧部分由雷慕沙翻译，说明他已经正式制定了计划，只是未能施行。1829 年雷慕沙的朋友、德国汉学家柯恒儒（Heinrich Julieu Klaproth, 1783-1835）在《汉宫秋》英译本书评中提到雷慕沙当时已有翻译计划："雷慕沙先生打算在巴黎翻译戏曲剧本，我们有望在不久的将来见到他的《汉宫秋》全译本问世。"[22]但后来雷慕沙 44 岁就过早去世了，未见有关出版物和手稿。

雷慕沙的学生儒莲 1832 年 8 月 6 日接替雷慕沙担任法兰西学院汉文、蒙文和满文讲座教授直至去世。儒莲的研究兴趣十分广泛，对中国语言学、儒学、佛学、道学、文学以及蚕桑等都有涉猎，甚至对中国的造纸术、雕板印刷术、活字印刷术也体现出极大的热情，著述累累，成为欧洲一代汉学大师，尤其是，他是法国第一位戏曲研究家。儒莲翻译出版了元杂剧《灰阑记》、《看钱奴》（部分）、《赵氏孤儿》和《西厢记》，又带动了学生巴赞在戏曲研究领域的勉力耕耘。

巴赞是 19 世纪西方汉学家里戏曲翻译成绩最为引人瞩目者，他把翻译和研究戏曲当作终生事业来做。巴赞 1838 年出版的《中国戏剧选》里收录了《㑳梅香》《窦娥冤》《合汗衫》《货郎担》四个元杂剧译本，并为之撰写了论述中国戏曲历史的长篇导言。这是西方人出版的首部中国戏曲剧本集，也是西方人首篇中国戏曲通论。随后巴赞于 1841 年出版了《琵琶记》译本，这是欧洲人第一次翻译元明南戏。1842 年巴赞被巴黎东方语言学院正式聘为讲席教授，不能说不是他翻译和研究成果的促成。随后的近十年时间里，巴赞一直在辛勤耕耘元杂剧，1851 年在《亚洲学报》（*Journal Asiatique*）上分 5 期刊载完了百

22 Klaproth, "Observations critiques sur la traduction anglaise d'un drame chinois, publiée par M. Davis", *Nouveau journal asiatique*, juillet 1829, p.21.

部元杂剧剧本的译介文字，让西方人得以了解《元曲选》里的全部剧情。1842年法国评论家马念（Charles Magnin, 1793-1862）由衷赞叹巴赞的成绩说："巴赞先生把更多的中国戏剧提供给了我们，比他所有杰出而勤奋的前辈翻译得还要多。"[23]

于是，法国汉学研究反超英国，并成为欧洲汉学 / 戏曲研究的中心。美国汉学家卫三畏（Samuel Wells Williams, 1812-1884）曾高度评价法国汉学家的成就，他在1849年3月号《中国丛报》（*The Chinese Repository*）上为巴赞译本《合汗衫》写评论时说："法国汉学家在中国文学的广泛领域所做的努力值得高度赞扬，与英美学者在同一领域的微薄努力形成了强烈反差，而法国与中国的贸易以及法国公民在中国的旅游，与其他两个国家相比是那么的少。法国这种关注很大程度上归功于从路易十四时代起法国政府的扶助，法国皇家图书馆（Bibliotheque Royale）丰富的中文藏书，仍然为研究提供了便利条件。在一个像巴黎这样的文学城市里，有这样一批藏书，人们自然想了解它的内容。还有一些有进取心的学者榜样，如傅尔蒙、雷慕沙和圣马丁[24]，激发了其他人效仿他们的决心，改正他们的错误，把知识的范围进一步扩展到这些鲜为人知的领域。"[25]这种评价是公允的。

1887年德国学者戈特沙尔（Rudolf von Gottschall, 1823-1909）曾总结英法汉学家共同开创的这条中国风俗研究的道路说："自从雷慕沙和戴维斯向我们介绍了中国的小说，特别是自从儒莲和巴赞向我们介绍了中国的戏剧作品之后，一幅鲜明的中国风俗画被展现在西方人面前。不仅是外在的礼仪，还有思

23 Charles Magnin, "Premier article sur le théâtre chinois", *Journal des savants*, mai 1842, p.266.

24 傅尔蒙（Étienne Fourmont, 1683-1745），法兰西学院东方学教授、法国皇家图书馆副馆长、国王译员，出版有《汉语语法》（*Grammatica Sinicorum*）。雷慕沙（Jean-Pierre Abel Rémusat, 1788-1832），法兰西学院首任汉学教授，出版了《中国语言文学论》（Essai sur la Langue et la Littérature Chinoises, 1811）、《汉语语法基础》（léments de la grammaire chinoise, ou principes généraux du Kou-wen, ou style antique, et du Kouan-hoa, c'est-à-direde la langue commune généralement usitée dans l'Empire chinois, 1822）等著作，翻译了《中庸》、法显《佛国记》和小说《玉娇梨》等。圣马丁（Antoine-Jean Saint-Martin, 1791-1832），法兰西学院东方学学者，主要研究领域为亚美尼亚研究，于1822年主导创立了杂志《亚洲学报》（*Journal Asiatique ou Recueil de Mémoires, d'Extraits et de Notices relatifs à l'Histoire, à la Philosophie, aux Langues et à la Littérature des Peuples Orientaux*）。

25 "Theatres in China", *The Chinese Repository*, vol. xviii, Canton: Printed for the Proprietors, 1849, March, No, 3. p.113.

维和感觉的方式，以及决定行动的主流思想，都以一种外部观察无法达到的清晰度反映在诗歌世界（指戏曲的剧诗——笔者）中。”[26]戈特沙尔的说法概括出西方汉学研究的一条有价值路径，值得我们重视。

## 三、欧洲的汉学／戏曲研究阵地

1814 年法兰西学院开设中文和满文特别讲座，这是西方大学把中文列入正式课程并作为学科研究的开始。以后英国伦敦大学（1837）、俄国喀山大学（1837）、法国巴黎东方语言文化学院（1843）、英国伦敦国王学院（1846）、荷兰莱顿大学（1875）、英国牛津大学（1876）、美国耶鲁大学（1878）、美国哈佛大学（1879）、德国柏林大学（1887）、英国剑桥大学（1888）、美国伯克利加州大学（1896）也将“汉学”列入大学课程，从此西方汉学正式登上了历史舞台。

西方大学开设汉学讲席，首要条件是具有符合资质与教学要求的教授，而教授经常是聘请长期在中国工作过的传教士和外交官员担任。例如俄国喀山大学 1850 年聘任了在北京 10 年的东正教士瓦西里耶夫（В. П. Васильев, 1818-1900），英国牛津大学 1875 年聘任了在香港 30 年的伦敦传道会士理雅各（James Legge, 1815-1897），美国耶鲁大学 1878 年聘任了在广州 43 年的新教教士卫三畏（Samuel Wells Williams, 1812-1884），英国剑桥大学 1888 年聘任了在中国担任外交官 43 年的威妥玛（Sir Thomas Francis Wade, 1818-1895）、1897 年聘任了在英国驻中国各地领馆工作 25 年的翟理斯（Herbert Allen Giles, 1845-1935）等。

开设汉学讲席的大学，通常也都有收藏相当数量汉籍的图书馆作为支撑。例如法国汉学家所依赖的皇家图书馆于 1739 年编印了第一部馆藏汉籍文献目录，题为《皇家图书馆写本目录》（*Catologus Codicum Manuscrip torum Bibliothecae Regiae*），为旅法华人黄嘉略编撰，包括《正字通》《康熙字典》《史记》《周易折中》《资治通鉴纲目》等汉籍 300 余种。这些图书后经傅尔蒙编订成《皇家图书馆藏中文图书目录》（*Catalogogus Librorum Bibliothecae Regiae Sinicorum*），发表于 1742 年巴黎出版的《中国官话》（*Linguae sinarum mandarinicae hieroglyphicae grammatica duplex*）第 343-511 页。这部分图书后来被编入傅尔蒙皇家文库专藏，专藏目录共收书 225 种，含天主教类 89 种，

26 Rudolf von Gottschall, *Das Theater und Drama der Chinesen*, Breslau: Verlag von Eduard Trewendt, 1887, pp.1-2.

儒家类80种（含小学类24种），正史类、编年类22种，医学类14种，道家类4种，文学类6种，兵家类2种，政书类6种，丛书2种。这些藏书是法国国家图书馆藏汉籍中最具版本价值的部分。法国汉学家戴密微（Paul Demiéville, 1894-1979）论述这部分藏书说："国王图书馆拥有的这批中文书籍在法国汉学研究领域发挥了重要的作用，正是得益于这些宝贵的收藏，19世纪的法国汉学研究才能把其他欧洲国家远远甩在身后。"[27]而在此工作的雷慕沙、儒莲则成为著名汉学家。雷慕沙曾负责皇家图书馆汉文书籍的编目，儒莲1827年担任法兰西研究院图书馆副馆长，1839年成为法国皇家图书馆的工作人员，后在傅尔蒙书目的基础上编了《皇家图书馆的汉文和满文藏书目录》[28]。柏林皇家图书馆在普鲁士腓特烈二世支持下，从荷兰东印度公司收购大量东方图书，先后有1822年柯恒儒（Julius Klaproth, 1783-1835）编制的《柏林皇家图书馆中文、满文书籍索引》[29]和1840年肖特（Wilhelm Schott, 1802-1889）编制的续编《御书房满汉书广录》[30]刊行，一共收书约250种。1838年，英国第一任汉学教授基德（Samuel Kidd）为伦敦皇家亚洲文会编订《皇家亚洲文会中文图书馆书目》[31]，著录汉籍约200余种。1877年英国汉学家道格拉斯（Robert Kennaway Douglas, 1838-1913）在伦敦出版的《大英博物院图书馆藏中文刻本、写本、绘本目录》[32]，著录了大英博物院当时收藏的汉籍约2500余种。英国艾约瑟（JosephEdkins, 1823-1905）为牛津大学博德利图书馆编、1876年由牛津大学出版的《博德利图书馆藏中文典籍目录》[33]，著录汉籍299部。英国何为霖（Henry F. Holt）编《皇家亚洲学会图书馆藏中文典籍目录》[34]载录汉籍559种，1890年发表于《皇家亚洲学会会刊》[35]第22卷。英国翟理思（Herbert Allen Giles, 1845-1935）编，1898年剑桥大学出版的《剑桥大学图书

---

27 〔法〕戴密微《法国汉学研究的历史概述》，《中国文化研究》1993年第2期。

28 Stanislas Julien, *Catalogue des livres chinois, mandchous, mongols et japonais*,1853.

29 *Verzeichniss der Chinesischen und Mandshuischen Bücher der Königlichen Bibliothek zu Berlin*, Paris: Königliche Druckerei, 1822.

30 *Verzeichniß der Chinesischen und Mandschu-Tungusischen Bücher und Handschriften der Königlichen Bibliothek zu Berlin. Eine Fortsetzung des im Jahre 1822 erschienenen Klaproth'schen Verzeichnisses*, Berlin: Druckerei der Königlichen Akademie der Wissenschaften, 1840.

31 *Catalogue of the Chinese Library of the Royal Asiatic Society*, 1838.

32 *Catalogue of Chinese Printed Books, Manuscripts and Drawings in the Library of the British Museum*, 1877.

33 *A Catalogue of Chinese Works in the Bodleian Library*, 1876.

34 *A Catalogue of the Chinese Manuscripts in the Library of the Royal Asiatic Society*, 1890.

35 *Journal of the Royal Asiatic Society of Great Britain and Ireland*.

馆威妥玛文库汉、满文书籍目录》[36]，收录汉籍 883 部。

这些汉籍里有着许多戏曲剧集和剧本，一些目录家著录时也偶然留下评价文字。例如德国汉学家肖特 1840 年为柏林皇家图书馆编撰满汉籍目录，辑为《御书房满汉书广录》一书，其中在小说和剧本部分记录《西厢记》说："《西厢记》，一部 1782 年重刻的剧本。它的审美偏离十分严重，常常阻断了场与场之间的联系。此剧主要表现的是一位年轻书生与一位富有的寡妇之女之间的爱情。殷勤的张君瑞和美丽的莺莺在一次旅途中相识，这位年轻人和母女俩借住在同一座佛寺里。"[37]《西厢记》剧本自然主要不是用来读的，而其中的飞扬辞藻也不是肖特能够欣赏的，加上中国戏曲时空自由的流动场景完全不同于西方戏剧的分幕，因此肖特从剧本得出"审美偏离十分严重，常常阻断了场与场之间的联系"的印象，也是意料中事。

研究东方学 / 汉学的专门人才逐渐增多，于是西方各国志趣相投者纷纷成立有关研究学会，办学刊、开年会、进行学术交流，促进了东方与中国研究的开展。1781 年荷兰人在后属印度尼西亚的爪哇岛创立了巴达维亚（即雅加达）艺术与科学协会（Batavisch Genootschap van Kunsten en Wetenschappen），一批志同道合者在这里进行自然与人文科学的交流。但严格说这是一个科学机构，还不是专门研究东方的学会，尽管其对象集中于东方。1784 年英国东方学家琼斯在印度加尔各答创立了亚洲学会（The Asiatic Society of Bengal），这是西方人正式创立的第一个有关学会，琼斯担任第一任会长，学会发行《亚洲研究》（*Asiatic Researches*）和《亚洲学会杂志》（*Journal of the Royal Asiatic Society of Bangal*）。1822 年法国汉学家雷慕沙与德国汉学家柯恒儒在巴黎发起创立亚洲学会（Société Asiatique），发行会刊《亚洲学报》（*Journal Asiatique*）[38]，雷慕沙担任第一任主席。1823 年英国人在伦敦成立大不列颠爱尔兰皇家亚洲学会（Royal Asiatic Societyof Great Britain and Ireland），办有《皇家亚洲学会学报》（*Journal of the Royal Asiatic Studies*）。1842 年美国人在波士顿成立东

36 *A Catalogue of the Wade Collection of Chinese and Manchu Books in the Library of the University of Cambridge*.

37 Wilhelm Schott, *Verzeichniß der Chinesischen und Mandschu-Tungusischen Bücher und Handschriften der Königlichen Bibliothek zu Berlin. Eine Fortsetzung des im Jahre 1822 erschienenen Klaproth'schen Verzeichnisses*, Berlin: Druckerei der Königlichen Akademie der Wissenschaften, 1840, p.92.

38 1828 年《亚洲学报》曾更名为《新亚洲学报》（*Nouveau Journal Asiatique*），1836 年又恢复为《亚洲学报》。为防止造成理解混乱，本书仅统称其为《亚洲学报》。

方学会（American Oriental Society），办有《美国东方学会学报》（*Journal of the American Oriental Society*）。1847 年德国东方学家派普（Carl Rudolf Samuel Peiper, 1798-1879）创建德国东方学会（The German Oriental Society）。1846 年俄罗斯帝国考古学会（Императорское Русское археологическое общество）成立，其中最重要的分支是东方考古分会，主要搜集中国文物。另外，1857 年西方人在上海成立上海文理学会(Shanghai Literary and Scientific Society)，1858 年更名为皇家亚洲学会北中国分会（The North China Branch of the Royal Asiatic Society)，办有年刊《皇家亚洲学会北中国分会学报》(*Journél of the NorthChina Branch of the Royal Asiatic Society*)。[39]

19 世纪报刊杂志作为一种新的传播媒介迅速发展起来，除了上述刊物外，另有一些以亚洲和中国为主题的英法文报刊出现，例如 1816 年英国东印度公司在伦敦创办的《亚洲杂志》(*The Asiatic Journal and Monthly Register*)、1832 年美国传教士裨治文（Elijah Coleman Bridgman, 1801-1861）在广州创办的《中国丛报》(*The Chinese Repository*)、1872 年英国人但尼士（N. B. Dennys）在香港创办的《中国评论》(*The China Review, or Notes and Queries on the Far East*)等，成为汉学研究的重要阵地。另外 1665 年法国议院参事萨罗（Denys de Sallo, 1626-1669）在巴黎创办的《学者杂志》（*JournaldesSavants*）这一古老刊物也加入其中。

上述报刊都刊载了不少中国戏曲的译文或评论文章。另外，西方的普通报刊也会偶尔刊登一些中国戏画、戏台之类的图片。

39 1882 年学会改名为皇家亚洲学会中国分会（The China Branch of the Royal Asiatic Society)，年刊也相应改名为《皇家亚洲学会中国分会学报》(*Journél of the China Branch of the Royal Asiatic Society*)。

# 玖、“十大才子书”与 19 世纪西方小说戏曲译介[1]

**内容提要：**

清初商业书市流行的“十大才子书”，初时被西方人视作学习白话汉语的教材，继而成为传教士购求中国小说戏曲作品送回欧洲图书馆、欧洲学者对之进行挑选翻译的价值指南，因而欧洲尤其是法国最早翻译出版的中国小说戏曲多数属于十大才子书。于是“十大才子书”对 19 世纪西方汉学家发生了极大的影响，他们基本上都是将其当作中国文学代表作看待的。我们可以把这个时期欧洲对中国小说戏曲的作品挑选目标，看作是传教士传递的中国社会阶段性时尚聚焦信息影响的结果。当然“十大才子书”的才子佳人故事被法国文坛所青睐，也与当时法国的文坛环境密切相关。然而，清人的“十大才子书”判定，也一定程度上给西方汉学家带来了文体上的困扰。

**关键词：** 十大才子书 传教士购求 汉学家翻译 价值判定

## 一

从早期欧洲汉学家翻译中国小说戏曲的选目看，大都属于清初“十大才子书”之列，可见其受到清初评点和出版界时风的明显影响。

我们知道，“十大才子书”系由清初离经叛道的评点家金圣叹、毛纶父子评定的“六大才子书”演变扩充而来。他们先指《庄子》、《离骚》、《史记》、杜甫诗、《水浒传》、《西厢记》为“六大才子书”，后又指《三国演义》为第一

1 本文主要参考了宋丽娟《“才子书”：明清时期一个重要文学概念的跨文化解读》，《文学评论》2017 年第 6 期。

才子书[2]，将历来不登大雅之堂的小说戏曲与儒典诗传相提并论。其说一出震动文坛，卫道者围而剿之，书商却从中看到了商机。于是书商与评点家合谋，纷纷推出小说戏曲的评点本兜售，自称第几第几才子书。逐渐公论集中为十部书，即第一才子书《三国演义》、第二才子书《好逑传》、第三才子书《玉娇梨》、第四才子书《平山冷燕》、第五才子书《水浒传》、第六才子书《西厢记》、第七才子书《琵琶记》、第八才子书《花笺记》、第九才子书《捉鬼传》（又名《平鬼传》）、第十才子书《驻春园》（或《白圭传》《三合剑》）。自顺治元年（1644）到乾隆四十七年（1782）陆续编定，依次出版发行。[3]时人亦热衷于以排序代替原书名，例如许时庚清光绪十六年（1890）出版的《三国志演义补例》就说："竟将《三国演义》原名湮没不彰，坊间俗刻，竟刊称为《第一才子书》"[4]。（图四十九）

图四十九、明贯华堂版《第一才子书》书影

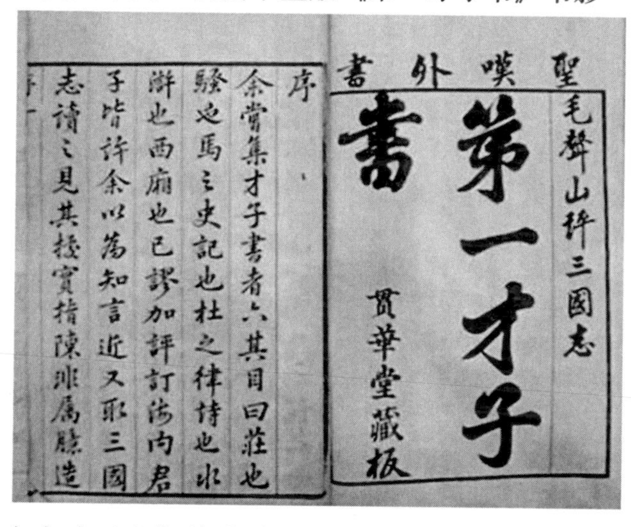

聖嘆外書
毛聲山評三國志
第一才子書
貫華堂藏板

序
余嘗集才子書者六其目曰莊也騷也馬之史記也杜之律詩也水滸也西廂也已謬加評訂海內君子皆許余以為知言近又取三國志讀之見其據實指陳非屬臆造

事实上"十大才子书"并非是经过严格评审程序抑或学术价值认定的结果，尤其后面几种更是属于商业运营的狗尾续貂，因此并不具备太多的权威性。虽然其中的《三国演义》《水浒传》《西厢记》《琵琶记》确系传世名作，

2 毛宗岗评本《三国演义》托名金圣叹序称："余尝集才子书者六，其目曰《庄》也、《骚》也、马之《史记》也、杜之律诗也、《水浒》也、《西厢》也。已谬加评订，海内君子皆许余以为知言。近又取《三国志》读之，见其据实指陈，非属臆造，堪与经史相表里……而今而后，知'第一才子书'之目，又果在《三国》也。"（郑州：中州古籍出版社 2018 年影印乾隆十七年姑苏书业怀颖堂本卷首）

3 参见何槐昌《金圣叹及其六才子和十才子书》，《远程教育杂志》1985 年第 2 期。

4 〔清〕许时庚《三国志演义补例》，清光绪十六年（1890）广百宋斋校印本。

但更多的则属于明清才子佳人小说，是时风笼罩下的作品，例如《好逑传》《玉娇梨》《平山冷燕》《花笺记》《驻春园》皆如此。今天人们对于“十大才子书”大多已经忘却，但当时它却成为价值指南。

## 二

“十大才子书”由此一时风靡，在当时几乎家喻户晓，甚至成为读书人的必睹书目，这引起外国人的关注。清人钟映雪《花笺记》总论说：“予幼时闻人说：‘读书人案头无《西厢》《花笺》二书，便非会读书人。’……曲本有《西厢》，歌本有《花笺》，以予观之，二书真可称合璧。盖其文笔声调，皆一样绝世。”[5]1824 年英国人汤姆斯（Peter Perring Thoms, 1790-1855）在他的《花笺记》英译本序里说：“《花笺》是用广东一种口语诗体写成的作品，有着众多的男女读者。评论者给它很高的评价，将其与另外一部爱情作品《西厢记》并列。”[6]1860 年法国汉学家儒莲（Stanislas Aignan Julien, 1797-1873）亦在其《平山冷燕》法译本序里说：“在中国，这是一本所有文化人都读的书。”[7]在华传教几十年的美国基督教北长老会牧师丁义华（Thwing Edward Waite, 1868-1943）目睹了清代后期“十大才子书”的流行，他在《中国小说》一文中介绍了 20 种中国读本或丛书，第一种即为“十才子”。他说：“我们将首先注意到最常见的十本书，其中包括一些最好的故事。几乎每个书店里都能见到这些书。”[8]

清初风靡的小说戏曲被西方人视作学习白话汉语的教材，因此在江西的耶稣会士马若瑟（Joseph de Prémare, 1666-1736）写《汉语札记》就采用了许多《元曲选》《水浒传》《好逑传》《玉娇梨》里的句子作为汉语语料。马若瑟在《汉语札记》第一章“口语及通用语体”里说：“我现在着手阐明汉语的独特禀赋和内在美……我首先指出一些我从中找出语言例证的作品，我只提到最重要的，所有这些作品都是戏剧和小说。首先是《元人百种》……《水浒

5　〔清〕钟戴苍：《〈花笺记〉总论》，《第八才子书〈花笺记〉》，北京：线装书局 2007 年版，第 9 页。

6　Peter Perring Thoms, *Chinese Courtship, in verse*, London: Farmhiy, Allen and Kingsbury, 1824. p.v.

7　Stanislas Julien, *P'ing-Chan-Ling-Yen, Les deux jeunes filles lettrées*, Paris: Imprimerie de Pillet Fils a Iné, 1860, p.vi.

8　Thwing Edward Waite, “Chinese Fiction”, *The China Review*, Hongkong: “china mail”office, vol. xxii, 1896-1897, P. 760.

传》……《好逑传》《玉娇梨》……”[9]还有另外一个实例，在广州经商的英国商人威尔金森（James Wilkinson）也选择了翻译《好逑传》来练习汉语。[10]18、19 世纪的传教士购求中国小说戏曲作品、欧洲学者对之进行挑选翻译时更受到影响。例如英国德罗莫尔（Deoisean DromaMhóir）片区主教珀西（Thomas Percy, 1729-1811）1761 年在《好逑传》英译本序言中称：“可以得出这样的结论：这本书对于中国人来说相当重要，否则一个外国人不会去翻译它。在中国人中有名的书，自然才会先交到外国人的手里。”[11]德国赴华传教士郭士立（K. F. A. Gützlaff, 1803-1851）在 1838 年伦敦出版的《开放的中国》（*China Opened*）一书中说：“十才子书（十位才子的精心结撰）是一部精选小说集。”[12]他们的说法代表了当时欧洲人的共识：在中国风行的书一定是优秀作品。在广州英国商会工作的汤姆斯，选择“十大才子书”之一的广东弹词木鱼歌本《花笺记》进行英译，就是受到了这一舆论的影响。

## 三

传教士按目索骥买来这些流行作品送回欧洲，欧洲图书馆里就有了其书样。例如法国汉学家傅尔蒙（Étienne Fourmont, 1683-1745）1742 年编纂的《皇家图书馆藏中文图书目录》里有《好逑传》《玉娇梨》《三才子》《平山冷燕四才子》《西厢记》《琵琶记》《第五才子书》等[13]；德国肖特 1840 年编纂的“柏林皇家图书馆汉籍书目”里，在“才子”目下有《三国志》《西厢记》《琵琶记》《花笺记》等[14]。

---

9 Joseph de Prémare, *The Notitia Linguae Sinicae of Prémare*, translated into English by J. G. Bridgman, Canton: printed at the office of the Chinese repository, 1847, p.26.

10 Thomas Percy, “Advertisement”, *Hao Kiou Choaan, or the pleasing history*, London: R. and J. Dodsley, 1761, vol. 1, p.1.

11 Thomas Percy, *Hao Kiou Choaan, or the pleasing history*, London: R. and J. Dodsley, 1761, vol. 1, p.xi.

12 Karl Friedrich August Gützlaff: *China opened, Or a Display of the Topography, History, Customs, Manners, Arts, Manufactures, Commerce, Literature, Religion, Jurisprudence, etc, of the Chinese Empire*, London: Smith, Elder and Co. , 1838, Vol. 1, p.468.

13 Stephanus fourmont, *Linguae sinarum mandarinicae hieroglyphicae grammatica duplex*, Paris: Hippolyte-Louis Guerin, 1742, 343-511.

14 Wilhelm Schott, *Verzeichniß der Chinesischen und Mandschu-Tungusischen Bücher und Handschriften der Königlichen Bibliothek zu Berlin. Eine Fortsetzung des im Jahre 1822 erschienenen Klaproth'schen Verzeichnisses*, Berlin: Druckerei der Königlichen Akademie der Wissenschaften, 1840, pp.91-93.

欧洲汉学家也根据传教士的介绍从十大才子书中选择翻译和研究对象。法国首位汉学教授雷慕沙（Jean-Pierre Abel Rémusat, 1788-1832）就在他的译作《玉娇梨》序言里说：“两位有学问的传教士普雷马雷（即马若瑟）和罗萨利（Rosalie，即梁弘仁）主教，都特别推荐《玉娇梨》，因为它的风格纯正、优美而高雅。”[15]1713 年法国汉学家弗雷莱（Nicolas Fréret, 1688-1749）受托帮助赴法华人黄嘉略编写《汉语语法》和《汉语词典》时，自己正在阅读《玉娇梨》，他就请求黄嘉略将其译成法文，好推向法国读者，至今黄嘉略的未完译稿还躺在法国国家图书馆里。[16]于是，欧洲最早翻译出版的中国小说戏曲多数属于十大才子书。1860 年儒莲曾经在《平山冷燕》法译本序里提到：“中国人拥有大量的小说……他们把其中十部的作者称为才子（Thesai tseu）。在这个精英系列里，他们通常标为第一、第二、第三才子书。欧洲人无法避开这种排序，只能依据它来选择翻译的小说。”[17]他自己在巴黎挑选《平山冷燕》进行法译，就是受到了这种影响。根据儒莲统计，1860 年西方已经翻译（或节译）了 10 部才子书中的 8 部：《三国志》《好逑传》《玉娇梨》《水浒传》《西厢记》《琵琶记》《花笺记》《平山冷燕》。[18]所以 20 世纪法国汉学家戴密微评价说：“我不知道这些感伤故事在中国是否流行，尽管它们一度被评为十大才子书。毫无疑问，朱利安（即儒莲——笔者）选择它们的原因是他在传教士寄往法国的书籍中找到了它们。”[19]这些作品都被反复译为或转译为多国文字出版，其中的《好逑传》还受到歌德、席勒等浪漫主义诗人的赞誉[20]。我们来看一张马若瑟之后到 19 世纪末欧洲首次翻译出版中国“才子书”作品的统计表。

---

15 Abel Remusat, *Iu-Kiao-Li ou Les Deux Cousines*, Paris: Moutardier, Libraire, 1826, p.45. 雷慕沙说的马若瑟推荐《玉娇梨》，大约是指他在《汉语札记》第一章“口语及通用语体”导言里推荐了《水浒传》《好逑传》《玉娇梨》等几本中国小说。

16 参见许明龙《黄嘉略与他的三个法国朋友》，《中华读书报》2019 年 10 月 30 日第 5 版。

17 Stanislas Julien, *P'ing-Chan-Ling-Yen, Les deux jeunes filles lettrées*, Paris: Imprimerie de Pillet Fils a Iné, 1860, p.iv.

18 同上。

19 Paul Demiéville, “Aperçu historique des études sinologiques en France”, *Choix d'études sinologiques (1921-1970)*, Leiden: E. J. Brill, 1973, p.458.

20 歌德 1827 年 1 月 31 日针对《好逑传》谈话称“中国人在思想、行为和情感方面几乎和我们一样，只是在他们那里一切比我们这里更明朗、更纯洁，也更合乎道德”（《歌德谈话录》，朱光潜译，北京：人民文学出版社 1978 年版，第 110 页）。席勒还想自己重新翻译此书。

## “才子书”首次西译时间表（截止 19 世纪末）

| 时间 | 译语 | 书名 | 译者 | 西文译者姓名、书名、出版情形及说明 |
|---|---|---|---|---|
| 1761 | 英语 | 好逑传 | 珀西 | Thomas Percy, *Hao Kiou Choaan, or The Pleasing History*, London: 1761. |
| 1824 | 英语 | 三国演义（节选） | 汤姆斯 | Peter Perring Thoms, “The Death of the Celebrated Minister Tung-cho”, *The Asiatic Journal*, 1820：525-532；1821：109-114, 233-242.（《著名丞相董卓之死》，分三次连载于 1820、1821 年《亚洲杂志》） |
| 1824 | 英语 | 花笺记 | 汤姆斯 | Peter Perring Thoms, *Chinese Courtship, in verse*, London：Parbury, Allen, and Kangsbury, 1824. |
| 1827 | 法语 | 玉娇梨 | 雷慕沙 | Jean-Pierre Abel Rémusat, *Iu-Kao-Li, or the Two Fair Cours*, London: Hunt & Clarke, 1827.（早在 18 世纪 20 年代，旅法华人黄嘉略已将《玉娇梨》前三回译成法文，未能出版。1821 年小斯当东写了《玉娇梨》前四回英文摘要，收入其《1712 至 1715 年间中国使臣出使土尔扈特汗国记》[21]一书。） |
| 1833～1880 | 法语 | 西厢记 | 儒莲 | Stanislas Julien, “Si-siang-ki: ou L'Histoire du pavillon d'occident”, *L'Europe littéraire*, 1833, Paris: Imprimerie royale.<br>Stanislas Julien, *Si-siang-ki: ou, L'Histoire du pavillon d'occident comédie en seize actes*, par Wang Che-fou traduction de Stanislas Julien, Genève: H Georg-T. Mueller, 1872-1880.<br>（儒莲 1833 年在《欧洲文学》杂志刊出《西厢记》第一折法译本，1872 年在《集之草》杂志上连载全剧，1880 年出版全剧单行本。） |
| 1841 | 法语 | 琵琶记 | 巴赞 | Bazin Aîné, *Le pi-pa-ki, ou l'histoire du luth, drame chinois de Kao-tong-kia*, Paris, Imprimerie Royale, 1841. |
| 1834 | 德语 | 水浒传（节选） | 肖特 | Wilhelm Schott, “Die Abenteuer des Hung sin”（《洪信历险记》），“Wu sung, der Held und seines Bruders rächte”（《为兄报仇的英雄武松》），*Magazin für die Literatur des Auslandes*, 1834, No. 133, p. 531-532, No. 153, 609-610. |
| 1860 | 法译 | 平山冷燕 | 儒莲 | Stanislas Aignan Julien, *P'ing-Chan-Ling-Yen ou Les Deux Jeunes Filles Lettrées*, Paris: Librairie Académique, 1860. |

21 George Thomas Staunton, *Narrative of the Chinese Embassy to the Khan of the Tourgouth Tartars in the Years 1712, 13, 14 & 15*, London: John Murray, 1821.

## 四

于是，“十大才子书”对 19 世纪西方汉学家发生了极大的影响，他们基本上都是将其当作中国文学代表作看待的。例如法国汉学教授巴赞（Antoine Bazin, 1799-1863）在 1853 年出版的《现代中国》第二卷讲述中国现代文学时，一一介绍了“十才子书”。他把“才子”称为中国的“一流作家”（Écrivains du premier ordre），又发挥金圣叹的思路，把“才子”分为“古才子”和“今才子”。“古才子”开列了左丘明、庄子、司马迁、杜甫、李太白、韩愈、柳宗元、司马光、王安石、欧阳修、苏轼、许衡、吴澄 13 人；“今才子”即是“十大才子书”的作者（其第十才子书为《白圭志》），大多不知姓名。[22]法国人佩尼（Paul Perny）1876 年出版的《汉语语法》第二卷里，也开列了古今才子姓名，其“古才子”列出 20 位，“今才子”与巴赞相同。[23]美国人坎德林（George T. Candlin, 1853-1942）在他 1898 年编撰的《中国小说》里开出了一个“14 部最著名中国小说”的书目，包括 1.《三国演义》，2.《水浒传》，3.《西游记》，4.《西厢记》，5.《琵琶记》，6.《红楼梦》，7.《花笺记》，8.《东周列国志》，9.《好逑传》，10.《玉娇梨》，11.《白圭志》，12.《平山冷燕》，13.《捉鬼传》，14.《神仙传》，并称赞说：“这些都是极其有名的小说，用非凡的想象力和文学技巧写成。”[24]其中虽然已经把《三国演义》《水浒传》《西游记》《西厢记》《琵琶记》《红楼梦》排在了前面，但“十大才子书”里的《花笺记》《好逑传》《玉娇梨》《平山冷燕》《白圭志》《捉鬼传》等作品仍然上榜。直至 1901 年英国汉学家翟理斯（Herbert Allen Giles, 1845-1935）出版西方第一部完整的《中国文学史》[25]，还可以看到“十大才子书”的影响，其中小说介绍了《三国演义》《水浒传》《玉娇梨》《平山冷燕》，戏曲介绍了《西厢记》《琵琶记》。例如他夸张地评价《平山冷燕》，称其“在所谓上流文学中是一部非常著名的小说”[26]。所以 1934 年郑振铎批评翟理斯“对

---

22 Antoine Bazin, *Chine Moderne ou Description, Historique, Géographiquel et Littéraire de ce Vaste Empire, D'après des Documents Chinois*, Paris: Fibmin Didot Frères, Éditeurs, 1853, pp.466-545.

23 Paul Perny, *Grammaire de la langue chinoise orale et écrite*, Paris: Typographie Georges Chamerot, 1876, tome second, pp.335-351.

24 George T. Candlin, *Chinese Fiction, with Illustrations from Original Chinese Works*, Chicago: The Open Court Publishing Company, 1898, P. 12.

25 中文有刘帅译首都师大出版社 2017 年版。参见李倩《翟理斯的〈中国文学史〉》，《古典文学知识》2006 年第 3 期。

26 Herbert Allen Giles, *A History of Chinese Literature*, New York: D. Appleton and Company, 1901, p.323.

于庸俗的文人太接近了”[27]。但翟理斯倒不一定是主观为之，他从仅能读到的西方译作里只得到这些残缺的信息。但“十大才子书”里的几部纯粹才子佳人作品都只在明清之际盛行一时，待曹雪芹《红楼梦》、吴敬梓《儒林外史》、蒲松龄《聊斋志异》、洪升《长生殿》、孔尚任《桃花扇》等更加有成就的小说戏曲作品的影响起来，它们也就被历史遗忘了。因此我们可以把这个时期欧洲对中国小说戏曲的作品挑选目标，看作是传教士传递的中国社会阶段性时尚聚焦信息影响的结果。雷慕沙、儒莲、巴赞等汉学家推崇和翻译《玉娇梨》《西厢记》《平山冷雁》《琵琶记》，固然出自个人的眼光与选择，当然也与这种时代风潮息息相关。

## 五

“十大才子书”的才子佳人故事被法国文坛所青睐，与当时法国的文坛环境密切相关。其时法国文学界正在酝酿浪漫主义思潮，人们厌恶了束缚创作的新古典主义清规戒律，试图以释放个性与自我、崇尚浪漫与激情、追求自然与天然来冲破新古典主义的所谓“和谐理性”。法国文学的突破亟待一场改革，文学精英们正在寻找新的精神突破口，这时，人们看到了中国充满浪漫色彩的才子佳人小说与戏曲，从中受到启发。1826 年法国作家司汤达（Stendhal, 1783-1842）向英国文学界介绍雷慕沙《玉娇梨》法译本时，就预示了它可能会对法国文学产生影响而促其改变方向。他说：“雷慕沙先生在他的学生协助下，正在为便捷了解中国文学做准备，这也许会在未来几年对我们自己的文学发展产生相当大的影响。可以自信地预测，法国文学将改变方向。因为曾在路易十四时代导致了创作成功的方法，现在却只能制造出枯燥乏味的作品了。我的这些思考是在阅读一部名为《玉娇梨》的浪漫小说里的一些章节时产生的，几年前雷慕沙先生从中文翻译了这本书，现在已经出版了。”[28]戏剧界更是如此，被视作浪漫主义戏剧宣言的雨果《克伦威尔》（*Cromwell*）序发表于 1827 年，雨果突破新古典主义规范的代表剧作《欧那尼》（*Hernani*）上演于 1830 年，《欧那尼》完全不顾“三一律”的要求而随意安排场景的时间与地点，演出时招致力挺者与反对派的历史性争斗。这种氛围，恰给 1833 年儒莲译介《西厢

27 郑振铎《评 Giles 的〈中国文学史〉》，《郑振铎古典文学论文集》，上海古籍出版社 1984 年版，第 179 页。

28 Stendhal, “Sketches of Parisian Society, Politics & Literature”, The *New Monthly Magazine and Literary Journal*, 1826, part II, p.420.

记》敲响了开场锣鼓。

中国的才子佳人作品使法国人发现，中国人与他们一样，也因爱情而极富浪漫情思，虽然中国人受到礼法束缚而极度压抑了这种情思。法国评论家马念（Charles Magnin, 1793-1862）《中国戏剧》一文以《㑳梅香》为例说：“这是一部非常漂亮的喜剧，许多情境都受到了这种微妙、嘲弄性多愁善感的影响，体现为一种非常温和的方式。这出戏还令我们感到无比满意地揭示了：尽管中国的礼制森严，给男女间的亲密关系设置了重重障碍，但也正是因为礼仪的严苛，风流谈话、情人关系、意想不到或精心策划的阳台或花园邂逅，在中国的高雅居所中也同样经常见到。”[29]风流对话、秘密恋人、阳台约会、花间相遇都是法国浪漫主义戏剧的常规套数，法国人却在耶稣会士描述的礼仪中国面孔的后面发现了中国人相同的天性流露，不由的产生天涯知己感。

长期生活在法国的清朝外交官陈季同（1851-1905），1886 年在巴黎用法语出版《中国戏剧》一书，也利用“才子书”的概念来对法国人进行解说。他借助巴赞法译本《琵琶记》前面的毛声山序文，以及儒莲法译小说《平山冷燕》里人物冷绛雪的话，解释什么是中国的才子：“才子是自然产生的，是激情迸发的结果。但激情不是失控的湍流，它崇尚正义，遵循礼仪，从不会脱离导引而前进，不会去横冲直撞。”[30]陈季同说中国古典优秀剧作都出于“才子”的手笔，并对中法爱情剧的主旨差异进行区分说，中国爱情剧的男女主角都是“才子”，而法国爱情剧的男主角往往是纨绔子弟。[31]他进而推衍说：“在我们的戏剧里，促发灵感的戏剧激情与法国戏剧不同。法国戏剧里最重要的情感就是爱情，所有其他支配人们心灵的力量都是次要的，所有的行为，无论喜剧还是悲剧，都以爱情为动力。我们的戏剧并没有赋予爱情以独一无二的意义，我们只把它理解为一种感觉。”[32]陈季同已经熟悉了法国人的生活方式及其观念，因而能够对中法爱情观作出实质性的比较和判断。

29 Charles Magnin, “Deuxième article sur le théâtre chinois”, *Journal des savants*, octobre 1842, p.580.

30 Tcheng-Ki Tong, *Le Théâtre des Chinois*, Paris: Maison Michel Lévy Frères, 1886, p.45. 国内有李华川、凌敏译本，题名为《中国人的戏剧》，桂林：广西师范大学出版社，2006 年版。

31 Tcheng-Ki-Tong, *Le Théâtre des Chinois*, Paris: Maison Michel Lévy Frères, 1886, p.50.

32 同上，p.77。

## 六

但是，清人的“十大才子书”判定，也在一定程度上给西方汉学家带来文体的困扰。对中国人来说，“十大才子书”里有小说（《三国演义》《好逑传》《玉娇梨》《平山冷燕》《水浒传》《捉鬼传》《驻春园》）、有戏曲（《西厢记》《琵琶记》）、有弹词（《花笺记》），其文体是不会混淆与误判的。但西方人就不同了，他们原本对于戏曲、弹词的文体就不甚熟悉，加之金圣叹、毛声山、钟映雪等人的评点文字都是从文学而非戏剧、曲艺角度入手，于是引起迷惑。例如上引坎德林书目把十种全部看成小说。儒莲曾经对以《西厢记》为小说的认识进行反驳：“人们倾向于认为《西厢记》只是一部以戏剧形式呈现的对话体小说，而不认为它会公开演出。这一观点是不能接受的，因为占据作品大半篇幅的所有唱段，前面都标注了歌唱的曲调。因此必须承认，尽管篇幅很长（240 页，in-4°开本），但这部作品是为舞台演出而写。只是，由于戏剧在中国只能说被容许存在，也没有专门的评论来介绍那些最成功的舞台剧，我们不知道这部人手一册的剧本是否还在上演。”[33]由于《西厢记》五本二十一折的长篇篇幅，大大突破了此前西方人见到的四折一楔子的元杂剧剧本带来的中国戏曲印象，而当时《西厢记》全本演出已经很少见，大多以折子戏的形式见诸舞台，其名称都是“佛殿奇逢”“莺莺听琴”或“寄简”“拷红”之类，致使西方人误以为它不能上演。儒莲抓住曲牌这一问题实质，做出了正确的判断，并在他编撰的《皇家图书馆的汉文和满文藏书目录》中描述《西厢记》为“喜剧”[34]。虽然有如此认识，儒莲也还是存在疑惑并作出妥协，因此他在为自己的藏书编撰目录时，就把传奇剧本《琵琶记》《风筝误》《长生殿》《桃花扇》称之为“对话体小说”或“戏剧形式的对话体小说”。[35]19 世纪“十大才子书”给西方人造成的文体困惑，须待后来的汉学家来匡正了。

---

33 Stanislas Julien, “Si-siang-ki: ou L'histoire du pavillon d'occident”, *L'Europe littéraire*, Paris: Imprimerie royale, 17 mai 1833, p.159.

34 *Catalogue des livres chinois, mandchous, mongols et japonais*, 1853, tome 3. 手稿无页码。

35 参见李声凤《中国戏曲在法国的翻译与接受》附录五“儒莲书目中戏剧类作品文体表述列表”，北京大学出版社 2015 年版，第 197-199 页。